沮水文岸

陕西陕煤黄陵矿业有限公司／编

中国戏剧出版社
CHINA THEATRE PRESS

图书在版编目(CIP)数据

沮水文岸 / 陕西陕煤黄陵矿业有限公司编. — 北京:
中国戏剧出版社, 2021.12
ISBN 978-7-104-05173-2

Ⅰ. ①沮… Ⅱ. ①陕… Ⅲ. ①中国文学－当代文学－
作品综合集 Ⅳ. ①I217.1

中国版本图书馆CIP数据核字(2021)第240857号

沮水文岸

责任编辑: 黄艳华
责任印制: 冯志强

出版发行: 中国戏剧出版社
出 版 人: 樊国宾
社　　址: 北京市西城区天宁寺前街2号国家音乐产业基地L座
邮　　编: 100055
网　　址: www.theatrebook.cn
电　　话: 010-63385980（总编室） 010-63381560（发行部）
传　　真: 010-63381560

读者服务: 010-63381560
邮购地址: 北京市西城区天宁寺前街2号国家音乐产业基地L座

印　　刷: 北京久佳印刷有限责任公司
开　　本: 880mm×1230mm 1/16
印　　张: 11.625
字　　数: 270千
版　　次: 2021年12月 北京第1版第1次印刷
书　　号: ISBN 978-7-104-05173-2
定　　价: 128.00元

序

Preface

巍巍桥山孕育黝黑乌金。

汤汤沮水繁衍华夏文明。

时光如白驹过隙，弹指一挥间，黄陵矿业职工作家协会已经成立一周年了。一年来，矿区的文学爱好者，躬身力耕在这片热情的土地上，从平凡的工作生活中采撷素材，纵横胸臆，恣肆文采；用手中的笔记录时代，见证腾飞，酣畅淋漓地书写着一幕幕动人的故事。

去年，在黄矿职工作协成立之初，文学作品集《沮水一方》便筹备出版，翻看书页，清香扑鼻，所收录的作品见证了广大文学爱好者在文学创作道路上的铿锵足迹。在这之前，我们还出版了一本《桥山揽翠》职工文学作品集，不仅有出版社提出加印事宜，更被北京大学、复旦大学等国内顶尖高校图书馆收藏，这一切无疑带给所有文学爱好者鼓舞与动力。

伴随黄陵矿业蓬勃发展的矫健步伐，矿区的职工文学创作一步一个脚印，逐渐成长壮大，呈现出一派花木葳蕤的大好春光。矿区文学爱好者的队伍不断发展壮大，新人辈出；文学作品亮点频闪，质量稳步提高；文学交流活动日益频繁，多位知名作家走进矿区；“书香黄矿”微信公众号的读者越来越多，影响力越来越大。这一切，无不为矿区的文学创作提供了动力和源泉。

今年，我们迎来了中国共产党百年华诞，重要的时间节点总会有历史的见证和书写的记录。经过一年的酝酿，我们的又一部职工文学作品集《沮水文岸》正式编印出版。

我们将筹备征集的180余篇文学作品，进行筛选分类后，选取共计约100余篇，16万余字，分6个板块。其中，既有睿智豁达的“读书之味”“心灵深处有至爱”的亲情篇，“人间至味是清欢”的揽物篇，又有“我心安处”感怀、“浅墨浓香”的杂文和歌颂“信仰的力量”　细品作品，我们不难发现，每一位作者都是“追梦人”，他们用不同体裁、不同手法、不同性情，力求最大限度地展现文字的魅力和张力，用热情洋溢的语言歌颂时代、赞美生活、表达感情。

当然，我们的作者来自不同岗位，有扎根一线的采掘工人，也有求真务实的企业管理者。在创作道路上，在思想厚度、艺术造诣、文学功力等方面还有待于进一步提升，与专业作家相比起来还存在着一定的差距，但他们对文学的热爱，对理想的追求，对初心的探索却永恒不变。这些作品，是黄陵矿业人生命轨迹的写真，是时代脉搏的律动，是与时俱进的真情告白。

这本职工文学作品集题名《沮水文岸》。“沮水”取意公司傍依于环绕桥山的沮水河，也延续2020年“沮水”系列文学作品集；“岸”取“河畔”之意，矿区的文学爱好者和先进的文学思潮将汇聚在沮水河畔，“览物之情，得无异乎？”

击鼓扬帆，未来可期。《沮水文岸》的编印出版，除了盘点总结，更有延续和传承。我们坚持每年编印出版一本文学作品集，就是希望以“沮水”系列这川流不息的文学溪流，滋养、激发矿区文学爱好者的写作热情，用手中的笔描绘理想、畅想未来。

最后，我们想回到黄陵矿业职工作协成立之初所遵循的理念：我们坚持“纯粹”的文学，我们葆有文学的初心，为矿区文学爱好者搭建平台，抒发声音。而文学以本身的感召力和凝聚力，将热爱它的人们团结成一个整体。我们不是“职业作家”，也绝非如今的“打工诗人”，我们就是我们自己！

因编者水平有限，本部作品集难免有不足和遗漏之处，还望广大读者能够海涵并多加批评指正。

编者

目录

Contents

二　心灵深处有至爱

三　人间至味是清欢

四　我心安处

五　浅墨浓香

六　信仰的力量

一　读书之味

外物之味，久则可厌；读书之味，弥久愈深。读未见书，如得良友；见已读书，如逢故人。

读书，既引领我们走向更大的世界，亦让我们更深刻地认识自己；让我们除了拥有一个真实饱满的现实世界外，还拥有一个不为人知也更为浩瀚的精神世界；在孕育着我们思想的启蒙，成为我们“我以我手写我心”的情感抒发。

诚如人生亦是一条寂寞的路，更要有一本有趣的书来消磨旅途。

人间烟火有大义

——读梁晓声长篇小说《人世间》

孙 鹏

梁启超先生论述小说的魅力时，其中一点是能开拓读者的眼界，他认为："小说者，常导人游于他境界，而变换其常触常受之空气者也。"也就是说，对于一个普通人，人生经历有限，眼界也必然狭隘，而小说，能让他从书中体验不同的人生经历，或喜、或怒、或哀、或乐、或忧、或恋，未必能达到启迪心灵或陶冶情操的效果，但总之会让自己的精神世界丰富起来。所以说，常读书，读好书，也是一种清福。

文学的流派和形式有多种，就我个人来讲，我比较偏好理想主义色彩的文学作品，比如路遥的《平凡的世界》，霍达的《穆斯林的葬礼》。这也许是自己生活平淡，大半生碌碌无为，更没有大起大落、惊天动地的经历，男儿有泪不轻弹，总希望读本浪漫的书，满足一下追求理想主义的"虚荣心"，再顺便"抹出无量眼泪者也"，如此而已。

喜欢归喜欢，偏爱归偏爱，读书还是要讲缘分的。偶然机会，我买了一套作家梁晓声最新创作的长篇小说《人世间》，这是一本现实主义题材的作品，去年获得第十届茅盾文学奖，作者历经数年创作，据说口碑不错。

这部书描写的是，在东北一个城市里，新中国第一代建筑工人周志刚祖孙三代的故事。从历史角度看，一个普通家庭的命运对国家和社会而言是微不足道的，而且会随着社会变革跌宕起伏。我们常说的喜怒哀乐、悲欢离合只属于某个特定家庭。但正是这些微不足道的家庭和成员，一旦活力被调动起来，能量喷薄而出，就会形成滚滚洪流，成为推动社会变革的巨大力量，任何障碍也无法阻挡，这就是所谓的社会趋势、历史潮流。

而《人世间》这部小说，就是从民间的视野，多角度、多层面地去描绘新中国成立尤其是改革开放以来波澜壮阔的历史变革画卷。从20世纪六七十年代的“文革”、三线建设、上山下乡、知青返城、恢复高考，到80年代以来的对外开放、搞活经济、个体经营、国企改制、下岗分流、海外留学、棚改工程、反腐败等这些我们耳熟能详的重大社会事件，在其中，一个周家、一个叫光字片的平民区、一个神州大地上的普通城市，都在经历着什么，都在改变着什么，都在朝着什么方向发展。

作者叙事手法简单，写事件是按历史顺序写，写人物是按人生经历写，写情感是按发展脉络写。整部书平铺直叙，近乎白描，一条主线，简单明了，十几个人物，家长里短，让读者轻松阅读，不用猜，不必悟，人到事至，事到情来，平淡中见波澜，细微处见真章。

梁晓声在书签上有这么一段话：“我有一个心愿：写一部反映城市平民子弟生活的有年代感的作品。我一直感到准备不足。到了六十七八岁，我觉得可以动笔，也必须动笔了。我想将从前的事讲给年轻人听，让他们知道从前的中国是什么样子，对他们将来的人生有所帮助。”

放下书，仔细咂摸，其实给老百姓讲老百姓的故事，实在用不着花里胡哨，虚张声势，玩手法，讲技术，完全可以平淡地讲，平淡地听，这何尝不是一种境界呢？多年的磨砺和积累，让梁晓声有了创作的底气，既暗叹作者笔法老辣，也理解作者的良苦用心。

毋庸置疑，改革开放造就了一个伟大的时代。在社会蜕变转型中，涉及社会各个层次和方方面面，那是利益的大碰撞、大调整、再分配。当然了，有变革就有红利，有红利就有阵痛。然而，变革时代的艰难，首先体现在草根阶层。对于普通老百姓来说，情感是赖以抵挡生活和命运打击的最后防线，该部小说自始至终就是讲亲情友情的，这也是小说吸引人、打动人的成功之处。

纵观全书，在老百姓眼里，他们既是社会人、单位的人，更是家里人、朋友的人。他们经历灾祸后，绝对不能倒下，而是要擦干眼泪，背负着亲人的期望，昂首迎接新的一天。他们也有功利心，意愿不劳而获，奢求天上掉馅饼，他们也有梦想，更愿意通过自己的踏实奋斗去改变命运，让家庭和亲人赢得尊严与荣光。他们一贯憎恨社会黑暗和腐败现象，更多的时候也只是无奈，有时为了生活也说违心的话、做违心的事，但他们期盼阳光雨露，期盼海清河晏，期盼公平正义就发生在自己身边……

书中说："老百姓是通过自身生活水平的提高，来认识国家的进步的，这是古今中外的铁律。谁也没有权力要求他们像既得利益们一样客观理性地看待国家的变化。"中国改革开放以来取得的巨大成就，令世界瞩目，谁也无法否认历史。应该肯定的是，时代转型、社会变革的红利对多数老百姓来说是受益者，至少给了他们选择不同生活道路和生活方式的可能。我们没有理由不去认可、拥护、称赞、歌颂这个伟大的时代，小说《人世间》就是一种记录方式，毫无疑问，它完成了历史使命，它的作者梁晓声顺理成章地成就了“大我”。

谈完小说的写作背景、叙事方式、创作特点和现实价值，还是要关注小说的人物，尤其要重点关注小说的主人公——周秉昆。说起周秉昆，虽然他在书中是主角，但他是个普通人，一个全方位的普通人：他相貌普通，走到街头会完全淹没到人海中；他才华普通，与考上名牌大学后来又分别成为官员、教授的哥哥周秉义、姐姐周蓉相差甚远；他性格普通，他爱面子，爱逞强，喝多了也会宣泄骂娘，遇到不喜欢的人也会烦，经受挫折也会灰心丧气、压得直不起腰杆来；他经历普通，从车间工人到杂志编辑、餐厅管事，再到建筑工人、三轮车夫、面馆老板，无职无权，无钱无势，除了蹲了几年监狱，这恐怕就是一个普通老百姓的正常经历。但他凭啥能成为这本书的主角，让读者对他印象深刻，而且产生一种发自内心的亲近和敬佩？

沉思良久，我想周秉昆虽然是一个普通人，没有干过什么利国利民、轰轰烈烈的大事好事，但他是一个心善良、重感情、讲义气、有血性的人，这也许是中华优秀传统文化在民间对一个人的品行评价和认可的基本元素。说他心善良，他在家孝顺父母、疼爱晚辈，在外坚守本分、与人为善，不投机取巧，不坑蒙拐骗，流自己的汗，吃自己的饭；说他重感情，他为了帮助心仪的女人郑娟，低价卖掉传家玉镯，并在她最困难甚至绝望的时候，顶着重重压力把她娶回了家；说他讲义气，他结交的酱油厂“六小君子”中无论哪位朋友需要帮助时，他总能挺身而出，倾尽全力；说他有血性，当他的养子楠楠被其生父争夺时，他选择了用最野蛮的暴力方式来捍卫父权，哪怕让自己深陷囹圄。这就是周秉昆，一个有血有肉、有情有义的人，代表着千千万万个中国民间好人的形象。

当我读完《人世间》最后一页，轻轻合上书，连同上、中、下册三部一起放于书柜中。一个多月的陪伴，一百多万字的阅读量，仿佛与之有了亲情，此时，心如止水，灰身灭智。稍缓，我在笔记本上工工整整地写下这么一段话：历史长河奔流不息，顺之者昌，逆之者亡；于人间烟火处有大义，见证时代，创造时代。人世间，小老百姓，好好活着，谢天谢地！

（公司机关选送）

最好的你才能遇见最好的 ta

张新苗

小说《白鹿原》里有个重复的情节。

鹿三死后，白嘉轩哭着说：“白鹿原上最好的一个长工去世了！”朱先生死后，白嘉轩哭着说：“白鹿原上最好的一个先生谢世了，世上再也出不了这样好的先生了！”

少时注意到这个细节，以为是写作技巧，类似于“我家后园有两株树，一株是枣树，还有一株也是枣树”；现在重读，才发现是写实。

白嘉轩发过很多好人卡。在他眼里，仙草是最好的老婆、孝武是最好的儿子和族长继承者，满意之情溢于言表；黑娃和孝文是最好的“回头浪子”，从他亲自主持白孝文祭祖和按照最高规格迎接黑娃就能看出来；甚至孝义的媳妇儿是最好的新娘，原话是“老子给你娶下一房无可弹嫌的好媳妇”……

白鹿原上那么多人，为什么白嘉轩这么幸运，“最好的”大奖都让他中了？

因为在他所看得见的那片天地里，他自己就是“最好的”本人。白嘉轩的“好”，用书中的话说是“仁义”，仁爱与正义，翻译成现代的价值观念，是正直、真诚和宽容。

（一）正直

他形象正直，腰挺得又直又正，让黑娃又敬又怕又烦。当一个人始终保持对自己有所约束的姿势时，他就告别了懒惰，也就告别了欲望的粗俗表现。

他行事正直，光明磊落。“我一生从没做过见不得人的事。凡是怕人知道的事就不该做，应该做的事就不怕人知道，甚或知道的人越多越显得这事你该做。”这句话是对白嘉轩正直行事的真实写照，也是“慎独则心安”的现实解释，放在国民舆论意识快速进步、监控和视频技术不断发展的今天，更有时代价值。

他待人正直，一把尺子量人，不看人下菜。他用道德高线来要求自己和家人，用法治底线来约束族人。即使瘟疫横行、冒着满族灭门的危险，即使全族人跪在他的门前，连他得意继承人孝武都来进谏，他也绝不同意“给那个婊子修庙塑身”，只因为田小娥生前所为违背了他所遵循的价值准则。而他一度引以为豪的长子孝文犯了错，只会惩治得更严苛、更无情、更冷血。子帅以正，孰敢不正？仁义白鹿村民风淳正，“好人”辈出，得益于这种文化的熏陶；同时，村民对族长的敬畏，使得白嘉轩看到的，大都是每一个人“好”的一面。

（二）真诚

白嘉轩的真诚，首先是对他人发自内心的尊重。比如说长工鹿三，在白嘉轩眼里从未把他当作下人，同劳动、同吃喝，送黑娃读书，给兔娃分田地，让白灵拜鹿三做“干大”，告诫孩子们“不许把三伯当外人”，在封建等级森严的时代，他赢得了鹿三五体投地、不离不弃的忠诚。

其二是他对人刻在脸上的坦诚。不论对手是有权有势的田福贤、知根知底的鹿子霖还是不屑一顾的田小娥，白嘉轩都是明火执仗地斗，决不玩弄阴谋。直至全书结尾，他还流着泪对已经疯了的鹿子霖说：“子霖，我对不住你，我一辈子就做下这一件见不得人的事，我来生再世给你还债补心。”

此外，还表现在他自己融进骨子里的勇敢。不管是黑娃拆祠堂、砸乡约、游大户，还是田福贤借戏台“唱大戏”、斗农会，也不管是土匪抢粮、反动派扫村，既不螳臂当车、出面硬挡，也不慑于权威、骑墙摇摆。任你“城头变幻大王旗”，我自岿然不动。

没有一条道路通向真诚，真诚本身就是道路。白嘉轩以他的真诚，换来了全村、全族绝大多数人对他的信服和尊重。

相反，鹿子霖把刘谋儿只当作长工、仆人，把捡来的三娃甚至当成玩物、宠物；他一生玩弄阴谋诡计，谁得势投靠谁，到头来一个真正朋友都没有，带着结成黄蜡冰块的屎尿冻死在黄狗身旁。

（三）宽容

宽容，不是无原则的退让。就像只对特定对象好才叫“暖男”，对所有人都暧昧那叫“中央空调”。以德报怨、何以报德？对于犯错之人，是一定要加以惩戒的。

白嘉轩的宽容，则表现在给别人留一条“学做好人”的路。书中几次写到他背上他的褡裢去县里求人、救人。凡是在他的“仁义”道德准则范围之内的，有改过自新的机会的，不管之前对他做过什么，即使是拐了小娥、毁了乡约、当了土匪、砸断他腰的黑娃，即使是一辈子的死敌鹿子霖，他都会不计私怨、不论前恶地去救，只为了“瞎人就是在这个当口学好的”。对于这些原本站在对立面、心目中的“奸恶”之徒，白嘉轩尚且能原谅、宽宥、拯救，更何况芸芸村民身上的一些小缺点？于是那些虽然有不足、但整体善良正直的人，在他眼里，都成了这个世上最好的人。

持身不正的宽容，叫同流合污。虚情假意的宽容，叫阴谋诡计；只有在正直、真诚基础上的宽容，才会处处遇见好人。如果说，正直和真诚是遇见好人的充分条件，那宽容就是必要条件。

（四）好人

虽然白嘉轩还有很多的时代局限性，比如说只是在“祠堂里弄事”，比如说对田小娥的偏见，比如说对“浪子回头”以后的白孝文的虚伪狠辣视而不见。然而，在那一片天地里，在那个时代里，他已经做到最好了。

其实白嘉轩也并非天生就是好人。在他成长早期、创业初期，也曾为李寡妇的地与鹿子霖较劲儿，也曾暗施诡计换来鹿家的风水宝地，也曾种植鸦片赚取第一桶金。但是他有一颗向上、向善的心，有朱先生提下的“学为好人”的座右铭，有他不断修身齐家的追求，才逐渐成为一个好人，遇到一群好人。

正如稻盛和夫所说：“如果要求他人具备美好心灵，首先自己必须具备美好的心灵，否则，哪怕具备美好心灵的人，也不会向我靠拢。”做最好的自己，才会遇见最好的 ta、他们。

（公司机关选送）

真爱永恒

郑斐

我以为终有一天，我会彻底将爱情忘记，将你忘记，
可是，忽然有一天，我听到一首旧歌，我的眼泪就下来了，
因为这首歌，我们一起听过。

——题记

初识《山楂树之恋》，是源于张艺谋导演的电影，电影用清纯美好、清朗纯净的风格展现了一段纯真美好、荡气回肠的爱情故事，不禁让我对这个故事的原著充满了好奇。

原著《山楂树之恋》，是美籍华人艾米出版于2009年的一部根据真实故事改编的长篇小说，讲述了20世纪70年代，城里姑娘静秋因为家庭成分不好，父母在“文化大革命”时被批斗，形成了她自卑、拘谨、倔强的性格。她上高中时被选中去西村坪体验生活，住在村长家，认识了“老三”。老三是军区司令员的儿子，喜欢上了静秋，愿为静秋做任何事，给了静秋很大的鼓励。等到静秋所有的心愿都成了真，老三却得白血病去世了。

一个并不曲折的爱情故事却因为文中那份纯净的、没有一丝杂质的情感让我记住了许多个片段：美丽单纯的中学生静秋第一次来

到西坪村、第一次看见开英雄花的山楂树、第一次见到会唱苏联歌曲《山楂树》的老三，他伸开手掌递上两块糖的瞬间，她从他那阳光般的笑容里感觉到了温暖；老三为了能与静秋多待上一会儿，不惜错过渡船睡在凉亭里；为了说服静秋去医院医治受伤的脚，不惜把自己的胳膊划伤；为了信守诺言不打扰静秋，他爬到学校远处的脚架上远望，关注她的一举一动，了解她的日常生活，知晓她的冷暖喜怒。隔河的拥抱、大衣的温暖、胶靴的深情、包扎伤脚时的热泪、划伤手臂时的勇敢、得了白血病之后刻意的隐瞒……

深情的老三用他的行动告诉我们："有一个人，他就是死，也不会出尔反尔。""你活着，我就不会死；但是如果你死了，我就真正地死了。"他用年轻的生命信守他的诺言"我不能等你一年零一个月了，我也不能等你到二十五岁了，但是我会等你一辈子。"

当静秋得知老三生病后匆忙赶到医院，见到已是弥留之际的老三，他已瘦得皮包骨头，深陷的眼睛半睁着，脸色像床单一样白。静秋跪倒在床前，拉着老三的手，一遍一遍地说："我是静秋，我是静秋……"直说到嗓子都哑了，静秋一直记着老三说过，即使他的一只脚踏进坟墓了，听到她的名字，他也会拔回脚来看看她。于是她依旧不停地朝他呼喊："我是静秋，我是静秋……"绝望而无助，一声声，一句句，痛彻心扉，催人泪下。听着她的呼唤，他的眼睛终于闭上了，两滴泪从他眼角滚了下来……

一段唯美的爱情却没有一个美满的结局，合上书本，心中涌上一些难言的酸楚，这其中有感动、感叹、感慨还有感伤！老三和静秋未能相守，这是他们的不幸，但他们的爱情绝不是悲剧，只要记录了最美的时刻，保留了最动人的记忆，不论何时追忆，此生爱过，足矣。

上邪！我欲与君相知，长命无绝衰。山无棱，江水为竭，冬雷震震，夏雨雪，天地合，乃敢与君绝！

从古至今，爱情被无数的文人墨客所赞美所歌颂，而在信息爆炸、生活快节奏的今天，这种纯粹的、简单干净的感情更显得弥足珍贵，可能正是这个原因才让这本书触动了我们内心深处最柔软的东西！

就像林徽因说的那样：真正的平静，不是避开车马喧嚣，而是在心中修篱种菊。那么，真正的爱情，是不是也应该有属于自己的那份安静和美好呢？每一个相处的日子里，在彼此心中，修篱一片爱的诗意田园。不渴求惊天地、泣鬼神的爱，只希望在每一个平凡的日子里，有那么一个真心爱着你，陪着你，而你也恰好爱着他，愿意同甘共苦的人，就够了。所以，我们渴望的爱情，应该像三毛和荷西那样，在简单的生活里，过着诗意一样的浪漫，即使风餐露宿，即使情路短暂，只要有你，心就是暖的。像老三和静秋那样，牵挂着你的冷暖、关注着你的心绪，快乐着你的快乐、悲伤着你的悲伤，哪怕生命限制了这份陪伴，但是爱却成了永恒地坚守！

“可爱的山楂树啊，白花开满枝头，亲爱的山楂树啊，你为何悲伤？”山楂树成了那个年代纯美爱情的象征。岁月悠悠，让我们在内心深处最柔软的地方种上一棵山楂树，为曾经纯洁的爱情默默祈祷，静待满树繁花……

（公司机关选送）

古诗词里学廉政

梁林涛

古代一些清官廉吏，他们或为表白心迹志向，或为警示自身慎独，写下了许多催人奋进、充满正气的诗词。这些诗词传诵千古、流芳百世，从中我们可以看出他们重民生而知根本、畏法度而能自律、明廉耻而守气节、崇节俭而重情操、知恩惠而思报国。

而品读这些廉政名言、廉政诗文、廉政故事，能从中汲取思想精华和道德精髓，这犹如一股清风扑面而来，不仅能滋养心田，动人心弦，还能培厚文化土壤，发人深省。

品廉政名言能启人心志

在浩如烟海的古代典籍中，不乏言简意赅、寓意深刻的廉政名言佳句。品味这些名言警句，在阅读、思考、自省中不断改造、打磨、提升自我，能滋育从政底蕴。

唐代伟大的现实主义诗人白居易在杭州任刺史期间，从未收受过任何贿赂或向地方索取任何名贵物品，而离任还乡后，白居易发现箱内有两片玲珑可爱的山石，他遂写诗追悔己过，诗曰：

三年为刺史，饮冰复食蘗。

唯向天竺山，取得两片石。

此抵有千金，无乃伤清白。

原来，这两片石是他一次游天竺山时拾取的。现在，他遥望杭州和天竺山，深感愧疚，想每个游山的人都和他一样随便带走两片可爱的山石，那天竺山为期不远就“山将不山”了。他自觉贪污了千金似的，心里好不沉重。这种可贵的自责精神，“慎微”的律己态度，令我们后人肃然起敬。

宋代包拯，一生摧抑豪强，惩办赃官，办案公正，被人民誉为清官，流芳百世。流传下来的包拯诗仅《书端州郡斋壁》一首，可谓吉光片羽，却成为他一生为官做人的光辉写照。

清心为治本，直道是身谋。

秀干终成栋，精钢不作钩。

仓充鼠雀喜，草尽兔狐愁。

史册有遗训，毋贻来者羞。

包拯作为一个封建官吏，他始终相信，一个清官，一个为老百姓做主的官就会被人拥戴，就会经得起历史的检验。而其中主要的是，你不论是做官还是为民，都要把握基本的原则，就是要正直，不要有邪恶之心，为人光明磊落。

还有汉代桓宽的“贤士徇名，贪夫死利”，明代年富的“吏不畏吾严，而畏吾廉；民不服吾能，而服吾公；公则民不敢慢，廉则吏不敢欺；公生明，廉生威”等，都给人以深刻启发。

这些古代廉政名言佳句，我不但记在本子上，也铭记在心中，将其作为自己的行动指南，时常警诫自己，做到“本上有廉言，心中有廉声”。

读廉政诗文可净化心灵

廉政诗文是廉政文化的瑰宝。

宋朝著名理学家、思想家、哲学家、教育家、诗人朱熹，一生以“清贫”著称，历代学者以“朱子固穷”颂扬之。他在任秘阁修撰时，一次去看望他的女儿和女婿。进餐时，女儿望着桌上的葱汤麦饭，眼噙愧泪。女儿的心思，朱熹早就看出来了，便神情肃然地说：“俭朴度日，是我们朱家的好家风！”饭后，他题了一首《简朴诗》：

葱汤麦饭两相宜，
葱补丹田麦疗饥；
莫谓此中滋味薄，
前村还有未饮时。

女婿归来后，见岳父如此崇尚俭朴，备受感动，即把该诗贴在壁间，当作座右铭。

1954年3月，陈毅元帅创作了组诗《感事书怀》，组诗之四是《七古・手莫伸》，令人振聋发聩的著名警句“手莫伸，伸手必被捉”就出自这首诗。

他以强烈的责任感告诫那些心术不正的人：“手莫伸，伸手必被捉。”同时，诗中也表现出他大公无私的精神和甘愿为“病人”开方治病的诚恳心态。

尤其是“九牛一毫莫自夸，骄傲自满必翻车。历览古今多少事，成由谦逊败由奢。”既是对历史经验的高度概括和总结，也是对世人的谆谆告诫，震撼人心，令人深思。

这首诗语言流畅易懂，内容非常深刻，无论是在当时、现在以至将来，都能给人以启迪和警示。无论是普通百姓，还是领导干部，读过之后都有新的感悟和收获。

悟廉政故事能固本培元

一个好故事胜过一打大道理。

于谦是明朝杰出的政治家、军事家、监察御史，他自幼聪颖过人，当官后很注重清廉自律。在三十余年的为官生涯中，他清正廉明，兴利除弊，刚正不阿。

宣德年间，他由河南巡抚调京任兵部侍郎时，河南幕僚劝他:“你不向上司献金玉，就带上点土特产吧！如绢帕、蘑菇、线香之类的。”于谦听罢仰面大笑，举起两袖风趣地说：“我带有两袖清风！”并秉笔赋诗以明志：

绢帕蘑菇与线香，
本资民用反为殃。
清风两袖朝天去，
免得闾阎话短长。

诗里行间的蘑菇、绢帕和线香是供人们使用的，如果都被当官的拿去讨好了上司，就会给人民生活所需带来困难，不要让老百姓指戳脊背。搜刮民财的危害，为政清廉的必要，宣传舆论的反应，直言劝谏的苦心，尽在诗中。

从此，“两袖清风朝天去”挂上他的门楣，以示不为利禄所动。“两袖清风”还被引申为“品德正直清廉官员”的代名词。

工作之余，静下心来，常读、多读、用心读一些廉政名言、廉政诗文、廉政故事，从中汲取思想精华和道德精髓，不仅能滋养心田，还能培厚文化土壤，何乐而不为？

我作为一名普通的基层工作人员，“廉政”二字赋予了我新的内涵。让我认识到，在今后的工作中应该秉持“廉洁为公，一心为民”的态度。不涉足任何违规违法操作，用心为百姓办事，用制度约束自己，用道德提升自己，将廉洁工作和为群众服务的观念融入自身的人生观、价值观中来。

（建安公司选送）

与文字同行

王保林

指缝太宽，时间太瘦。转眼之间，又是新的一年。

早些的时候，我就在心里盘算，站在岁末年初的节点，一定要写点文字的，纪念那些流失的岁月。因为，人生需要沉淀，更需要思考。

眼瞅着，辛丑牛年春节就到了，心里却总是平静不下来，没能了却这桩心事。这个周末，终于有了闲暇时间，便独自去了单位。

办公楼上人很少，我径直走进了房间。室内温暖如春，满目绿植，青翠碧绿，让人心情舒畅。我端坐在办公桌前，砌好茶水，闭目沉思，开始检索梳理着碎片式的记忆……俨然一副“作家”的模样。

窗外，阳光明媚，是个难得的好天气。身居北方，虽已是三九天气，却也没有觉得寒冷，反倒是较前几日温和了许多。惬意的环境，舒适的场所，正合独处、静坐……守着满屋清寂，本是可以思如泉涌的，不知为何？一时却莫名地焦躁和不安起来。

我时常在想，在这纷乱嘈杂的社会生活里，一个人，若能在一天中，或者在一段时间里，远离喧嚣，独处一隅，真正静得下心来，咀嚼生活的真味，抑或与自己对话，那也是一件蛮奢侈的事情。

许久地凝视着电脑，我的手指无处安放，用心敲击的文字，似乎并不合心意，思绪纷乱，竟没了头绪。已曾忘记，不知从何时起？

生活变得如此慌乱，常常被迷茫与忧郁充斥着，做事没有激情，不爱读书，懒病缠身，人仿佛也变得颓废了，全然一位油腻的中年大叔。

不惑的年龄，虽老未至，却喜欢上了念旧。那种感觉如同春种秋收一般，到了收获的季节，便想着盘算盘算，并不想计较得失，抑或成败。只是日子越过，这样的想法和感觉，似乎就愈发的浓烈。

这一年，工作变化不大，职务没有晋升，经历企业兼并重组，岗位多次调整，行政一会，党务一会，终是没有找到适合的位置。进入九月，亦是缘于改革，被组织安排到了纪委部门，成了名副其实的“书记”。这于我，也算是回归了正位，毕竟做了多年的党务工作。

平平淡淡的一年，可写可说的似乎并不多，唯一值得欣慰的是，无论际遇如何？自己始终保持着写作者的热情，坚持用粗糙的文字，笨拙的素笔，书写着岁月的时光印记。

这一年，缘于写作，我被组织选派到帮扶贫困村采访，当了回“扶贫战士”。虽说只去了两天，倒也是扯大旗拉虎皮，过足了“作家”的瘾，酸甜苦辣，个中滋味，只有自己知道。脱贫攻坚收官之年，以这样的身份参与，确实是值得记忆的。创作的过程，如女子十月怀胎般的艰难，磕磕绊绊，反复修改，终是完成了作业，也算不枉此行。

前几日，收到编辑老师QQ留言，说是报告文学《塔岭村》已安排出版，我自是分外地高兴，便第一时间发了圈，一来感念存谢，二来也算是对自己的鼓励。业余创作多年，万余字的习作，登上了煤炭行业唯一的文学期刊，那可是“大姑娘坐轿头一回”。

这一年，作文还算努力，露脸的平台有了新突破。《疫情过后，回家看您》亮相《文化艺术报》，浓浓亲情，满是人间烟火；《冬雪》《矿山的女人》《写给矿工》入选作协刊物《梅花》；《愿“英雄”不见　你我安好》《点亮人生的灯塔》在《陕西工人报》发表，是生活的感悟，亦是对生命的理解与敬畏；《我的“傻”父亲》结缘《中国煤炭报副刊·太阳石》，矿工本色，以“实”立身，传承了百姓家风。

这一年，新闻稿写的有些少，且多半与人合作。虽说篇篇有“彩”，却也自知性情慵懒，少了几分勤奋。《“后勤管家”情洒万家》，传递了满满的正能量，《中国矿业报》刊登后，入编报社《纪事》文集。《“移交”不“断交”　曲终情不散》《矿区后勤如何念好“生意经”》，先后被省级媒体转载刊登，写人写事写改革，记录了企业发展的足迹。

这一年，各类奖项获得了些许。亲情小文《疫情过后，回家看您》改写《牵挂》，荣获战“疫”文艺作品征文三等奖，被国内朗诵名家垂爱，录制了音频，点击上万次。后来，又获得了“2020·全国青年作家文学大赛”散文组二等奖。政研论文《新时代下国有企业党员教育管理的实践与探索》被企业评为优秀论文二等奖，入选了年度获奖论文集。

这一年，有收获，有鞭策，有固守，有突破……工作生活如同《黑衣人4》影片里的台词——“命运总会在恰当的时机，把你引到你该去的地方去”。既是宿命，要与文字结下这般姻缘，那就尊重命运的安排，心向阳光，努力生长，静心做一个“码”字的“小匠”。

回首之间，转瞬已是新的一年。在辞旧迎新的日子里，我在心里默默期许来年的美好，念山河无恙，人间皆安；愿生命与文字同行，手写我心，笔抒我情，一路阳光灿烂。

（煤电实业公司选送）

后土永不苍凉

——读长篇小说《苍凉后土》有感

邵庆芳

读完贺享雍的长篇小说《苍凉后土》，深深被小说中的人物所吸引，尤其余中明和他的儿女们的生活，就像我们身边的人、身边的事。或许是在四川生活多年的缘故，感觉小说中描述的一切都是那么亲切，那么熟悉。

小说以种粮大户余中明一家的遭遇为线索，展现了80年代末90年代初四川农村的状况，书中既有对农民艰难生存状况的真实描写，也有对农村新生活新人物成长曙光的热忱歌颂，此书被称为中国当代文坛最早的一部全景式反映中国农村变革与农民命运的史诗性作品。

通读全书，两个人物给我印象深刻：一是农村老一代农民的典型余中明老汉，另一个是现代新型农民代表余文义。

小说对余老汉的描述篇幅不算太多，但给人印象深刻。他是中国老一代农民的典型，深深眷恋着土地，把庄稼和土地当生命，他常常教育自己的孩子们“庄稼是人的命根子”。为了他的庄稼，他不让孩子们外出打工，尤其对三儿子余文义，甚至动用武力阻止外出。在他的思维里，如果大家都不种地了，吃啥？他为人们不再愿种庄稼而愤怒而痛心疾首。当他看到一块块良田荒芜，心里既着急又难过，好似荒芜的是他家的土地，他总怕哪天又出现没饭吃的窘境，作者很真实地描述出一个与土地打了几十年交道的老农肺腑的忧虑，体现了余老汉对土地的眷眷深情。小说对余老汉的描述不仅在于他对土地的热爱与执着，同时也描述了他作为父亲的形象：质朴、忠厚、老实、勤劳，对儿女表面严厉却内心充满温情和爱意；他正直善良做事讲信用，对人和善富有同情心，像极了我们的父亲，读完此书让人久久不能忘怀。

书中对他的描述有两个感人的情节：一个情节是村支部书记毛开国为了报复，把村里的五保户老头余天志硬塞给余家赡养，这事显然很不公平，但余中明看五保户可怜，心里不由泛起酸楚，依然作出由他家养的决定。当他的决定遭到家人的反对时，余老汉说出一段催人泪下的话：“你们以为我是活得不耐烦了，想找个先人来服侍？还是以为家里吃不完穿不尽，要找个人来吃找个人来穿？我是看他可怜，没人管遭罪呀！他过去是精精壮壮一条汉子，挑三百斤毛谷子走二里路，肩都不换一下。那时候，谁家有个修房造屋垒猪圈，哪家没找他帮过忙？人啦，良心都哪去了？”“如果嫌他来吃了你们的、穿了你们的、住了你们的，那我今后不吃不穿行不行？我出去住岩洞行不行？”几句话，把余中明老汉的善良大义刻画得淋漓尽致。就这样，余中明一家担负起赡养老人的重担，负责吃穿起居，在经济极端困难时卖粮食替他治病，用余中明老汉的棺材替他送终。读完这些内容，着实让人感动落泪，一个朴实的农民用行动谱写了伟大。

书中还有一个情节是他对待免职支书毛开国的态度，表现了余老汉的心胸开阔。毛开国硬给余老汉加派五保户的事给余中明一家带来极大的困难，然而，在毛开国被免职以后，余中明认为他没干啥坏事，就以大度和宽容主动与他谈心，安慰他，开导他，劝他要想豁达点。当余文兵报复毛开国，向他扔稀泥吐痰时，余老汉站出来制止，他同情弱者，见不得落井下石的事。毛开国被他真正感动了，他为过去硬派五保户的事而懊悔不已。小说就这样通过一个个生动的情节或细节描写，丰富和完善了余老汉这个人物的个性，使余中明成了一个有血有肉的人物，成为读者过目不忘的人。

书中第二个重点人物是余文义，他是新一代有知识有头脑的青年农民代表。高中毕业后他在父亲的要求下回乡务农，但与父亲不同，他喜欢思考，能言善辩，是余家的“主心骨”和“智多星”，可以说，围绕余家发生的一件件大事几乎都与余文义有关。在二哥余文富、妹妹余文英的婚姻问题上，只有他的头脑保持了清醒，像一家之长，显得比父亲还老练，为其父余老汉排忧解难。还有，虽然他是农民，但目光远大见识非凡，他到南方去打工，目的不是挣几个小钱过老婆孩子热炕头的生活，而是为到沿海开放地方学技术、积累资金，以便回乡干一番事业，使家乡也富裕起来。最终他如愿办起了就地转化粮食的食品加工厂，闯出了一条适合当地农村情况的创业之路。这是一个新型农民的觉悟，有这样的农民经营土地，后土永远不会苍凉。

总之，作者用平实的语言、淳朴的感情，刻画了几十个有名有姓的人物，并把这些人物生活的场景、氛围描绘得有声有色，生动而真实，为读者娓娓讲述着时代变迁中农村的风土人情和农民的变化。读罢此书，如同走进了渠县那个小山村，面见了余东明老汉和他周围的那群人。

（瑞能煤业公司选送）

读枕边书之《古文观止》

赵媛媛

《古文观止》，文言文至此观止矣。学生时代，曾有老师谆谆之言：学文言可从《古文观止》读起，但一直纠结于版本的选择，且以文言著作艰涩难懂之缘由望而却步。大底是读书的热情不如从前，亦有网络信息和碎片化评论占据了业余的“半壁江山”，遂起了“管中窥豹，可见一斑”的心思。直至“捉襟见肘”时，才有了“书到用时方恨少”的顿觉。

恰逢强国城推出强国券可免费兑换图书，浏览时被其封面赫然醒目的“品古文，舍《古文观止》其谁”一句话激起了心中对这本经典著作阅读的冲动，遂购置作为枕边书。适宜书香黄矿推出“读书沙龙”活动，更让我每日读一篇的目标有了新的动力。

略读前言和序，知《古文观止》中“观止”二字出自《左传》，意为“读过这些文章，别的古文就不必再读了”。诚如作为一部上起东周、下至明末的古代优秀散文集，《古文观止》可谓是既“琳琅触目、美不胜收”，又于鱼龙混杂的浩瀚古籍中“得其上品，一览而收全功”。虽成书之初是为科考而编写，但作为“诸选之美者毕集，其缺者无不备，而讹者无不正，是集古文之成者也，观止矣！”于今日仍可见其蕴含的文化价值。

金克木先生就曾言：读《古文观止》可以知历史，可以知哲学，可以知文体变迁，可以知人情世故，可以知中国宗教精神与人文精神，几乎可以知道中国传统文化的一切，亦可堪称一部小型中国传统文化百科全书。

阅览目录，共计十二卷，文章222篇，以散文为主，兼取骈文，体例方面没有按照文体分类，而是以时代为经，以作家为纬进行编撰。近日读卷一已有十余篇，全部选自《左传》，虽有些文言阅读功底，加上释义能粗略掌握文章的概要，但谈及精理要义还着实有很大的缺口，恰想起好友曾推荐过一款《西窗烛》古诗词手机应用软件，里面精选了许多古诗文、古文、书画等并为之提供学习工具，不仅可以语音阅读，更有义理解析，遂下载下来与书中文章末的“评点”结合起来阅读学习，确实少了初读古文时的枯燥，且自有了一番读书的新乐趣，又可加深对文章立意的理解。但也由此想来，以前读王国维的《人间词话》一书，大抵尚且停留在“一知半解”当中，就囫囵吞枣糊弄过去了，说到底不过是“愚人不自知，尚且沾沾自喜罢了”。时至今日，尝试这种以纸质书为蓝本，以相关App为工具的读书法，也让我明白网络终其可以成为我们日益精进的工具。读书这条路说到底怎么走终归还是要靠自己的选择，抑或是我们志向要成为怎样的人，而不是怪呼吁时代的嘈杂让我们没有沉下来的耐心。

已读十篇中，不乏从前读书时就学过的，但现在再读起来，仍会有新的理解和释义。就比如第一篇《郑伯克段于鄢》，初学时在高中，记住的大底是“多行不义必自毙”“孝子不匮，永锡尔类”等名言警句，尚不能理解文章的行文特点，今之读来，才真切了解《左传》

所谓不着一褒字，也不着一贬字，而褒贬自在其中的“春秋笔法”，这篇文章可谓是代表之作。除此外给我感触最多的就是《臧哀伯谏纳郜鼎》这篇文章，抛弃其“封建糟粕”，吸取其“民主性精华”，行文中提出的“国家之败，由官邪也；官之失德，宠赂章也”等观点，直到今天，仍然有其“合理内核”和很好的垂诫警示作用。

诚如任何一种文化在发展过程中都会形成许多或厚或薄的积淀层，而每个积淀层都会打上它的时代烙印。就如序中所言，《古文观止》至今已有三百余年的变迁，书中某些观点，未必被现代人所认同，但撇去不合时宜的观点，其仍有我们值得汲取的精华。

读之至今，《古文观止》带给我的，除了知历史、知文体变迁，更多的还有一种蕴含在字里行间、值得我们永远去探索和挖掘的中国人文精神。

（铁运公司选送）

湘西有座“边城”

李星星

从《浮生六记》到《边城》，相较声音，都是那种不管外面烽火连天、纷纷扰扰，我自逍遥清净的状态，让人能在浮躁的社会中净化心灵，不急功近利、急于求成，可以说求的是精神上的安抚了。

这明明仅是一部中篇小说，却道出了长篇小说的余弦。故事情节很是简单，只是几个简单的地点，简单的人物及其简单得不能再简单的性格，竟勾画出如此恬静美好、令人向往的世外桃源，不得不佩服沈从文先生的笔触。

潺潺的流水声、轻轻的摇橹声，还有傩送曼妙的歌声……这一切都是从川湘交界的茶峒附近、小溪白塔旁边传出来的。明明是有棱有角的文字，却又像柔指一般轻轻触及我的心灵。

《边城》讲述了青春善良的少女翠翠对于傩送绵绵的爱，以及由此引发哥哥天保遭遇水难、傩送愧疚出走、爷爷孤冷而死的悲剧。明明是一群善良的人，却为何演绎成了悲剧？这不得不让人深思。

与其说《边城》是沈从文对于美好、安静生活的向往，不如说写文时的他正值青春好年华。那时候的沈从文，穿着白衬衣，戴着圆框眼镜，笑容腼腆拘谨，正是事业爱情双丰收的人生佳季。

如此的心境，妙笔一书，无数的灵感就像是跳跃着的字符尽情地涌现在了脑海中，不想竟成为传世佳作。凭此，沈从文曾经两次被提名诺贝尔文学奖，其中第二次是他去世之后，的确是可惜。因为，诺贝尔奖规定：只颁发给活着的人。如果那时沈从文还在世，说不准会是中国第一位诺贝尔文学奖获得者。

中学时，因为学业的原因，读过很多名著，却只有《边城》能让人静下心来。还记得那时去参加县里的读写大赛，《边城》是指定科目，而我却没有接触过。为了培养我，老师将一本崭新的《边城》送到我面前，让我两节课看完。

看着封面上恬静的画面，忍不住开始了《边城》的初接触。很快的，我就被里面唯美的文字、恬静的笔触、美好的画面、浪漫的情节、有趣的故事所吸引，竟然一节课就看完了。事后回想，捉鸭子节日的热闹、翠翠的爱情的甜美与悲凄，还有爷爷那饱经风霜的脸都给我留下了很深刻的印象。

在名著中，《边城》是最爱的一篇，因为他描绘了一个我们都希望到达的世外桃源：无论外面的世界多么兵荒马乱，好似在山的那边，永远有一条清澈见底的小溪，一个清灵如水晶的翠翠，一个安宁不变的小城，还有希望。

现实生活中，我们常常疲于奔命，生活在嘈杂和物欲横流的社会之中，常常会迷失自我。忙生活、忙事业、忙孩子、忙家庭，有时候连一顿安稳的早饭都没时间吃。也许，空档时间也可以去郊外散散心，去千里之外旅旅游，却大多都是走马观花，身体旅游了，心灵却没有旅行，还在原地。回到家，又是面对着无尽的工作，无尽的事物，无穷的理想，想想都累，慢生活成了一种奢求。而沈从文的文字却给我们提供了心灵和灵魂的栖息地，让我们在忙碌繁杂的生活中得以喘息。

也许你衣食无忧，不会联想到那遥远的落后的甚至贫瘠的边城；也许你沉迷游戏不能自拔，无暇顾及那心灵咖啡甚至鸡汤的美味滋养；也许你纸醉金迷，完全想象不到那兵荒马乱的年代……但是，处于乱世而有自己的生活，这无论到何时何地，都是一种懂生活的良方。

最后，《边城》的结尾很耐人寻味，也许傩送永远不会回来，也许明天就回来！小桥边、古塔旁，一个痴情的人在等待，一个愧疚的人在漂泊，他们都是善良的！还记得很多年前，为翠翠写下了一段话：

> 这个夏天，我迷上了湘西那一座虚幻的城。边城，想必是梦泽的边缘了。那一条可以看得到游鱼的碧清的小溪，溪对面唱歌的少年，和梦里飞到山崖上摘一把虎耳草的女孩。
>
> 你说，那个人会回来吗？
>
> 我要他回来。我不要翠翠一直撑着渡船等待，等成面容苦涩的女人。我要她一直有着清灵的眸子，欢快一如溪边的小鹿，并且，始终信着人世的好。
>
> 那么，我们就让他回来吧。在一个九月的黄昏，当空气中飘荡着稻子成熟饱满的甜香，让他踩着满地的锦绣落阳，回来接一支长篙。再每夜每夜用歌声送她去高高的山崖，远离这喧嚣人世。在童话的国度里应该有童话的结尾。

（建安公司选送）

热鸡蛋的故事

张驰

今是12月的第一个周一，农历的第二十一个节气“大雪”，店头镇的早晨室外零下3度，刚下楼就感觉自己跟没穿衣服一样冷。上班之前在食堂买了一个熟鸡蛋，上楼的时候发现鸡蛋拿到手是凉的，我想到了办公室用开水热一下再吃应该更舒服一点。

我把鸡蛋放进一个一次性纸杯里，然后将开水也倒进去。这时，我在想水要是凉了，鸡蛋肯定又变凉了。所以过了一小会儿，我便握着杯子感觉纸杯里的水应该还是烫的，心想泡了些许时间，鸡蛋应该已经热了，要是再泡一会儿水可能就要凉了，于是我决定现在就把鸡蛋拿出来吃掉。

当我把手放到水面上，本能的反应让我赶紧把手抬了起来，水还是烫的，要拿出来绝不是随便一拿这么简单。我转念一想，把纸杯里的水倒到盥洗室，鸡蛋就可以随意拿出来了，但是还要出办公室，现在刚上班，走廊上人很多，端着纸杯在走廊上走来走去，觉得比较麻烦就不想去倒水了。我沉了沉气，不就是烫点吗，应无大碍，忍住就行了。我再次把右手放进纸杯里捞鸡蛋，这次碰到了鸡蛋，但纸杯开口太小，再加上纸杯水太烫，根本没有调整手指捏鸡蛋的时间，就烫得我已经把手再次退了回来。

咦！这……

这时，泡澡的鸡蛋引起了我的关注，我坐直了身子拿起纸杯，盯着纸杯里的鸡蛋，心想我没有办法拿到鸡蛋吗？很快我就发现，鸡蛋也不大，斜靠在杯壁上，应该从鸡蛋的两侧，就是与纸杯最大的间隙位置，伸手指进去一捏就能提出来。我在办公桌上准备了两张卫生纸，再次给自己打打气：只要速度足够快就不会被水烫伤。我用右手拿着纸杯，调整角度，用我最敏捷的左手，快速一捏，就像鱼鹰俯冲入水捕鱼一样，一定要暂时忽略热水的灼烫，把鸡蛋捏住一提，赶紧放到桌面准备好的纸上，用另一张纸把手擦干。在做这之前，我是没有绝对的把握的，而现在，我甚至感到了一种成功的喜悦迎上心头。在看到纸杯下降的水位，突然想起了阿基米德在浴缸里想着泡在水里的皇冠，于是领悟出阿基米德定律。我的鸡蛋虽然也沉在水底，但我至少可以想出下次和我快 6 岁的儿子玩游戏时，可以将如何换算不规则物体体积的方法展示给儿子看，虽然我儿子还不知道什么是体积。我自己认为这可能是儿子喜欢的游戏，但要是女儿我就不大确定她会不会喜欢了，可能我老婆都不喜欢这个游戏。

这个事情告诉我，第一，只要你想去做点事，就会有麻烦在前面等你，很多时候，我都在拿做这件事的价值大小与面临麻烦的难易程度做衡量，这决定了我现在还有没有解决麻烦的决心，而忘了初衷，结果很多事都虎头蛇尾，不了了之。第二，干任何事情不能畏首畏尾，否则一事无成。第三，要成功不仅要有想成功的勇气，更要有能成功的办法，沉下心认真去审查和琢磨，是能解决面前绝大多数的麻烦，最后再解决掉所谓的困难就成功了。第四，就是《刺客伍六七》的经典台词之一："不拼尽全力试一下，又怎么会知道啊？"这话有点大了，等以后真正遇到了，再用这句话来激励自己吧，先写下来避免自己遇事又忘掉这句话。最后就是感谢生活中看似的不尽如人意，感谢食堂师傅卖给我一个凉的熟鸡蛋，如果是热的，那我今天早上就直接趁热吃了，然后就忙我的工作去了。最后的最后是我比较满意地吃掉了我的鸡蛋，肯定是不会去找他当面道谢的。应该感谢的是我们的生活，时刻保持一种积极乐观的心态，还有一颗感恩生活的心。

关于纸杯盛开水取热鸡蛋的故事就写这么多了，其实我还想到了两个问题，我的能力目前还回答不了。一个是开水泡多长时间鸡蛋是最热的，最热能升高到多少度？另一个是拿出鸡蛋后，水位下降了，但手指和鸡蛋都是湿的，再考虑到泡鸡蛋的过程开水的蒸发量，所以计算出的体积应该是大于鸡蛋真实体积的，这个体积的误差是多少？两个问题都太难了，我瞬间就放弃，不再去浪费时间试图解答了。有朝一日交给有能力的人，赋予这两个问题实际意义，然后去寻找答案吧。我希望我的儿子将来有能力解决这类难题，但是他要是觉得这很无聊，那就交给别人吧。

（建安公司选送）

把书念下去，找到答案

李发波

“把书念下去，然后走出去，不枉活一世。”近日，中科院一位博士黄国平的毕业论文中的致谢部分在全网引起了热议。

这篇令人动容的博士论文写于四年前，如今它以一种特别的方式走到了人们面前。只不过这一次，它迎来的不是导师的审阅，而是带给我们以感动和思考。

没有人知道，在那个时代里独自走出大山的黄国平，需要多大的毅力，鼓起多大的勇气；没有人知道，在家徒四壁的艰苦岁月里，黄国平经历过多少个挑灯苦读的傍晚，多少次头悬梁、锥刺股，又有多少次因为坚持不下去而懈怠放弃；没有人知道，为了获得很多人触手可及的自尊心，他需要用尽多少的努力。

二十二载岁月的坚守，八千零三十个日日夜夜，他在黑暗之中踽踽独行，独自承担着无边的孤寂与失去亲人的痛苦，但最终他还是走出了大山，驱散了黑暗。

也许我们很多人都有过这样的疑问，读书究竟有什么意义？努力究竟有什么意义？网络上充斥着一些恶搞、博眼球都能一夜暴富的网红，也看多了有的人学都没上过几天便可以身价上亿，我们也逐渐接受了有的人生来就比别人的起点更高，生来便是在“罗马”，生来就比别人享受着更多、更优质资源的现实。反观平常人的一生，那么努力地打拼一辈子，可能也过不了他们唾手可得的生活。

我们可能也会不由地问自己，为什么还要努力，为什么还要读书？也许，黄国平的故事可以给到你答案，“把书念下去，然后走出去，不枉活一世。”

泰戈尔讲过：“你的负担将变成礼物，你受的苦将照亮你的路。”“身处命运的漩涡”的黄国平为了走出大山，为了远离贫穷，去争取那些稀松平常的东西，为了心中的“光”，他只能马不停蹄地去读书，迎着晨曦与晚霞，拂过朝露与汗水，追逐风浪与月光，他在无人的角落里缄默成长，他在人情的冷暖中永远赤忱，他在凄冷的井底下喟叹星河。几经风雨泥泞，终见蓝天艳阳，他的故事，字里行间都是对“读书改变命运”最生动地诠释。

每个人都有亲自去选择自己命运的机会，而读书就是一种重要的选择。记忆中我们那边的农村，到了90年代的时候，大多数人依然不会选择努力去读书，而且意识不到这是改变命运的唯一机会。因为身边的人都是那样过的，小学毕业、初中毕业就出去打工、进工厂。当然，父母都希望孩子能早点出去挣钱当家，见多了不读书的同学玩伴，大家也就感觉仿佛这就是正常的人生，便不会把学习拽在手里当作命运的全部。而我却是同样因为选择追逐了心中的那一点“光”，才有了后来“走出大山”进入大学的象牙塔里触摸到更高的知识和思想。

在《贫穷的本质》这本书上有这样一句话：“比贫穷更可怕的是贫穷赋予的无知的思想、视野格局、认知水平。”任何时候，只要努力都来得及，读书改变命运不是只针对年少时，虽然年少时确实会有更多的可能和更多的机会，但是现在不只是努力用知识改变命运，而是这种生活的态度。

读书是通往诗和远方的最好路径，也是走出迷茫最好的方法。古人有云，书中自有三宝：颜如玉，千钟粟，黄金屋。书改变了无数人的人生境遇，改变了许多人的命运。一个人即使可能错过黄金屋、颜如玉，但读书一定会让你增长更多的知识，开拓自己狭小的眼界，书的厚度决定着一个人的高度，人生没有白读的书，每一页都算数。

蹉跎莫遣韶光老，人生唯有读书好。你向往的星辰大海，必定需要那样坚定地努力奔跑、翻越一座又一座山，跨过一道又一道坎，才有机会抵达。把书读下去，不一样的人生才在前面等着你……

（燃煤发电公司选送）

从《鬼吹灯》里看文化的承载力

李燕明

杜甫有诗云："山鬼吹灯灭，厨人语夜阑。"其实早在几年前我就注意到了《鬼吹灯》这部网络小说，看了由其改编的几部网剧后，在好奇心的驱使下读了一下原著。从精绝古城中，鬼国的无底鬼洞和人眼图腾，到龙岭迷窟中的鱼骨寺庙幻觉鬼墓；从虫谷的闽术、尸洞肉芝，到昆仑神宫的冰川水晶尸、轮回神珠，穿越了中国的四大神秘境界。通过《鬼吹灯》，我了解了许多历史、地理的知识，同时也使我不得不佩服古人的智慧与大自然的鬼斧神工。

可以想象，在夜深人静的封闭墓室，在杳无人烟的奇险洞穴，去瞻仰古人的遗迹，搜寻遗失的珍宝，这需要多大的勇气和智慧，每次主角们出生入死，都有一种动人心魄的共鸣力量，一个个超自然的现象挑战着我们神经的承受极限，古人奇异的思维方式震撼着我们的科学理念：在这个世界上是否真的有超越生死的存在？缥缈的周天易卦是否真能预示这命运的走向？千古一墓的墓主是否真能在死后羽化升仙？在死亡的尽头是否真的有虚无的幽冥？

这本书吸引我的，不仅是其中引人入胜、跌宕起伏的故事情节，还有人性的美与丑、善与恶。当同伴遇到危险时，他人奋不顾身地舍命相救；当遇到狼群袭击时，大家紧密团结在一起，共同抗敌，或许正是这一次次互相帮助、齐心协力，使他们在一次次的绝境中找到了生的希望，死里逃生。书中提到，每个古墓进入后只能取一两件古董，并且要将棺木盖好，不得破坏墓室，以防激怒墓主。无论书中还是影视剧中，多数企图尽得财帛的人多因诡邪或机关丧命。其中重要的原因就是人的贪婪。贪欲之膨胀，开始时的谨慎态度没有了，结果一旦判断有误，最后被迫出局。任何时候将自身的人性弱点控制在一个适当的范围内，追求的念头适可而止，才能得以长久圆满。

怕鬼不倒斗，倒斗不怕鬼。人类是一种奇怪的动物，恐慌是人群中传播最快的病毒，但是只要大多数人保持冷静，也就等于建立了一道阻隔恐慌蔓延的防火墙。古代人类对自然的解读还不像现在这么深入，人们习惯于将解释不通的事情全部归结于神鬼之说，之所以对死亡后的事情有诸多的鬼怪之说，也是源于对未知事物和未知世界的不解以及人“向生畏死”的潜意识。

灯灭不倒斗，鸡鸣不掘金。古人或许早已知道：蜡烛熄灭说明墓室中缺氧，所以必须离开，只是后来有的人无视规则而窒息丧命，加上坊间诸多不解传闻才有了“人点烛，鬼吹灯”一说。“人点烛，鬼吹灯”这是活人与死人的千年契约，古代的文化与精神，也在这千年中固执地传承着，或许会到明天，后天……永不泯灭。

本书作者的想象力和知识涉猎令人叹服，同时其书中对易学的一些见解同样让人深有同感：易学起于《易经》，被历代别有用心之人利用，一定程度上，确实推动了迷信文化的发展；然而真正的易学实际上是古代科学，是中国古人根据天地自然的变化规律，探索总结的科学指导学问，只是在真正的实践方面却有不同的路线：

迷信与科学。迷信与科学是由人们对不同事物的认知程度和理解程度决定的。迷信不过是在当时的社会背景下，人们对未知事物神鬼化的产物，这或许是当时统治阶级的政治需要，或许很多极少数人掌握的科学知识不被多数人认同或理解。

细细品读之下，发现书中广泛涉及传统文化、易学、人性、民风易俗等内容，同时在诡秘悬疑的叙事中传递着守“道”尊“法”和对死亡的敬畏。“道”说的是自然之道、人性之道，“法”说的是科学、方法、古法、自然之法。中国传统文化的土壤中的养分和古代文化的烙印不仅承载着文明，同时也包含着有待我们不断发掘的科学瑰宝。

（铁运公司选送）

读《少年维特的烦恼》有感

杨相瑜

闲来整理书架，发现角落里一本被我束之高阁很多年的《少年维特的烦恼》，这本书是歌德早期最重要的作品，也是德国文学史上重要的著作。

《少年维特的烦恼》讲述的是少年维特爱上了绿蒂姑娘，可是绿蒂却早已订婚。一个热血青春的少年，爱上已订婚的女孩，结局总是不太那么美好，之后，一系列的烦恼也随之而来。职场中的虚伪、自私、嫉妒，使得维特多次碰壁；嘲笑的面孔，讥讽的话语，让他一气之下辞了公职；最终，处处碰壁的维特绝望透了，用手枪对准了自己的头颅……

文中的维特善良、坚韧、钟情，也很多愁，他将绿蒂视为唯一所爱；而绿蒂，虽懂他，却只能将他视为知己。此时，青春的岁月在眼前跳动，年少的轻狂，无畏的冲动，满腔热血的喜欢和不计一切回报的付出，这难道不像是为了喜爱的事物，奋不顾身的你我一样吗？

文中写道，维特对绿蒂的爱慕和爱而不得、与阿尔伯特的友情，夹杂在这两者之间形成解不开的结，使得他夜不能寐。最终他不得不告别绿蒂，告别这难忘的山村时，暗自感叹：成长，除去青涩和懵懂外，还需要经历磨难，经历风霜，甚至经历绝望，我们才会变得愈加成熟与稳重。

在看这本书之前，我一直以为这本书讲的可能是关于一个雨季的孩子，正处于青春期的二三烦恼，看完后我才明白，烦恼大家都有，重要的是如何去看待它。当看到维特因为一系列烦恼结束自己生命时，我为维特的命运感到悲哀的同时，也替他惋惜。人总是会遇到一些无法避免的现实问题，我们要做的唯有心存热情和希望，好好地活。芸芸众生，每一张面孔下，都有一段不为人知的经历，无论是摆地摊的中年男人，还是清扫垃圾的妇人，对他们来说，生活或许是艰难的，但他们却哼着歌、满脸笑意地面对生活。每个人的手中，握着的是自己的生活，即使遇到一些坎坷、一些挫折，但那颗充满热情的心告诉我们：要乐观地面对，坚持一下，再坚持一下，或许就能等到云开日出的那一天，就像火车只有冲出黑暗的隧道，温柔和光明才能扑面而来。或许人总要在孤独中积蓄力量，熬过一段不为人知的艰难岁月，最后我们才会发现，原来世界可以如此的和颜悦色。

想起朋友圈里一张图片：一个已生锈的篮球架上有一些不知名的野花，满满地开着，配文是“生命的顽强”。也许是风吹来的尘日积月累，在那里积出一星点土，野花靠着这点土扎根下来，姿态优雅地站立在篮球架上，恬淡安静地开着，高远的天空，艳红的花朵，生命如此安静，又如此热烈。想起不知在哪儿看到的一句话：你知道它时，它开着花；你不知道它时，它依然开着花。植物们的顽强与淡定，有时真的让我们人类自惭形秽。我想，我们应该向一棵植物学习，无论何时，总是怀抱希望与热情：在该绿的时候，拼命绿；在该盛放的时候，拼命盛放，无论过去有过什么不幸，日子里，总是充满期待的美好。

植物们都是怀抱着热情与希望在这个世上生存的，更何况你我？

（铁运公司选送）

行走在字里行间的365天

李静

喜欢静静地码字，喜欢在手机屏幕上敲打着小键盘，喜欢漫无目的地随意宣泄着心情，喜欢这样无声地向生活表白……感受生命的脉搏，承载跳动的心脏，沐浴温热的日光，或许只是眉间紧蹙的“涟漪”。

行走在字里行间的365天里，时光轴将我们引向了诗与远方。“采菊东篱下”的怡然，“霜叶红于二月花”的惊艳，“银烛秋光冷画屏”的悲凉，“咬定青山不放松”的执念，“位卑未敢忘忧国”的豪情，“谈笑有鸿儒”的欢愉，“西出阳关无故人”的哀叹，“淡妆浓抹总相宜”的恰到好处，“才下眉头，却上心头”的绵绵思念……如一卷长长的画轴在心中流淌着。行走在字里行间的日子里，我也已然成为“画中人”。

行走字里行间的365天里，习惯用码字的方式表现顷刻而泻的心情。一直以来，总想独守一方净土，如前去拉萨虔诚的信徒一样，静静地装扮着自己的小天地，可以肆意地“挥毫泼墨”。在旭日东升时踮起脚尖拥抱第一缕阳光，在夕阳西下时与爱人互相依偎着闲看余晖，在踌躇满志时沉下心去思考，在阻碍重重时为自己点燃希望，在多愁善感时翻开随身携带的心情日记……在喧嚣的世间，放慢脚步，这样默默地用文字记录着365天，像是荒漠中想要寻求绿洲的求生者一样。生活中暖人心扉的情感故事凝结成了笔尖下的浅浅情思，记忆里珍贵挚诚的镜头填满了砥砺前行之路上的勇气，未来日子归隐在田间地头、茅舍篱笆中，为诗情画意的美好愿景镶上了梦想的光环，还有那些念念不忘的人或事、景或情，都一同带进这一方小天地。行走在字里行间的日子里，我已然成了“编剧”和“演员”。

行走在字里行间的365天里，习惯用码字的方式记录日夜守候的煤矿工人。一直以来，总想为他们写一首最深情的诗，捕捉他们灵魂深处的不凡之处。白雪皑皑中，早已瑟瑟发抖，却依然坚守在生产一线的路上；万家灯火团聚时，早已归心似箭，却依然坚守在生产一线中微笑着确保安全生产；设备出现故障时，早已疲惫不堪，却依然奔波在瓢泼大雨中筑牢安全防线；徒步排查时，早已汗如雨下，却依然以丈量土地的方式共筑安全防线；技术大比拼时，虽无丝毫天分，却在独具匠心地舞动指尖；文艺汇演时，虽是零基础，却依然迸发出火一样的热情，将青春诠释得淋漓尽致……在行色匆忙的脚步中，这样默默地用文字记录着365天，像极了娓娓讲述故事的心灵师。一言一笑中，似乎让我们读懂了初心，大爱，还有煤矿工人特有的情怀。行走在字里行间的日子里，我已然成了“摄影师”。

行走在字里行间的365天里，生活的模样愈发清晰，工作的时光愈发充实，成长的味道愈发浓烈。愿时光温柔以待——温柔以待每一个可爱的人儿。

（鑫桥公司选送）

铮铮铁骨孙少安

李星星

看过这部剧，而今又读上这本书，对他的认知又更深一层了。《平凡的世界》给我们描绘了七八十年代陕西农村的风貌，通过孙少安、孙少平兄弟俩这条主线刻画了普通劳动者通过自身努力一步步克服困难、乐观生活的伟岸形象。

“像牛一样劳动，像土地一样奉献”，路遥在开篇就写道：“谨以此书，献给我生活过的土地和岁月。”对于这片贫瘠而又淳朴的土地，路遥先生是充满着热爱、怀念和思索的。写这部书的时候，他也是像书里的主人翁一样，与贫穷抗争着，与命运拼搏着。

路遥在书中写道：“青年，青年！无论受怎样的挫折和打击，都要咬着牙关挺住，因为你们完全有机会重建生活；只要不灰心丧志，每一次挫折就只不过是通往新境界的一块普通绊脚石，而绝不会置人于死命。”这句话是对自身真实的写照，也是在激励着自己不断地前行和探索。

书中，孙少安的形象异常的高大，也是我最为欣赏的一个人。虽然没有弟弟孙少平被描绘得那么有书生意气，但是宽大厚实的臂膀、被太阳晒得黝黑的面庞、被劳动镌刻上痕迹的双手，就像是一个大大的保护伞，庇护着一家老小以及稚嫩的孙少平。

他俨然就是一个大哥的形象，也是一名朴实憨厚的劳动者。作为家中的顶梁柱，他二话没说，主动放弃了自己的学业，支撑起烂包家庭的重担，将上学读书的机会给了弟弟妹妹。他是有思想的，对读书的渴望丝毫不亚于孙少平。

寒风扫拾着双水村贫瘠的土地，埋头苦干的孙少安此时的心境也格外的不明朗。为了能上小学，他跟父亲孙玉厚硬杠了一架，心想：若不读书，自己永远走不出这片黄土地！而面对家境贫困，烂包异常的大家庭，他狠狠心、咬咬牙，毫不犹豫地将机会留给了弟弟妹妹。他是无私的，默默地为家庭付出着，当面对同学润叶"为何不读中学"的一再追问，他的苦只能往肚子里咽。

在《平凡的世界》里，孙少安有自尊、有傲骨，这份勇于搏击命运的精神和傲骨铮铮的骨气，使他成为平凡的世界中最不平凡的人。"爸，我要去参加中考，不是因为要去上学，而是要让村里人看看我不是因为考不上才不去读的。"凭着这句话，孙少安考出了全县第二的好成绩。他的学习一直名列前茅，要是能读出来，将来一定前途无量。不过，现实不允许他这样做，命运在最紧要的关头给他的困难又加了权重。

在队里，孙少安的威望是最高的。他带领的一队从大烂包到年年赶超二队，每年的选举他都是全票。村支书对他刮目相看，二队队长金俊武也觉得他是个"能人"。面朝黄土背朝天，孙少安每日劳作在广袤的土地上，将自己的汗水和青春挥洒在天地间，他相信总有一天自己会带着双水村的村民脱贫致富，将不公的命运彻底击败。

田间地头的破落茅草房中，孙少安面对着夕阳背靠着木柱吮吸起旱烟。长长的身影散落在硬邦邦的泥土地上，略微显得有点凄清。

他也时常惆怅，面对着烂包的家庭，怎么样才能让黑面馍变成白面馍？姐夫王满银又被抓的事怎么解决？心爱的润叶……

在想到润叶的时候，他的心一阵酸。他的脑海中时常想起那个傍晚，夕阳也是如此的美丽，当他打开润叶给的纸条时，震惊和躁动袭满了全身：“少安哥，我想一辈子和你好，咱们慢慢说这事。”虽然和润叶两小无猜，润叶也向他表明了心迹，但是钢铁般男子汉的他此时却怂了。无论从学识、家境、身份等方面，他都是自卑的。为了润叶好，他拒绝了她。铁骨柔情的汉子孙少安，在他此时的心里埋下了对自己“狠心”的种子。

不过，贺秀莲的出现使得原本黯淡生活的他发现了生活的光。书中贺秀莲为孙少安的妻子，小学毕业，没有太多文化和学识，但她以黄土高原女性特有的柔情与体魄，成了孙少安这个背负太多重担的农民身心疲惫时停泊的港湾。也正是这位贤良的妻子，成了孙少安成功路上的助手。

无论在书中还是在剧中，孙少安给人的总是一种黑黑的、粗犷的老农形象。但正是这位不像书生的“书生”，凭借着灵活的脑筋、踏实的拼搏，首先在村里开起了砖窑，并帮助村里人一起发家致富。他没有读过太多的书，但是自己的经验和奋斗足够写满一大车的书。最终，孙少安梦想成真，他让自己的家人过上了好日子，也实现了自己厚重的人生价值。

路遥说过：“在敏感的自尊心和自信心接受挑战的时候，苦难是人生最大的财富。”现实中，我们绝大多数都是平常人，都需要靠着自己的不断努力来获得别人的认可，改变自己的命运。正如《老人与海》中，那位老者一直都在与命运抗争着，尽管过程艰险万分，却丝毫没有退却的想法！

当孙少安为了不公的命运，选择回避润叶的时候，他的内心是苦涩的；当面对烂包家庭，他的身体也是疲惫的，心中却只有一个念头："卷起袖子加油干"；当孙少平发现自己有好感的同学郝红梅偷偷跟班长顾养民好上的时候，内心的波澜酸楚……一切的一切，唯有不断奋斗，才能扼住命运的咽喉！

广袤无垠的黄色高原千沟万壑，那片苍凉而恢宏的土地孕育出了伟大的作家路遥。《平凡的世界》，这部路遥吐血写完的巨作，在如今仍然激励着广大的青年，在艰苦异常的日子里，真的是一盏指路明灯。

（建安公司选送）

常思己过，莫论人非

苏丹

今天无意间听到 A 和 B 在谈论 C，两人夸夸其谈、高谈阔论，一副貌似言之有理的样子，还时不时地用 C 的不足之处来满足两人的笑点。我没有继续听下去，而是转身离开了，脑子里突然想到了清代学者金缨编撰的《格言联璧》一书中“静坐常思己过，闲谈莫论人非”这句话。

的确是，世上没有相同的两片叶子，每个人都是一个独立的个体、每个人都有自己的想法、每个人也都有自己的活法，人与人相处，靠的是一颗心，心与心之间，大家都要真，我们不能拿自己的标准去衡量别人，也不要把自己的思想强加给别人。善待别人，也是善待你自己，不要总觉得自己做的都是对的，也不要总觉得自己说的都是真理，是人都有不足，是人都有缺点，不要总是盯着别人的过错，学会自我反省才最重要。一位杨叔曾告诉过我：用放大镜去看别人的优点，用显微镜去看自己的缺点，这样相互学习，你才能进步。

不知你有没有发现，身边那些成功人士大都态度谦虚好学，从不妄下结论或随意指责别人。曾看过湖南卫视的一个节目，由何炅主持。一位年轻明星对何炅说，湖南台主持人里只认识何炅，不认识汪涵，如此赤裸的恭维，何炅赞同或否认都会尴尬。何炅回答道：

“那你肯定不红，因为红的人都必须要上过汪涵老师的节目。”现场响起热烈的掌声，这一句机智而真诚的“汪涵老师”，可以看出汪涵于何炅，亦师亦友，既化解现场的尴尬，也打破外界不和的猜测，不愧是湖南台的名嘴。“口者，心之门户”一个人的言语，就是他的内心，越是聪明人，越懂得养一张富贵的嘴。

那与之相反的有那么一句话：“病从口入，祸从口出。”北宋诗人柳永饱读诗书，才华横溢，本来自信满满去参加科举考试，没想到却落榜了，他郁郁不得志，去烟花柳巷发牢骚，写下一首《鹤冲天》。他跟人抱怨：“黄金榜上，偶失龙头望。明代暂遗贤，如何向。未遂风云便，争不恣狂荡。何须论得丧？才子词人，自是白衣卿相。”又嘲讽说：“烟花巷陌，依约丹青屏障。幸有意中人，堪寻访。且恁偎红倚翠，风流事，平生畅，青春都一饷。忍把浮名，换了浅斟低唱！”可他怎么也没想到，这首词竟传到宋仁宗耳朵里。柳永第三次科举上榜，宋仁宗刻意划去他的名字，也结束了他的仕途向往。“不是看不起我皇家功名吗？去你的浅斟低唱吧！”也许只是一次伤心难过后的无心之谈，却影响了自己的人生。抱怨，并不能改变已发生的厄运，却有可能带来新的厄运，一个真正的聪明人，懂得收起自己的怨念，而去做一些真正有用的事情。

听说过一个圆圈理论，觉得很有道理：当你的知识圆圈越来越大，你也会意识到，圆圈外自己的未知领域同样也在变大；如果你觉得谁都没有自己懂得多，那恰恰是因为，你对自己无知的认识太少。只有当你不断审视自己，不傲慢，不自满，才能最大程度提升自己的认知，你越优秀，越会懂得谦卑与宽容。

魏征说：“以铜为镜，可以正衣冠；以古为镜，可以知兴替；

以人为镜，可以明得失。”总看人错，怎知自己也有不足；总说人非，怎知自己也不完美。人与人之间，多一些理解就会少一些误会；心与心之间，多一些宽容就会少一些计较。你可以肯定你自己，但也不要去否定别人；你可以坚持自己的想法，但也不要去摧毁别人的看法。人生无常，世事难料，以前你看不起的人，或许，现在你都高攀不起，做人，简单善良点好，宽容真诚点会更好。

“静坐常思己过，闲谈莫论人非”，句斟字酌，一斟惊艳了时光，一酌温柔了岁月。时光与岁月要我们学会靠自己，你会减少失望；学会别说话，你会减少麻烦；学会静下心，你会找到当初的自己；学会慢慢感悟，你会听到美妙的声音。只愿你我以此去处事，便可一生安乐任逍遥。

（二号煤矿选送）

二 心灵深处有至爱

亲情是“马上相逢无纸笔，凭君传语报平安”的嘱咐，是“临行密密缝，意恐迟迟归”的牵挂，是“来日倚窗前，寒梅著花来”的思念。亲情的味道就像一团跌落清水里的墨汁，无声无息地晕染成一幅杨柳扶风的水墨画。

亲情像山像海，暖暖地包容、亲亲地嘱托、默默地给予、抑或拳拳的苛责，让人在温暖如春的不经意间，化解工作的压力、排解生活的愁烦、分解遇到的困难。我们依赖亲情，有如瓜豆的藤蔓缠绕着竹节或篱笆；我们拥有亲情，有如寒冷的小麦盖上了洁白的雪被，温暖如春，幸福如蜜。

爷

迁蓬

我的祖父，在我父亲年幼时就离世了。我今生唯一叫过的“爷”，是我的外公。

爷，是一个一米八的大个子，从小到大，无论我是追随着他的脚步还是被他扛在肩上，我对他一直都是一种仰望的状态，觉得他就是这个世界上最高的人。

爷在我的所有记忆里，都是那么的和蔼可亲，就是他偶尔对我发脾气，我也不怕。我看得很清，爷发脾气都藏不住他眼里看我的笑意，所以我总是咯咯笑着蔑视他的喊叫。

爷每天晚上都要搂着我睡，我愿意蜷缩在他的怀里，我们俩躺在爷猎杀的狼的皮上，扯着闲淡，我总是先睡着了。这张狼皮，在我的记忆里，是有一股肉味的。妈说那是有一年，爷正在睡觉，听见猪圈里的猪仔叫声异常，于是爷拿了一把铁锨就冲入黑暗，等到爷回来时，拎着已经被狼咬死的猪仔和被爷打死的狼。

第二天，因为婷说狼肉不能吃，爷把狼送给了邻居，只留下狼心，爷把狼心炒了给妈吃，说能壮胆。妈说，下午邻居炖的狼肉她偷着吃了，很香。妈说，爷也躲开婷偷着去吃了，还喝了酒。于是，每次我睡在这张狼皮上时，鼻子里总是嗅到一股浓香的肉味。

狼是怎么打的，爷没告诉我，婞告诉我，爷追着狼到了野地后，爷在下一个坎时摔倒了，狼一看回来准备偷伤爷，爷在地上用铁锨顶住狼脖子，一个翻身把狼铲到土里，狼就死了。

一段时间，爷是大队的民兵连长，爷的炕上总是放着两把枪，一把驳壳枪，还有一支步枪。我虽然喜欢枪，但是由于我拿不动这两把枪，爷也不太在意枪放在炕上有没有危险。我们躺在狼皮上挨着枪睡，如今回想倒有一点枕戈待旦的意趣。

我身子孱弱，爷就想叫我锻炼身体。他早上把睡眼惺忪的我扯起来，到院里，给我在墙上钉了很厚的报纸，叫我用拳击打，说一天打碎几张，等报纸都破碎的那一天，我拳头打在墙上也不会疼时，我就有了功夫。我噘着嘴打了一会儿，被婞心疼地拉走，爷也就作罢了。

爷在院里挖了个小坑，叫我抱着小狗从坑里往出蹦，说每天给我挖深一点，我天天抱着狗娃往出蹦，等狗娃长大了，坑深了我还能蹦出来，就有了轻功。这个我倒是感兴趣，但是狗娃不愿意任我搂抱着折腾，轻功的训练也就这样失败了。

爷只给我教了一套小洪拳，每天他光着膀子用大青砖在自己胸脯上拍打着，监督我打两遍。这个我们坚持了一段时间，效果很明显，我的饭量是明显增加了。

婞总是不愿意爷教我这些，婞说我父亲是读书人，我以后也要读书，不能学这些野人耍的。我也是受不了苦，顺坡下驴，练武的事始终没有如爷的愿。爷只是嘟囔着，不练好身体，看日本鬼子来了咋办？

我知道爷打过日本鬼子，解放过北平，也去新疆平过叛，他是当兵的，我见过他压在炕席下的军装照片，听婥偶尔说爷的事，爷自己没有告诉过我他的过去。婥告诉我这些，还是有一年民兵连的几个愣头青小伙子，质疑爷过去的军人身份，在麦场里向爷挑战，爷就平躺在麦秸上，任五六个小伙子抬他，几个壮汉抬得屁滚尿流，脸红脖子粗硬是没有把爷抬离地面。婥对村里人对爷是复转军人的身份质疑一事很有看法，嫌爷不去辩驳，说爷又不吭声，只能给我讲了讲爷的一些事，我才知道我的爷是老革命。

我天天缠着爷给我讲打仗故事，爷很没有耐心地轰我，说那些事有什么讲的。总是在我百般纠缠后，简单地说一点往事，慢慢地，我用这些积累起来的破碎片段，大概知道了爷的革命经历。

爷是孤儿，不知道自己出生年月，他只记得自己是从黄陵县侯庄塬上要饭到店头街。年少的他给富户打柴放牛，后来到双龙街寻亲，遇到红军驻扎在小石崖的双龙支队队员就跟着当了红军。然后跟着部队，辗转战斗，从红军到八路军又到东北解放军，还随着王震进新疆。后来，组织安排他到黄陵宜君担任公安局局长，他认为自己没有文化，硬是要回家种地，于是部队就让当地政府给爷分了两间房子和几亩地，然后爷就成了农民，唯一和农民的区别是爷每月要去政府领取一点津贴。

爷本来不善于言谈，我也年幼，只是大概记住这些。爷和我说往事，让我俩最快乐的是他说解放北平后，他竟然在冬天吃到司务长买回来的黄瓜，他觉得大城市真神奇，而我和他的感觉一样，怎么也想不通冬天哪里来的黄瓜。

爷偶尔领我去对面山上看一个疯子。爷说那个人不是疯子，而是炮兵，被炮震坏了脑子、震聋了耳朵。爷叫我不要和别的孩子一样，用土块砸他，爷说他不会对孩子发疯，他疯时是头疼，无法克制自己的行为。爷每次见了疯子，两个人也没什么言语，疯子依然不停地收拾自己缺门少窗的土窑，爷就拉着我蹲下，点一锅子旱烟，就那么看着疯子，烟抽得都熄火了，爷才拉我离开。爷走时，疯子才抬起手，若有若无地挥挥。

爷留给我的印象，永远是欣喜和满足。他吃粗粮淡饭，吃得是那么香甜，吃完饭总会把大碗用舌头舔干净。我总笑爷这个习惯，爷说笑啥，战场上没吃的，死人血浸过的黑豆他都吃呢，我恶心的“咦”一声。要是饭桌上有了面条或者麦面馒头，爷就叹息地说过年哩，这样的日子真的沃耶，打死打活为的就是有这样的好日子。只是那时，我并没理解在我眼里这么平常的饭食有个啥值得感叹的。

我只在别人口里听说过一次爷的事情，隔壁竹浪婶子说：“娃，你要好好学习长大挣钱给你爷花，你爷是大好人。”有一年武斗，爷领着民兵在西城门上镇守，当时学生娃的队伍冲过来，愣头青民兵吓得端起机枪准备扫射。爷一把把机枪抬起，子弹全打到天上。爷一脚把打枪的民兵踢倒，发脾气骂呢，说这都是咱街上的娃，又不是日本鬼子国民党，叫娃们过去。就这一下街上多少人都记爷的好，后来造反派把爷误抓到革委会，革委会主任亲自给爷松绑，说老王不是坏人，老王是革命功臣，叫赶紧放了。一条店头街的人才知道爷是老革命。

其实，当时店头街参加革命的人很多，我跟着爷大概都知道谁是。比如酒厂的厂长，我常常和爷去拉酒糟喂猪，爷就会把我从出酒车间破碎的窗子里塞进去，给我个壶叫我帮他偷点原浆酒。我总会在给爷偷酒时，自己偷喝散放在库房的果酒，喝得我晕乎乎地睡在库房，装完酒糟的爷只能叫厂长来开库房抱我出来。爷和酒厂厂长互相调侃的话我都能听见，互相吹自己打仗厉害，砸挂对方不行。现在喝酒还不好意思来要，叫外孙偷。这样的事不是一次两次，每次我醉醺醺地躺在酒糟车上，爷拉着我欢快地走在老街上，他好像以此为乐。那时我就能听到爷唱歌，唱的是《三大纪律 八项注意》。

爷还有一个战友是合作社的经理，因此有一段时间爷被叫到合作社看大门。爷的这个工作极大地改善了我的生活：合作社总会给内部职工处理一些过期食品和虫害水淹的生活用品，我在那一段时期吃到了肉罐头，穿上了哔叽裤子，婅也有了凡士林搽脸油。合作社的经理爷爷我只记得很和善，每次见我都能从衣服兜里摸出几块黑硬的糖块，我吃得很甜，爷骂合作社经理是贪污分子。经理爷爷就作势要夺回我手里的糖，爷就抱着我跑，经理爷爷就远远地骂一句“老鬼子屃”。

爷还有一个战友，是屠宰厂厂长，我胆小没去过，对这个爷爷只是从隔一段爷手里拎回来的一副猪内脏得知其人。屠宰厂爷爷隔一段时间就会叫爷去帮忙杀猪，作为报酬给爷便宜卖一副猪内脏，爷说这是专门给我买的，叫我吃了长身体。爷说，他其实不会杀猪，每次去也就是帮着屠宰厂的人把猪赶出来，人家杀完他帮着往开水锅里抬一下。爷很开心这个战友能叫他帮忙，爷觉得自己多少是占了屠宰厂的便宜。

爷虽然算是解甲归田，但是他和婅都不会种地，反正我是这么认为的。在爷和婅的自留地里，总是种着各种乱七八糟的东西，很多是为了我的嘴。这里点几棵向日葵，那里种几苗香瓜，而那些应该下心思种的蔬菜和经济作物，总是辜负爷和婅的辛劳，零星地挂几个果实，也就刚够我们三口吃。婔每次看到别人家去集市上卖自留地的蔬菜时，都会责怪爷对种地不上心，爷总是笑着说只要有我娃吃的就行了。

改革开放后，国家经济好了，爷的津贴也开始涨了。爷老了，种不了地了，我也随父母上学去了，爷大多时候都是坐在老街合作社的台阶上，看世事。我周末心急火燎地赶到店头，总是先到老合作社门口找爷，视力早已模糊的爷老远就能感觉到我，拿起他的小板凳，迎着我就过来，然后我俩拉着手回家。回家路上爷总是感叹现今的日子真的好，顿顿都是干捞面，有时面里还有鸡蛋臊子。

爷越来越老了，一辈子在军队上养成的卫生习惯也无力坚持了，很多时候爷等我回来给他擦身子。看着爷一身光洁，我就好奇地说爷打一辈子仗，为啥身上没有伤。爷说，他在北平遇到个算命的，说他这辈子是大海命，无伤无损地过一生，果不其然，多少次战斗，他多少战友都倒在他身边，而他，只是在头皮上留下一抹子弹擦过的痕迹。所以啊，爷说他很知足，想起那些没吃过一天饱饭的战友，他活得都是长头！每次和爷说起这个话题，他总是长吁短叹，感慨自己有房有地，过成一家人，而多少陪伴过他的袍泽，如今怕都化成灰了。我父亲有一次给我回忆爷对生活的认知，说爷在因病住院时，父亲把已经不能自己翻身的爷扶着换了个姿势，给爷点了一支香烟，爷深深地吸了一口后，说这是多好的日子啊，享福呢，真是享福呢！

爷一辈子没有再去找过政府，唯一一次，部队上来了几名干部找到爷，问爷有什么要求，爷开心地说啥要求都没有。部队干部看到放学的妈妈，说不行把娃招到部队去当兵，爷拒绝了，爷不愿意给部队添麻烦，也不愿妈妈离开他。直到前一段时间我和妈聊起，妈还说爷应该叫她参军，那样她的人生道路会是怎么样的一番场景。虽然妈很遗憾，但是又总会说，没出去好着呢，一家人在一起也很好。妈说，爷见了太多生死，太在乎一家人团团圆圆在一起的日子了。

爷去世时，我在外地独自照顾临产的妻子，未能及时赶回来。爷是夜里十一点咽气，我的女儿是凌晨四点出生。妈告诉我，爷一直看着门口，她给爷说我在外地忙着照顾孙媳妇生孩子后，爷闭上眼了。接完妈的电话，我看着刚降生的女儿，我坚信那是我的爷又回来陪伴我了。

妈把爷的遗物都交给我处理，我才看到爷的复转证明，那份证明明确地说要求当地政府给爷照顾安排。我整理着爷历次战斗的军功章和各类纪念章，整理爷一直留着的已经破旧的人字毛呢军装，整理爷已经洗得发白的军帽和各种帽徽，整理爷的烟袋和缴获的军刺……我觉得这些东西依然闪闪发光，俯身把它们揽到我的怀里，我闻到了那上面硝烟的味道，闻到了我熟悉的爷的味道。

然后，我们知道了张富清爷爷的故事，我认真地把张富清爷爷的事迹学习了几遍，在他的视频图像里，我看到他和爷有着一样的面容，那么忠诚，那么朴实，那么知足，那么淡然……

我一直以为我这辈子就叫爷是“爷”，现在觉得，我的“爷”很多，可惜，我都没有当面叫过一声。

（公司机关选送）

写给妈妈的信

杨 鑫

亲爱的妈妈：

您好！好久没见您了，您在那边还好吗？您在那里还住得习惯吗？我们好想您！

时光如水，岁月如梭，再过两天就是您的生日了，因为今年的腊月十四是周二，由于工作原因，我和妹妹两家 7 口人，提早来到您的墓前，为您祝寿。像往年一样，我们给您买了鲜花、水果、糕点，我还特意嘱咐妹妹煮了您最爱吃的饺子和几样下酒菜，摆了满满的一案。要是您还健在，可以想见给您庆生的热闹场面，鲜花奉上，蜡烛点燃，祝你生日快乐的歌声充斥在整个包间，然而今天我们只能以这样的形式为您纪念。我们给您寄去了金条元宝冥钱，寄去了新衣鞋帽手机，我们知道您在天堂也会过得积极乐观，也会请客、扶贫、散钱。妈妈，您尽可放心地去做您想做的一切，我们是您一切想法的经济来源。

妈妈，您知道吗？我们把您安放在了一个能听得见风声，闻得到花香、望得着行云、看得清流水的地方，虽是冬日，您身后的翠柏依然茂盛，两侧的冬青依旧碧绿，头顶着蓝天白云，脚下不远处是略微封冻的水域。我们知道您爱山爱水，所以才找到了这里。妹妹把黄白的菊花插在了两边的泥土里，她说让花绽放得更久一些，长长地陪着您，或许还会生根发芽。我在您的身边撒下了一把小米，我想让蚂蚁成群结队地拜访您，想让飞过的鸟儿停下来给您哼唱歌曲。

亲爱的妈妈，您知道吗？您一手带大的外孙已经结婚了，今天他们带来了喜糖喜酒，在您的墓前叩首跪拜，您是否听见您外孙和孙媳那一声“姥姥”的呼唤。如果您还健在，可以想见您在他们婚礼那日的风采，盛装赴宴，到每个桌前您都会开怀地举杯，粉面微醉，兴高采烈。妈妈，您知道吗？您的外孙女已经上研，最操心的孙子也考上了天津滨海新区最好的高中，您的儿子儿媳也和美甜蜜，您就放心吧！

妈妈，您知道吗？昨天我陪爸爸吃完晚饭，在帮他下载国家医保服务平台 App 时，发现了爸爸手机的开机密码是您的出生日期，平台使用密码是 aa 加您的出生日期。我知道爸爸已经把您的生命密码握在了他的手心里，注入他的余生中。aa 是他翻您日记的声音，aa 是他对您深深的思念，aa 是他对您无语的爱恋，aa 是他与您默默的依恋。他是想每天每时都能和您一起了解时事新闻，一起呼朋唤友，一起聊天聚会，一起享受网络时代，一起观花赏雨……爸爸的身体还可以，前些日子种了几颗牙，近日我们找了个老中医帮他正调理身体，想必有您的保佑，他会好得更快一些吧。爸爸有我和妹妹照顾，有弟弟一家时常的问候视频，您就放心吧！

亲爱的妈妈，您知道吗？自从 2019 年 12 月，新冠肺炎疫情就陆续在世界蔓延，中国打响了武汉和湖北疫情阻击战，一方有难八方支援，举全国之力实施了规模空前的生命大救援，全国各地都开展了防疫抗疫工作，在习近平总书记的英明领导下，国家的疫情得到了有效控制，彰显了中国特色社会主义的道路优势，中国共产党集中统一领导的制度优势，全国一盘棋集中力量办大事的体制优势。现在由于国外疫情防控不利，病毒变异，天气寒冷等原因疫情又有暴发的苗头，全国各地都加强了防范，春节倡导就地过年，限制人员的流动，所以原想的春节祭拜也合到今日一并进行，还望您能体谅！

亲爱的妈妈，您知道吗？现在已经步入了2021年，7月1日就是中国共产党建党100周年了，您常常告诉我，没有共产党，就没有您现在的幸福生活：是党的好政策让您从一个农村女娃变成了知识分子，是党给您提供了免费上学的机会，是党培养您走上工作道路，是党带领您战胜贫困和饥饿，过上了幸福生活。妈妈，我知道党对您的恩情比海还要深，您对党的忠诚比磐石还要坚。建党100周年对您来说就是最最盛大的庆典，如果您还健在，您一定会万分激动地筹备迎接建党100周年的各项活动，一定会组织公司退休第一支部的党员们，为党庆生，为党献礼。我可以想见您一定会组织大合唱，唱的第一首曲目肯定是《没有共产党就没有新中国》，第二首曲目是《唱支山歌给党听》，还有《妈妈教我一支歌》。今年企业退休职工社会化移交工作基本完成了，如果您还健在，您的党员组织关系一定会转到青龙社区，那样您就会组织咱们单位的党员和社区的党员群众一起扭秧歌，参与各项庆典活动。妈妈我知道您特别想参与到这场百年的大典里，表达您对党的热爱与忠诚。没关系，您的心意我会代为表达，我会让党知道您的赤子之心，您就放心吧！

亲爱的妈妈，我有好多好多的话想跟您说，有好多好多的事要与您分享，可我只能在夜晚闲暇时望着夜空默默凝视，对着星星喃喃细语，妈妈我知道您一直都祈愿我们大家过得开心顺畅，所以我一直都在努力地将悲伤和难过封存到您的梦境里。我曾问过风、也问过雨，能否将我的思念和感伤传递给您，清风说，她只会传达喜讯；细雨说，她只能传递问语，所以我知道，我要赶走忧伤，迎接欢乐情绪。妈妈您就安心吧！我们都会好起来的，会把您想过的美好新时代替您经历，会把您想参与实现的中国梦帮您奋力！我们有能力照顾好自己和家人，我们会把您的乐观、豁达、善良注入我们的骨髓里，把您的真诚、博爱、克己融入我们的灵魂中，弘扬您春风化雨的家风，传承您润物无声的胸襟。妈妈，您就放心吧！我们一定会替您完成心愿，一定会向您希望的那样快乐安康！

妈妈，亲爱的妈妈，今天咱就说到这儿吧，祝您生日快乐！也祝您在天堂过个没有疫情的好年，我们到清明节的时候再去看望您，再给您汇报咱们的国情家事。

至此叩拜！

想念您的女儿：欣儿

2021 年 1 月 24 日农历腊月十四

（公司机关选送）

难忘小姨纳鞋垫

张瑞晨

闲暇时候，每当我在街上看到那些满头银发的老奶奶纳鞋垫卖鞋垫的小摊时，我就不由得想起了我的小姨，想起了小姨当年纳鞋垫的情景。

纳鞋垫是我们渭北黄土高原的习俗。别看一双小小的鞋垫，却代表了一个姑娘家女红的优劣，怠慢不得。女儿家长到二十三四岁，许了人家，订婚时一定要在回礼时送一双鞋垫给心上人，这是风俗。姑娘家借此表达对心上人的爱慕之情，婆家以此来揣测未来媳妇是怎样一个心灵手巧的姑娘。

纳鞋垫的工序很讲究，先在墙上用新碎布抹袼褙，经过几天的晾晒，接下来剪成鞋底样备用。再到集市上买几尺红细布抽格子，这最麻烦，按横竖每隔四根线抽一根线出来，一切准备妥帖，才把布糊在剪好的鞋垫样子上，用一块干净的砖压上一两天，又平又展的鞋垫模型才算做好。接下来就是选花型，有双喜字、八角花、梅花等图案。各人根据爱好选择，各种颜色丝线要搭配得体，既不能流于俗媚又不可太娇艳，这才开始动工。

小时候住在外婆家，我总见小姨把鞋垫用口罩拆下来的白纱布包裹着，忙里偷闲纳上几针，然后又宝贝似的放在自己的闺房枕边，不轻易示人，仿佛在做一件伟大的工程。为了一双能拿得出手的鞋垫，小姨不知暗地里抹过几次眼泪。有时拆了纳，纳了再拆，手被针扎过多少次啊！但小姨毕竟是心灵手巧的姑娘，一个冬天能纳上三四双鞋垫，挑最好的放在鞋箱里。外婆总数落我性子野，不赢心，针线活不会做。我终于拗不过，曾耐着性子纳了两双，但终究不如小姨的工艺好，既精细又美观，堪称民间艺术品，到现在我还珍藏着。

街上那些老奶奶的鞋垫，比起小姨当年纳的鞋垫，无论颜色、工艺和精细程度都相差很远。但在市场经济发展的今天，几乎没有哪个姑娘为一双称心如意的鞋垫劳心费神，可那种久远的温馨和韵致常令我留恋。

（公司机关选送）

除了想你，我一切都好

倪小红

这个春节，你被《你好，李焕英》感动哭了吗？不怕你们笑话，我感动了，在电影院里我用完了随身带的纸巾，而和我一样，一个今年没回家过年的朋友，看完电影后发了条朋友圈，只有短短的六个字：想爸妈，想回家。

《你好，李焕英》的热映，也让我想起了我的母亲。

子欲养而亲不待，对于一个成年人来说，是人世间最大的遗憾，也是一种最无能为力的悲伤，无奈的温情中夹杂着深深的内疚、后悔、自责。

《你好，李焕英》就是这样一部作品，用一种遗憾的亲情来唤起人们内心深处最柔软的感情。这部影片能用时空穿越来弥补亲情的遗憾，而我母亲和我的故事，却无法再现，我只能翻出一篇旧闻，追忆那似水的年华。

我的母亲是位地地道道的农民，在我童年的记忆里，母亲就是无所不能的，她瘦小的个子能挑着百十斤的担子快速地穿梭在田间的大小路上。为了家里的经济开销，她和父亲可以夜以继日地忙活着：白天在田间地头穿梭，晚上回家还得照顾着家里一大堆的副业——养蚕宝宝，守护小猪仔、牛，做家务等，这些杂七杂八的事一干就是大半夜，我好多次从梦中醒来，都看着昏暗的灯光下，母亲拖着疲倦的背影在那里晃动着。

为了供哥哥和我上学，父亲常年外出打工，家里全部活计几乎都落在母亲一人肩上，家里的四亩薄地的春种秋收都是母亲一个人的活。为了多些收入补贴家用，母亲每年还要在农忙时节外出打短工。母亲用那双干瘪的手把我和哥哥拉扯成人，她把生活中最幸福、最温馨的时光默默地给了我们，而自己走过的却是一段艰难苦涩的路程，伴随她的只是些忙碌和艰辛的岁月。

初中毕业的哥哥和我，为了改变命运，为了多些收入，都选择远去千里之外的异乡择业。一路上我只顾着往前奔跑，在为自己所谓的事业忙碌着，平时的一个电话问候也总是被自己的忙碌占有着，心里暗想着，通过辛勤努力争取早日让劳累一辈子的父母跟自己享些清福。忙碌的日子让我忽略了身体已经佝偻成了一张弓的母亲早已疾病缠身，从未识别出母亲强打精神对着电话说我身体好着那的“谎言”。

原以为，时光尚好，母亲会多陪我们一些时间，伴我多走一段人生路；原以为，自己成长的速度能追上父母老去的速度，可是却忘了自己早已过了做梦的年龄。

2002 年 5 月 14 日，母亲匆匆离我而去。最让我抱憾终生的是母亲最后走的时候，我和哥哥一个都不在她身边，每每想到这，我的心就好痛，好痛。都说时间是最好的解药，可是对失去至亲的人来说恰恰相反，时间越长，心里的遗憾就愈加浓烈。

母亲去世后我最东边到过温州、最西边到过西宁、最南边去过深圳、最北边去过内蒙古，干过建筑工、搬运工、油漆工，每年就像“候鸟”一样，农忙和过年时回家，平时外出打工，年年奔波，年年无收获，直到 2009 年来到黄陵矿业才改变了我的现状，结束了近十年的“候鸟式”打工生涯。之后我在县城买了新房，有了一对活泼可爱的儿女，一切都好了，但是操劳一辈子，未享过一天清福的母亲再也看不到了。

人生最大的遗憾也不过如此：你把最好的爱给了我，我却没有机会好好爱你一次。你总盼着我好，有一天我真的如你所愿，但你却看不到了。

总以为岁月漫漫，有的是时间挥霍、等待；总以为明天很多，很多事不必急于一时，很多人无须立刻相见。可是我们忘了时间的残酷，忘了人生的短暂，忘了世上有永远都无法报答的恩情。我们常说来日方长，却忘记世事无常，有时候来日方长，只不过是生活撒的谎，“子欲养而亲不待”才是生活里最常见的痛。生命中有些人一旦失去，除了在梦里，再也不会有相见的可能。

“父母在，人生尚有来处；父母去，人生只剩归途”，原来，这句话是这么真实，这么扎心。

家，是一个温馨的字眼。家，是永远的避风港。家，是每个人心底最深切的渴望。小时候，最开心的事情就是背着书包回家；长大了，最难做到的事情是有家却没有时间回。

前些日子和父亲打视频电话，发现父亲更憔悴了，头发全白了，牙也都掉光了，当我看到他那因我打电话而快乐的眼神、快乐的笑容时，那一刻我心如刀绞，父亲总是将最好、最宝贵的留给我，像蜡烛一样不停地燃烧自己，温暖儿女！父母要的真的不多，他们要的并不是我们每月邮寄的几千元和衣服，要的只是带着孩子能陪他吃顿团圆饭，一句随意的问候，一顿再普通不过的饭菜，不需要穿金戴银，只需要能抽空带着孩子回家去看看他们，陪他们说说话，陪他们散散步，替他们拢一拢花白的头发，听他们唠叨一些鸡毛蒜皮的小事。

在他们心里，这就是幸福。

父母在，常回家看看，那个有父母的家，才应该是最热闹的地方。

（一号煤矿选送）

母亲

崔雨

我是只纸鸢，被名为母爱的线所牵连，我所有的振翅高飞，皆是为了回报那难以名状的爱的目光。

——题记

很久之前就想为母亲写点什么，可每念至此，就会词穷，无处落笔。

转眼二十七载，母亲用她最美好的青春岁月伴我成长，待我有能力独当一面的时候，岁月沧桑的痕迹已深深地印在了母亲慈祥的脸上，乌黑的秀发之间银丝也悄然而生，印象里可以为我遮风挡雨的母亲现在却要踮着脚尖帮我整理衣领。不经意间，我长大了，有了自己的家，还有一个可爱的女儿，一切都变了，或许唯一不变的，是母亲的那份体贴与关怀。

有一件事我记得很清楚，那是我上初一的时候，有天早上醒来得很早，一看表才4点半，想着再睡会却睡不着，于是我决定去网吧上网，一边想着一边从床上翻身而起，穿好衣服，洗漱完毕，正准备悄悄地溜走，没想到母亲也醒了，看到我起来这么早，便问我："这才几点啊，你这么早起来干什么？"我撒谎道："妈，老师昨天在黑板布置的作业题我还没做完，我得早点起来到学校把题做完。""那也不用这么早吧，外边天还黑着，你……”不等母亲说完，我便打断她，说道：“哎呀妈，我学习上的事你得支持我啊，我走了啊。”说罢，便急匆匆地推门而出。

我兴冲冲地跑到网吧玩了两把游戏，便向学校走去。到了学校，准备买早餐的时候，才发现早上走得急，竟忘了拿放在桌子上的钱了，“倒霉，算了，饿一顿就饿一顿吧”，我在心里想着，向教室走去。快到教室的时候，我傻眼了，母亲正站在教室门前，手里还提着豆浆和葱花饼，就静静地站在那里，看着我一言不发。我小心翼翼地一步两步挪到了母亲跟前，做好了承受母亲怒火的准备，没想到母亲却平静地说道：“我早上起来看见早餐钱你忘了带，便买了吃的给你送过来，可我没想到教室一个人都没有，我在这等了快一个小时了，看见你，妈也就放心了，这豆浆和葱花饼都凉了，这三块钱给你，你一会自己买点吃的吧。”听了母亲的话，那一刻我的心情犹如一颗还未成熟的青苹果，苦涩酸甜一下子涌上心头，还不等我说话，母亲便把钱塞在我手里，转身离去了。我怔怔地看着母亲渐行渐远的背影，突然好想哭，我在心底暗暗发誓：再也不做欺骗母亲的事情了。

后来有一次和母亲聊天提到了这件事，母亲笑着说：“我当时真想好好打你一顿，可那又能怎样呢？再说了，当着你那么多同学，妈也想着给你留点面子，等你回家了再好好教育教育你。”我哈哈大笑起来，恰逢阳光照耀，暖在心头，浓浓的母爱滋润心间。

在我参加工作以后，与母亲的沟通也越来越少，电话也是偶尔打一次，每次都是简单的问候就挂断了。还记得上次回家，父亲半开玩笑半认真地跟我提起：“你妈她人心眼小，总是舍不得你，老惦记你。记得你第一次出远门工作，你妈整宿整宿地睡不着，跟我不停念叨你。从你出生，到你上小学、中学、大学，转眼就毕业出去工作，零零碎碎的大事小事，一件都没落下，她想你睡不着，还非要我听着，害得我几个晚上都没睡好。以后记得多给你妈打电话，她还当你是个孩子，动不动就想你。”听到这里，突然就感觉鼻子很酸，眼泪止不住地往外流，仿佛心底某个柔软被触痛，停不下来，那种感觉，张不开嘴，说不出口，却真真切切地想要哭一场。后来，我时常给母亲打个电话，我知道母亲总在期盼这个电话，等待儿子千里外传来的声音。

2021 年 1 月 19 日是母亲 60 岁的生日，我从店头驱车四百多公里回到家为母亲庆生，因为国内疫情反弹情况比较严重，公司对疫情防控很是严格，之前对母亲说过过生日的时候可能回不去，这次回家没有提前告诉母亲，当看到我和妻子还有女儿出现在她面前的时候，母亲的那种惊喜之情溢出了眼眶，而我，看着母亲高兴的样子，欢愉之情也悄然打湿了眼睛。

60 岁，母亲竟然都 60 岁了。年轻的岁月已走过，经历的岁月都沉淀，持家的岁月为生活，操劳的岁月成蹉跎。岁月啊，犹如一卷无字经书，缓缓记载着母亲一朝一暮的风华，也如小溪潺潺，不经意间便已东流而去，但纵使岁月散尽，那飘散着甜滋滋暖意的母爱，仍荡漾在我的心湖。

亲爱的妈妈，母亲节快乐！愿我的祝福，如一缕灿烂的阳光，在您的眼里流淌。

（二号煤矿选送）

来世，换我守护你

刘青

发现妈妈的手腕处贴满膏药，已是夜里子时。这个点了，我们家的两个神兽：一岁半的女儿和两岁半的侄女依然毫无睡意，她俩在两面靠墙、一面靠窗的榻榻米上跑来跑去，还时不时地蹦蹦跳跳。女儿跳起来落地的时候还站不稳，侄女又是走前不管后，怕她们摔下床，妈妈就像老鸡护小鸡那样，张开双臂，护在床边。胳膊呈一字形展开时，衣袖被提了上去，那两块首尾相接、环绕手腕 360 度的膏药就露了出来。

只看了几秒，我就迅速将目光移去了别处，连嘘寒问暖的勇气都没有。公公做了小手术，婆婆要回去照看，我和老公上班早出晚归……妈妈一个人带两个孩子已经有小十天了。

对妈妈抱有怨言是在女儿出生后不久，初为人母最狼狈、最慌张的时候，她没有时时陪在我身边。即使后来有段时间回娘家小住，她也因为要照顾一家老小的日常，无暇顾及我和刚出生的女儿。在娘家短暂的日子，我并没有享受到想象中的放松与自在，于是赌气带着不到两个月的女儿回了自己家，任凭妈妈抹着眼泪万般挽留。而我，无动于衷，心如磐石，回意已决！还在微信朋友圈发下狠话：自己的孩子自己带，人家帮你是情分，不帮也是本分……字里行间，满满的愤慨。就是那短短的数日时间，我甚至觉得，我和妈妈在过往三十多年所积累的母女情深瞬间坍塌了。

人一旦掉进某种情绪而不自知，就很难脱离出来。意识到自己的荒唐，是在用心感悟了妈妈的一天之后：洗衣、做饭、收拾家务、带孙子，项项工作“无缝对接”；是在给女儿断奶时，自己历经三次失败后，妈妈勇敢站出来接管了女儿的断奶大计，其间看着女儿可怜巴巴地哭闹，她也跟着一次次红了眼睛时；是在无数个不经意间看到妈妈累垮的神情、贴满溃疡贴的口腔以及那一块块环绕在臂膀间的膏药……我知道妈妈爱我，也爱我的女儿。可能天下女人都挺苦的吧，可我觉得我的妈妈最苦！

为人母近十八个月，即使再厌，我也从来没有后悔做妈妈。是孩子让我变得柔软，让我懂得与世界握手言和。为人子已三十一年，越久越庆幸，庆幸有妈妈常伴身边，是她为我上好了人生每一个重要阶段的第一课：教我在自己的人生路上做幸福感爆棚的自己，教我在婚姻中做温柔体贴的妻子，也让我懂得对孩子最好的教育就是以身作则。

一次偶然的机会我看到一档综艺节目，当主持人问嘉宾：“如果有来世，你还愿意让妈妈继续做你的妈妈吗？”嘉宾斩钉截铁地回答：“不愿意。”那一刻她同样道出了我的心声，“如果有来世，我想要成为妈妈，让妈妈做我的孩子，由我来爱她、疼她、护她……”

信仰伊斯兰教的朋友对我说：伊斯兰教里说顺产的疼痛是宝宝给妈妈的礼物，这会带走你之前人生里所有的错误，是最深的原谅。过往不究，未来路，要做女儿合格的妈妈，单纯而开放；更要好好疼爱妈妈，投入而专注！

（二号煤矿选送）

师徒缘

王惠军

师傅德高艺精湛，徒弟虚心不惧难。

与父母和兄弟姐妹的缘与生俱来，是血浓于水的亲情，割舍不断，也是这辈子怎样走也走不出的牵挂与依恋，这缘，或许会让你一世温暖。然而，有些缘或许是生命中后来的遇见，有的素净平淡，有的昙花一现，有的擦身而过，所有种种，都曾真实地走过你的心。

几多回忆，几多问候，都化成了美好的思绪，在炊烟缥缈时回荡，往往会勾起人们对往事的回忆。这么多年过去了，我一直记得父亲和他师傅的师徒缘，时至今日，仍记忆犹新。

在七八十年代，煤矿工人在人们的印象中是“精诚掘进三千尺，求出乌金万人薪。君问薪水何处来，且看工人满面尘”。小的时候，就经常听父亲给我讲他和他师傅的故事，父亲的师傅姓任，每年的大年三十，父亲都会去看他，因为除夕当天是他的生日。

没参加工作以前，对“师傅”这个词语几乎没有什么概念，后来自己参加工作以后，才对师傅这个词的具体含义有了深刻的了解。

时间过得真快，一转眼二十多年过去了，记得刚上班的时候，父亲把我送到工作单位，并且跟他的徒弟千叮咛万嘱咐，一定要照顾好我，因为我参加工作的时候也就二十出头，刚从学校毕业，面对好多事情都束手无策，更谈不上有什么经验。

幸运的是，我的师傅就是父亲的徒弟，他对我们几个新来的工人特别好，我们刚到单位就被分到充电房工作——给电机车的电瓶充电，硕大的电瓶一会儿要加蒸馏水，一会儿又要加稀释硫酸，这让毫无经验的我们直犯难。电瓶充电的时候，充电液咕咚咕咚地直冒泡，溅得到处都是，穿的纯棉裤子和袜子上面全是小窟窿，几天换一双袜子是常有的事。师傅看到我们这些没经验的徒弟无计可施，后来索性配硫酸的时候，他自己一个人配，让我们在旁边看，等硫酸配好以后，我们往电瓶里面加就行了。刚开始，还有点不太理解，以为师傅不愿意教我们，后来时间长了，才知道硫酸对人有危害，师傅这样做是为了保护我们。现在，我的师傅早已退休回老家多年了，已经是七十多岁了，身体也不像当年那么硬朗了，只是从电话里面能听听他的声音，了解他的近况。现在回想起来，师傅好像没有给我们讲过太多的大道理，但是从日常工作中汲取的简单又富有哲理的东西却挺多，是他教会了我们不但工作要干得好，而且还要会做人。

工作是一代人接着一代人干下去的，我的师傅老了，已经不能再带徒弟了，可是工作就像一场接力赛，总需要有人接着干下去。这些年，因为工作的原因，我们需要学习的东西也越来越多，其间也遇到过几个师傅，从他们身上，我也学到了不少做人的道理。尤其是刚参加工作遇到的第一个师傅，他是一个对人忠诚为人厚道的人，同时也是一个简单的人。的确如此，和师傅在一起不需要花太多的心思去猜，因为他本身就是一个直白的人，也许正是因为有这样的简单和直白，才让人觉得他是一个有责任感的人。

时过境迁，二十多年一晃就过去了，现在我时常会想起当年当徒弟时的情景，心里总觉得暖暖的，最主要的原因之一，可能就是因为师傅那种淳朴、踏实的做事原则，这些年一直影响和激励着我向前，所以特别感谢师傅交给我许多做人做事的道理。

一路捡拾，一路删减，一路走过，且行且珍惜。岁月的洪流冲刷着身后的光阴，百转千回之后，依然能清楚地记得，那些散落在时光中的缘，这种缘虽已覆上记忆的青苔，却彰显着蓬勃与深邃，千丝万缕，感谢有你，我的师父，我的伯乐。

（瑞能煤业选送）

再回首，您还是我最美的遇见

邵庆芳

人生有三大幸事——上学时遇到一位好老师、工作时遇到一位好领导、成家时遇到一位好伴侣，何其荣幸，这三者我都遇到了，时至今日，我还是觉得无比幸运。在第 36 个教师节来临之际，仅以此小文感谢我教师生涯中的恩师。

以前，对于教师节，真没啥感觉，反正每天和学生在一起，吵吵闹闹，说说笑笑，单纯快乐，像每天都是节。离开校园两年后，再回首教师生活，真心希望我曾经的同事们能够每天享受那种像节一样的生活。

初为人师，何其荣幸，作为校长的您是我的指导老师。记得入职报到那天，校门口遇见的第一人就是您，或许，这是您的安排。亲切的四川普通话，温和的笑容把我初到异乡的陌生感降到最低。等一切安排就绪，您亲自带我熟悉了整个校园，每到一处文化景观，您都细心地告诉我景致中独特的思想渗透性和潜在影响力，像兄长一样提前给我上了入职第一课：作为新教师，要趁年轻主动而为，随时做到“打铁还需自身硬”，因为“跪着的老师教不出站着的学生”。

开学后，在任课和带班安排上，您很信任地给我分了班主任和任教班级，在许多毕业生仍在跟班实习时，我已独立走上讲台。您说过，一个好领导班子能成就一个好学校，一个好班主任能够成就一个好班级。在教学上，您要求我“以学定教”，备课时您亲自指导，上课时您亲临课堂，在这样的要求下，我努力学习，快速适应，积极借鉴老教师们的经验，半学期后，您给我重新调整了班级，艺体班、普通班、重点班，让我在不同层次的班级里充分历练，充实知识储备。

“政治教师一定要爱学生、爱学校、爱事业；教书但求一个‘实’字，不‘作’、不‘秀’、不‘华’。”在您这样的严格要求和耐心指导下，我对教学充满热情和激情，也快速转变角色不断成长，从教坛新秀到备课组长到教研组长，创纪录地连续带了八年毕业班的教学工作，您用您最大的善意和信任培育并坚持成就着我成长的每一步。现在想来，我越发怀念那段艰辛但充满快乐的生活。

您是校长，更是老师，当校长20多年，从来没有离开过课堂。面对学生，您始于辛劳，结于平淡，日复一日，年复一年。在这看似平凡而琐碎的工作中关心和爱护着每一个学生，您很少批评和责备，只要学生有点进步，您都会当众表扬。很多人认为晦涩难懂的经济学、哲学、思想政治学在您的课堂上充满兴趣。您追求最有魅力的课堂：用高尚的人格感染学生，也带动其他老师的进步；用行云流水的教学过程，让课堂充满激情与感动；用渊博的知识，乐道经济领域，巧点政治舞台。这也在我教学生涯中刻上了深深的烙印，让我想起曾经课堂上飞扬的青春光彩时还记忆犹新。

您一直强调，教师是学生成长的奠基人。“数子十过，不如奖子一长”，您要求每个教师要用心感受并欣赏学生的美好，要关怀与陪伴、鼓励与欣赏，引领学生展示和创造美好。现在，这句话让我用在我青春叛逆期的儿子身上，孩子的成长进步让我很是感动，每每提起谢伯伯，儿子对您都是满满的想念。

我是一个好奇心很强的人，在教育教学上爱琢磨、爱试验，但也遭遇失败与挫折，每次您都会及时和善意地提醒我：教书就像生活，用心折腾才会有趣。您的宽容与鼓励让我终于发现，进步其实也不难，只要有人点醒，就是一句话的事儿。对于和学生在一起的生活，我越来越享受那种晨有微光，夜有灯火，日陪勤学，月伴安眠的单纯、快乐、充实而富足的日子，这样的日子一过就是十五年。

调离工作临别前，您送我的工作笔记本上记录着密密麻麻的教学感悟，扉页上的六句话犹如您的谆谆教诲：钟情教育，让执着与虔诚成为习惯；热爱学生，让尊重与支持成为习惯；潜心学习，让读书与思考成为习惯；勤于笔耕，让反思与提升成为习惯；不懈探索，让研究与实践成为习惯；真诚辐射，让指导与示范成为习惯！

离开学校两年了，虽然在新的环境没能再次站上讲台，虽然现在的工作性质和以前全然不同，但这本笔记本一直在我办公桌抽屉里，珍藏它像珍藏您的良苦用心，翻开它就翻开了我的美好记忆。或许，这一生再也无缘站上讲台，但无论我站在哪里，定不会忘记您带给我的美好开始。在我职业成长的道路上，您是我最美的遇见。

（瑞能煤业选送）

我还年轻，三十而已

胡德辰

在母亲的眼里，我还年轻，三十而已，永远就像昨天那个晚上睡觉会蹬开被子需要她来盖上的孩童。虽然我的女儿也已经四岁了，但是母亲总觉得我根本无法照顾好自己，更别提照顾她的宝贝孙女。我的每一个行为，母亲都能从很多方面挑出很多错误，虽然很多错误实际并不存在，但是母亲仍然以强行指出我的错误来彰显出：她——是我的母亲。

母亲口中的自己，非常完美，总喜欢体现自己的优越感，哪怕是给家里的狗喂一次食，也要告诉别人她喂的食狗最喜爱，别人喂的时候都没有她喂的食让狗吃得那么欢实。母亲就算犯了错误，也总要找一个角度分析，来体现出她的错误也是有一定道理的。

母亲年纪大了，对于新的事物接受能力并不强，虽然教了她很多次，但是她仍然学不会用手机购买火车票，也不敢把自己的银行卡绑定在微信支付。和很多中老年人一样，母亲热衷于保健品，在她口中她购买的保健品就像是上帝对人类的恩赐，我也好奇这么大功效、如此神奇为何还没有获得诺贝尔奖，她觉得这是社会的无知，没有发现这款保健品的过人之处。我查了很多资料，确定了这款保健品，虽然没有什么效果，但是也没有什么危害，就由得母亲去吃了。

起码，她吃完后觉得自己更健康了。

母亲平时也沉迷于手机，喜欢点开微信公众号里那一个个标题令人震惊、内容漏洞百出的文章。看完后暗自窃喜，觉得自己又了解了别人所不知道的秘密。

母亲的话，总是不容反驳，但是我也一度非常喜欢反驳母亲那些没有道理的话。可是每一次，到最后她实在没有凭据反驳的时候，就开始说她这么多年把我养大是多么的不易，而我长这么大就只会和她顶嘴。

听到这样的话总是让我觉得十分烦躁，所以在上次母亲来家里的时候，我因为一些小事最终和母亲大吵了一架。说到最后，母亲一直在说她这么多年有多么的不易，这些话我已经听了十几年，所以丝毫感觉不到她的不易和她的认知错误有什么直接联系。当时我甚至觉得很失望，失望的是，一向自诩出众的母亲在讨论问题的时候总会用这种胡搅蛮缠的方式来结束。当时吵完后，我几天都没和母亲说话，甚至母亲回家的时候我也没说一声再见。

妻子回娘家考驾照去了，所以她又请母亲过来帮忙照看孩子。妻子走之前特意嘱咐我，不要和母亲吵架，母亲年龄大了，要让着点她。但是我并没有答应妻子，因为我怕我做不到。

母亲提着大包小包来了，来照看她的孙女了。我以为我还会因为各种事情和母亲经常拌嘴吵架，甚至盘算着如果真吵架把母亲气回去了，我该如何照看女儿。

和母亲打过招呼，帮着把行李放下后，我觉得这次也许我能心平气和地和母亲相处。

这次的母亲，依然习惯指出我各种或有或无的错误，但是每次说完后都会谨慎地看着我的表情，看我是否被她的话语触怒。母亲的这种谨慎，让我内心五味杂陈，我虽然不喜欢母亲无端的指责，但是更不愿意看母亲说话都要看着我的脸色。也许指责我只是她的习惯，虽然我现在并不需要这些无端的指责。也许她指责我也只是为了我好，虽然她也有很多的错误。也许是我上次的反应太过激烈，虽然想起来还是觉得理直气壮。

母亲老了，跟不上时代了，但是她依然可以让她的孙女穿得舒舒服服、吃得开开心心。母亲老了，她需要的并不是一个和她顶嘴辩驳的对手，而只是需要一个听话的儿子。母亲老了，只是一个普通的人，有着和很多中老年人一样的让年轻人觉得不屑的行为习惯。母亲老了，但我还年轻，三十而已。

虽然对母亲的行为多了几分理解，但是想包容起来还是没那么容易。我心里盘算着，已经好几天无论母亲说什么，都没有和母亲顶嘴了，但是想到之后还要相处一个多月，心里还是没底，不知是否能一直这么和气下去。

因为母亲的谨慎让我觉得心疼，所以我选择了更多的忍让，无论是母亲的指责还是自夸，更多的时候我用的是一种不积极的赞同态度，而不是过去的反驳。经过我几天的忍让，母亲的谨慎渐渐消失了，这是我所想看到的，但是态度又恢复得像从前一样，这又让我觉得有些头疼。

最近我头发长了，所以晚上拿出推子，打算给自己理一个三毫米的圆寸。打好卡子理了一半，母亲就来了，她告诉我我理头理得多么不好，长短不一。虽然我告诉母亲，还没有理完，一会儿用推子多推几遍就整齐了。但是母亲依然摇着头，说我根本不可能理好。

虽然自己之前已经给自己理过好几次头都没什么问题，但还是无奈地把推子交给了母亲；母亲接过推子去掉了卡子，对着我的头捣鼓一番，然后告诉我好了，绝对比我自己理得好。

洗过澡躺在床上，用手摸着刚理完的头，总是觉得不对劲：后面头发一边长，另一边有一部分快被刮光了，而且明明是三毫米的圆寸，却能揪出好几丛三四公分长的头发。我顿时感觉抓住了母亲的小辫子：她口口声声说的理得很好的头，却是这个样子，我一定要找她理论一下。几分钟后，我又觉得母亲也不是故意要理成这样，估计是卫生间的灯光太暗，我坐的板凳也太低，她看不清楚才理成这样，一会我自己拿推子修一修就好了。又一想，现在去修母亲看到了肯定不高兴，觉得我是嫌她理得不好，不如等她睡了再偷偷修一下吧。等到了十一点多，母亲睡下了，我刚准备去取推子，又想到母亲睡眠不好，我这用推子万一把母亲吵醒了怎么办，而且平时上班都戴着安全帽别人也看不出来，头发用不了几天就长起来了，算了，就这样吧。

我摸着自己不平整的头发，渐渐睡着了。

（发电公司选送）

父亲

刘海燕

他是山，伟岸而坚毅；他是海，广阔而包容，他就是我的父亲。五四年出生，成长于芦山，扎根于陕西。倏忽间，青丝染白发，未改是乡音……

母亲常说，父亲年轻时生得俊朗，瘦高笔挺，一件汗衫配的确良微喇裤，在八十年代是引领潮流的。他眉宇英挺，眼睛深邃，三七分中长发，颇有点文艺青年的范儿。

记忆中，父亲常随身携带一支微型口琴，闲来无事即兴吹奏，那曲声缓缓流淌着，浸入心田，成为我儿时记忆深处的天籁之音。父亲文笔不错，与母亲经人介绍，后来二人相隔两地，全靠书信传情，洋洋洒洒一大篇，措辞考究、词丰意美，数不尽对母亲的思念与爱。或许这般才打动了母亲的芳心，二人认定彼此，携手半生。

父亲十八九岁从老家四川芦山辗转来到陕西，刚冒尖的小伙子，有的是精气神和对生活的无限热忱。他投身煤炭行业，从基层煤矿工人做起，干过班长，当过队长，抓生产，搞技术。父亲总是不苟言笑，在外人眼中，他一副冷若冰霜的样子，话不投机，立时大发雷霆，其实内心热情似火。工作上不留情面，有人怕他；生活中乐于助人，有人敬他。我们姐弟三人的童年时代基本都是母亲陪伴左右，而父亲常年在阴暗潮湿的井下作业，一年到头早出晚归，陪伴我们的日子极少。

一次，父亲在井下负责组织安装支架，支架意外坍塌，导致他的右手拇指粉碎性骨折，失去活动功能。他的身上多处受伤，但工作中的父亲却是个不怕苦不怕累的人，正因如此，他多次被评为劳动模范、先进标兵。父亲坚守一线，与乌金为伴，风雨四十年，为煤矿贡献了全部的光与热。

岁月更迭，光阴流转，渐渐地，父亲从一个意气风发的青年蜕变成睿智成熟的长者。细细端详，如今的父亲脸上溢满了皱纹，像枯藤的老枝。他的手糙了，背驼了，脚步迟缓了，但眼中的坚毅与从容未曾消失。他像一棵树，经过风雨的历练，愈发显得挺脱、潇洒。这不，刚一退休就被返聘“回营”，踏上远行的列车，继续投身煤海。

话说老有所乐，于父亲而言，这乐趣得益于他所热爱的事业。他常说：“人嘛，生活一辈子，总要有一点奔头和意义，待着，人是要废掉的！”幸而，父亲找到了。

父亲爱工作，但更爱生活。他把对家人的爱全融在了那一道道齿颊留香的美食里。他爱做菜，喜好研究美食，味道多以麻辣鲜香为主，厚重而热烈。每逢年关，父亲总会从市场买来最新鲜的猪肉，为过年储备腊肉。用上好的大料，腌上好的肉。腌好的肉腾空悬挂，自然风干，半月有余，待肉色由鲜红变为褐色，截断一块，沸水煮熟配以茶树菇翻炒，肉汤则用来炖煮笋干、海带、白芸豆等，食材互相融合，有肉有汤，热辣鲜香，回味无穷。我想父亲的味道，就是他每每从远方回来时，那声迫不及待地呼唤：“燕娃儿，回家吃饭……”这是家的味道，是爱的味道。

父亲做菜善创新，食材搭配他都敢于尝试，别说，味道出奇的好，或许他是天生的美食达人吧。我们家的各大菜系食谱有好几本，这几年他还花钱专门去重庆拜师学艺，希望习得卤菜的独门绝学，母亲气得只有唉声叹气的份儿，说他是越老越折腾。我却不以为然，能找寻到自己喜欢的事情并为之努力，是多么了不起！

我常常说，父亲是浪漫的。年轻时的他走过不少地方，读过许多书，见过不少世面，直到现在还保持着健身的习惯。我们家以前有个八仙过海的陶瓷艺术品，精致而可爱，摆在家中醒目的位置，正面赫然印着“中国民航”四个字，那是父亲八十年代乘坐飞机去北戴河时，空乘人员赠送的纪念品，那时我才两岁，并未见过真正的飞机，而他早已体验了一把。

父亲每每外出，带回的往往是书或当地特产。他需要精神的补给，亦需要烟火气息，他的精神足够丰盈。现在，父亲逐渐老了，眼睛花了，但阅读习惯没有扔掉，不过是换了一种更洋气的方式——电子书，他常常通过微信向我推荐美文美篇，希望与我常读常新。清晨，他徒步登山；傍晚，他悠然散步；闲暇时，约三五好友或独自一人去野外垂钓，一待就是整整一天。父亲总是将自己的生活填得很满，他不想被生活抛弃，他从从容容、向阳而生。我想，这世界上只有一种英雄主义，就是在认清了生活的真相后，依然热爱生活，我的父亲，他就是英雄。

我知道，父亲此生有一个愿望：年轻时漂泊一生，老了渴望叶落归根。他希望将家中破败的老宅推倒重建，门前养花，屋后种树，重启二层小楼，建成现代小别墅。这样无论何时，孩子们都能找寻到家。

父亲能仗剑走天涯，亦想儿孙绕双膝，这就是我的父亲。我和父亲很像，眉眼像、个性像，我的血肉中有父亲的遗传因子。蓦然回首，已而立之年的我，竟活成了父亲的样子，不以物喜，不以己悲。虽然我和父亲交谈甚少，但丝毫不影响我对他的敬畏和爱戴。于平凡的生活中，他教会我真诚、善良、坚韧、乐观，以及永葆对生活的热情。风雨袭来，我和父亲一样浅笑而过，逆流而上。

如今，父亲已步入花甲之年，盛年不再，但挚爱不减。唯愿他此生有乐、余生常安，天高地阔，心向往之。

（机电公司选送）

我心中的岳母

秦勇

我的岳母为人慈祥厚道，本分行事，无贪无欲，却有涵养之德，热爱劳动，勤俭持家，当属贤妻良母。教养儿孙，照顾老件，总是默默无闻，却是大爱无疆。她虽是一名女子，却坚毅刚强，支撑起李氏的大家庭，为儿女们支撑起一片天。她虽然文化不高，却始终引领儿女好好做人，走稳人生之路，值得我们当后辈的好好学习。

今年春节，我第一次和她一起走进电影院，看了那场电影《你好，李焕英》，片中那种“子欲养而亲不待”的遗憾促使我想为她写点儿什么。从妻子口中探得一些儿时经历，愈发觉得岳母的艰辛。妻子年少时，总想去追求那不切实际的自由，不爱学习，东奔西跑，让岳母操碎了心。在她的记忆中，岳母总是忙碌的：忙工作、忙家里、忙亲戚的事儿。做不完的家务、少不了的唠叨，甚至有时候她会觉得，岳母在做家务的时候也会碎碎念，灌输着她总是左耳进右耳出的叮嘱。妻子总是会觉得听腻而烦躁，和岳母的冲突也时有发生，那时的她还不曾理解母亲带着关心爱护的碎碎念，也不理解母亲在冲突过后伤心难过的心情。直到长大成人后，也为人母，再设身处地地回想，妻子才真正理解母亲的不容易。

岳母不是土生土长的本地人，从小便跟着父亲背井离乡，从江苏徐州来到陕西铜川讨生活。家中七个子女，她又是老大，既要照顾下面的弟弟、妹妹，又要操持自己的小家，而那时我的岳父又在偏远的矿山工作，平日里她又要上班，又要照顾儿女。妻子每每回忆起自己年少时的所作所为，便羞愧难当。孩子永远是母亲的心头肉，生气的时候，打完了心疼，骂完了后悔，妻子定没少让岳母体会这种折磨。

工作时的岳母是忙碌的，退休后的她更是辛劳，岳父生病十几年，儿女因为工作的关系伺候得少，都是她一个人在照顾。俩老相互搀扶着走过人生的风风雨雨，在她的身上我深刻理解了“少年夫妻老来伴”这句话，人生最后可以依靠的还是自己的老伴。在岳父因脑梗病倒的那些年，她为了不给儿女增加负担，一如既往地独自照顾岳父，因为年龄的关系，虽然已力不从心，但还是尽己所能。

虽然我们做晚辈的会尽量抽出时间来和她一起照顾岳父，但岳父大多数还是依靠她：岳父的一个眼神，她就知道他想要什么；岳父什么时候喝水，什么时候小便，什么时候吃药，她都一清二楚，而我们往往手忙脚乱，还忙不到岳父的心里，让他更加着急。岳父因脑萎缩病重卧床那几年，神志已经有些糊涂，往往辨不清白天黑夜，她更是没日没夜地照顾，她的憔悴，我们都看在眼里、疼在心里。她有时会对我们发发牢骚，说这辈子都被岳父拖累了，可转过身便继续给岳父喂饭、擦洗。

岳父因为气管不好经常没有力气吐痰，她就用卫生纸帮他从嘴里一点一点擦拭出来，他的一个眼神示意，或一句含糊不清我们都听不懂的话语，她便心领神会地把吸管放到他嘴里，让他喝水，或给他翻个身换个卧床姿势。饱受病痛折磨的岳父在最后的时光，身体也许是痛苦的，但我想他的心里是幸福的，因为有岳母一直陪伴照顾在身旁。

岳母今年已经七十了，虽然有些胖，且已满头白发，但很富态的样子。她爱笑，聊天拉家常时，常常是笑声不断。其笑声，是爽朗的，是畅快的，是从心底透出来的真的笑意。人们常说世间最幸福的事就是，我已长大，她还未老，我有能力报答，她仍然健康，从这个角度来说，我们做儿女的都是幸福的。

今年清明小长假，疫情得到控制，我终于能带她出去转一转。虽然只有短短的三天，但我们一起在陕南的峡谷漫步，在瀛湖上泛舟，欣赏了美丽的自然风光，品尝了当地的特色美食，一路看着她脸上的笑容，我的心情也无比的愉悦。五一假期又带她去西安做了体检，一切安好，我便心安。

母亲节到了，为她写下这篇文章，这是一名女婿对岳母的敬仰之情，祝她节日快乐、幸福安康。“老太太心态好，能活过一百岁！”我心里时常这样想……

（机电公司选送）

父亲的专长

杨亚锋

父亲是一位退伍军人，1972 年入伍，1977 年退役回家，当了一辈子农民。

用父亲的话说，他既是个好兵，也不是个好兵。他射击技术精湛，他们连射击比赛他年年拿第一，所以是个好兵；新兵那会就经常跟班长对着干，军旅五年他从来没有主动起床打扫过一次营地卫生，所以也不是个好兵。

1975 年，那年父亲本该退役回家了，家里一个弟弟、两个妹妹，还有刚过门的妻子（父亲当兵之前已与母亲结婚），是他放不下的牵挂。但是在连队的再三挽留下，父亲只休了半个月探亲假就匆匆赶回了部队。1977 年，父亲再次申请退役，任谁劝阻也不听，毅然决然背上了回家的行囊。

现在回忆起来，父亲总是说："都怪自己当时太固执。"

父亲从来没有跟我说过退役那天他和战友离别时的场景，只是说他们被送到了地区火车站后被一辆车接到了县城武装部。

在武装部办理了手续后，他和几位同乡战友在县城街道闲逛时碰到一位"先生"。"先生"狂言他能测吉凶、测前程，几个年轻人便怀着好奇之心想"预知"一下自己将来是干什么的。

“你将来是个生意人，你将来会端国家的‘铁饭碗’……”“先生”一一道出了几位年轻人的前途命运，当然后面事实证明算得并不准。到了父亲这里，“先生”看了看说道：“你是一个天生的好木匠。”当时流行一句话叫“手握方向盘，一生不愁穿”，父亲的梦想是当一名司机，谁知却要成为一名木匠。当战友们都在讨论几年兵算没有白当时，父亲带着失落的心情回到了家中。

回到家中，父亲干过大队会计，做过小生意，但这些都不是父亲想干的，所以也就不了了之了。

1986 年，也就是我出生的那一年，父亲和二叔分家，打算在新庄基地盖一座房子，于是请来了一位外乡的木匠师傅。父亲说师傅很憨厚，手艺也好。

八十年代的农村，盖一座土木结构的房子也算是个“大工程”，师傅一个人忙不过来，父亲就给他打打下手。用我们老家话来说，父亲是个很“细数”的人（指一个人做事仔细），木匠师傅看在眼里、乐在心里，临走的时候说他一个人经常忙不过来，想收父亲做个徒弟。可能是因为九年前的“梗”，父亲断然拒绝了师傅的好意。

虽然没有踏上木匠路，但是这丝毫不影响父亲在木工方面的“才华”。自我记事以来，家里木工方面的活从来没有求过别人，不管是凿、刨、铆，父亲样样精通，什么打架子车，做柜子、桌子也是手到擒来。

可能真的是因为“先生”的一句“你是个天生的好木匠”，在父亲的心中留下了阴影。小时候父亲给我理发的时候怕我哭，总是会说：“不痛，理发是我的专长。”给我挝铁环的时候也会说：“肯定圆，窝铁环是我的专长。”但是父亲也给我做了很多木器玩具，却从来没有说过木工是他的专长。

今年春节，我带着两岁的儿子回到老家，父亲赶紧翻出他的那些“老玩意儿”，带着儿子又是锯又是凿的，不到一会儿工夫就给儿子做了把木质手枪。

我拿过手枪掂了掂对父亲说：“小时候你就给我做过这个，跟现在的一模一样，很逼真。”

父亲高兴地笑着说：“那可不，木工是我的专长。”听到父亲这样说，我很欣慰，或许他真的已经释怀了。

（机电公司选送）

我的启蒙老师

郑红

在我的生命中，除了父母，记忆最深的可能就是我的启蒙老师了。

40 多年前的 9 月，我挎着妈妈用碎布屑拼接做成的花书包，与妈妈一起来到村里的小学，见到一位和蔼可亲的老人。据说，他是妈妈小学时的老师，也即将成为我的启蒙老师。这位老人就是我的启蒙老师，他姓袁，我们都叫他袁老师。

说起来很惭愧，我到现在也只记得他的姓，并不知道他叫啥。

那时，村里的小学条件很差。我们这些孩子在 6 岁前根本就没接受过什么学前教育，幼儿园根本就没有。孩子们都是粗犷式的放养，各方面管教起来很是费事，当时，袁老师既是我们学习文化知识的启蒙老师，也是我们的生活老师。

至今，让我记忆犹新的，就是袁老师解决孩子们上厕所的问题。

当时生活条件差，孩子们穿的裤子没有什么松紧带呀、腰带啥的，条件好的就是一根布带子，还有孩子系草绳的。为了裤子不掉，孩子们有时把裤带系成死结，要上厕所才发现解不开，那个急呀无法形容。每次袁老师都耐心地帮忙，还劝我们别着急。有时来不及解开，有的同学就尿在了裤子上，袁老师就忙着给同学烘烤裤子。

后来，袁老师就准备一把剪刀，解不开就剪断，上完厕所再帮忙缝好腰带。没经历过不知道，当袁老师帮我们解开裤带，我们厕所上得那个畅快！

袁老师从不发脾气，对犯错误的同学也很宽容。

记得一年级下学期的5月，桃子熟了，同学送了我一个，那个香呀，不停地从桌斗里飘出来，闻着满嘴都是香甜的感觉。可是正在上课，我心里不停地告诫自己忍着，努力忍住馋。可最终还是忍不住，悄悄拿出桃儿，快速低头咬一口，香甜无比，我就像那小耗子一般“解馋”起来。刚吃几口，袁老师就发现了，走过来，拿走了桃子，放到黑板（一块大青石板）后面的支架上，对我说：“我先替你保管，好好听课，下课再吃吧！”一下课，我就奔过去，拿起桃子大口大口吃起来。

我们村小学还有两位老师，一个姓郭，一个姓张，他俩的脾气可没袁老师好。袁老师在我们村小学一直担任一年级的老师，可以说我们村的孩子都是他启蒙的。袁老师也时时给那两位年轻老师做工作，他俩也特别敬重袁老师。

后来，袁老师退休了，郭老师就担起了我们村小学的启蒙老师任务。

在我上中学的时候，听说袁老师在县城儿子家摔了一跤，脑出血，没能抢救过来……

至今，我很惭愧，依然不清楚老师的名字，脑海里有的只是他那和蔼可亲的笑容，和他拿起铁棍敲击小屋檐下挂着的一节铁轨，“当、当、当——”清脆的铃声在思绪中久久回荡。

（煤电实业公司选送）

女儿九岁

王琳琳

教育的本质就是让孩子的心灵看到生命的光明，为孩子建立一个心灵的家园，然后再为孩子点一盏心灵的灯。

——题记

今夜，我来到女儿床前。看着女儿酣睡的脸庞，甜甜的模样，心中漾起莫名的感动，拥有女儿是幸福！

白天，她快乐地度过自己的生日，兴高采烈，宛如一只出笼的小鸟，她已经整整九岁了。此时，飞倦的“小鸟”带着所有爱的祝福，嘴角泛着丝丝笑意，进入甜蜜的梦乡。

女儿是多么天真无邪！就在两天前，因为一些鸡毛蒜皮的小事，妈妈粗暴地斥责你。然而今天你却充满欢乐和喜庆，幸福与满足洋溢在你的眼角眉梢。此情此景，一种愧疚感在妈妈心中升腾、弥漫。蓦地，又一种强烈的愿望撞击着心灵，妈妈不得不发问：女儿，在你成长的每一天里，你快乐吗？

看你熟睡的脸庞，是那样的恬静，那样的迷人。你根本不会知道妈妈正静静地望着你，却又冲动地想叫醒你。

为什么每逢女儿入睡，那种真正的母性的温柔才会完全占据我的心。作为老师的学生，你是出众的，在每一次成长的历程中都写满自豪。作为妈妈的女儿，你却永远达不到妈妈的目标。妈妈凡事过于认真，总在吹毛求疵地要求你，永远都是那样贪心不足，一个要求又一个要求横在你面前，精心打造一个完美的你。不知道，你眼中的妈妈是否是普希金笔下渔夫的老太婆？

今夜妈妈无眠，看你深深入睡，听你均匀地呼吸，怜爱的目光像月光一般柔柔地泻在你身上。这种幸福在白天你却很难拥有。

聪明伶俐的你，早早便套上了妈妈为你编织的爱的枷锁。当同龄孩子还在妈妈怀里无边无际撒娇的时候，在幼儿园里奶声奶气学儿歌的时候，在阳光下自由快乐玩耍的时候……天真烂漫的你却背着远远超出你年龄的书包，按时准点地加入小学生的行列，过早尝到了忙碌的滋味。乖巧聪明的你没有辜负妈妈的殷殷期望，总能捧回令妈妈欣喜不已的成绩。与此同时，更坚定了妈妈望女成凤的决心。

年龄小没有成为你前进道路上的障碍，凡事从不甘落人后。一本本整齐漂亮的生字，一篇篇出人意料的作文，一幅幅惟妙惟肖的图画，一首首流畅动听的乐曲……无不让妈妈惊叹。看着一张张奖状、一本本证书，妈妈欣慰地笑了，然而，每一次成功都加重了爱的枷锁。妈妈每一次都能矜持自制，苦心自勉，怀揣美好希冀把对你的要求“更上一层楼”。

凝视你稚气的小脸，轻吻你红红的面颊，抚摸你柔嫩的小手，圆圆的指端因触击琴键已经磨平。妈妈是否太残忍？九岁的孩童，原本是轻松快乐的。你却进入了五年级的课程，整日沉浸在作业的围堵中。房间里因此少了你银铃般的笑声，下五子棋时得意的笑脸，载歌载舞时陶醉的神采，还有那不知天高地厚的“狂言”。童真童趣在你身上日渐消失，妈妈用成年人都难以达到的标准来生硬地衡量你。你尊敬的妈妈，时而温柔可亲，时而严厉无情，让人捉摸不透。也许日复一日让你迷惑。

女儿，你懂吗？这一切的一切都源于爱。收获你一天天成长的惊喜，分享你一次次小小的成功，憧憬你有一个美好的前程。明天的精彩始于今天的努力。为了不让冉冉希望变成海市蜃楼，妈妈不得不学动物界小鹰妈妈隐忍克制的爱，用貌似冷酷母爱激励你茁壮成长。还说那个小故事，老鹰每次产下三只蛋，丢掉其中一只，只孵另外两只。小鹰出壳后，老鹰又丢掉比较小的，只把强壮的小鹰养大。看似无情胜有情，优胜劣汰的自然法则人类也不例外。成功的路上布满荆棘，高高的金字塔用勤奋筑成。在你的身上，给予了妈妈太多的梦想。爱的同时却在不知不觉中泯灭你的童真。

女儿九岁，多了几分执拗，几分反叛。仿佛突然有了个性。记忆里忽闪着美丽的大眼睛崇拜地望着妈妈的情景，已成昨日的童话世界。妈妈说的话，你不再言听计从。表面唯唯诺诺，心里依然我行我素。待人处事，不改变自我，总有自己坚定的主张。妈妈愕然失措：绳子拴住的马，能驯服多久？很多时候，妈妈眼里容不得一粒沙子地，在苛求你。你幼小的心灵怎能明白妈妈给予你的鸿鹄之志？我不禁反躬自问：这样的爱，女儿幸福吗？

女儿九岁，金色童年。女儿是鱼，还她大海；女儿是鸟，给她蓝天。爱的目光铺就未来，爱的桎梏解于现在。

女儿九岁，祝福生日快乐，人生快乐！

（煤电实业公司选送）

父亲，您是我心中永远的歌

邱茉莉

“想想你的背影，我感受了坚韧；抚摸你的双手，我摸到了艰辛；不知不觉，你鬓角露了白发……”这是刘和刚演唱的《父亲》，不知何时我爱上了这首歌。刘和刚的声音清亮、真实、富有穿透力，仿佛那歌是唱给我一个人听的，穿过耳膜鼓荡在脑海里，或者说那就是我的心里话，由他替我日复一日地唱着。如果我也有这样的歌喉，我也要以更深的情歌唱我的父亲。

请原谅，我必须说出安康市旬阳县石门镇三棵树村，必须说出邱道银——我父亲的名字。这个名字和村庄都太过平凡，很多年以后还会有人记得，就是这个人和同样平凡的母亲，曾经孕育过一儿一女两个孩子吗？还会有人追问，他一生走过的路吗？作为女儿，我尚不能知晓父亲的全部，只能顺着他年过六旬的年轮回溯他走过的点点滴滴，以此来连缀成沉甸甸的故事。

父亲的最高学历是高中，虽然不高，但也是七里八乡数一数二的“秀才”。那时家里很穷，父亲很要强，他上学的学费都是靠自己挣的，他在上学放学的路上都会帮人家挑上两大袋粮食或者别的什么货，一趟好几十里山路，父亲愣是练出了一副铁脚板，后来再苦再重的活儿，他也没喊过一句累。高中毕业后，他被分到石门镇政府做文书，父亲聪明又能吃苦，深得领导器重，本来是大有前途的，可惜不久后爷爷去世，家里没了壮劳动力，思前想后，父亲还是决定回家，替奶奶分担家务。

镇领导不舍得放这个懂事的小伙子走，但最终还是尊重了父亲的选择，经过斟酌后安排他到村里任职，当村主任。那时候的村主任都是又红又专的，父亲尤其如此，当上村里的一把手就时刻考虑集体的利益，想着怎样当好这个大家的“家长”。在那之前，三棵树村作为安康市最偏远的一个山村，祖祖辈辈都是点油灯的，很多人都不知道电灯是个啥东西。村里特别穷，各家各户分住梁前岭后的，要是开一次村民大会都要翻山越岭挨家挨户地通知。为了改变村子的落后面貌，带领大家脱贫致富，见过世面的父亲立志要让三棵树村通电。这事说起来容易，做起来可绝非易事，光一吨重的水泥电线杆就要好几百根，那时也没有现在的起重机械，往山上搬运电线杆更是难上加难。父亲鼓励大家说，就是累得脱层皮，为了子孙后代，我们也要把电拉进来！在他的呼吁鼓舞下，全村男女老少齐上阵，青壮劳力肩扛手抬，妇女小孩做饭送饭，就这样他们硬是把电线杆一根根地抬上山头，抬过田野，抬进村庄。经过两年多的奋战，电线杆在几十里山路上排成队，把两根电线举进了村子。通电的那天，父亲亲自合闸通电，三棵树村的夜晚终于亮起来了。老人们盯着灯泡看，看流泪了还看。孩子们也终于知道书本上的谜语：“屋里有根藤，藤上结个瓜，一到太阳落，藤上开红花”，到底是怎样的景象。

父亲不满足现有成绩，一心想让村子富起来。他先后带领村民种植黄姜、烧青瓦，但是黄姜有了好收成，青瓦烧成后又发现交通成了大问题。三棵树村地处巴山的腹地，到处沟壑纵横，想致富必须先修路。父亲再次发挥一名共产党员的模范作用，像当年拉电那样，发动了全村和邻村，各村齐心协力，逢山开路、遇水架桥，就是凭着大锤、钢钎、尖镐、铁锹和手推车在崇山峻岭之间开凿出了一条可供小货车通过的简易公路。以前到镇上购物，总是要起早赶路，天黑才能到家，公路修通后，摩托车、三轮车、小货车就慢慢多起来，收货的商人也到村里来收黄姜、果子什么的。后来，父亲还给村里引进了自来水，村里终于告别了吃井水的日子。十里八乡的人都对他敬重有加，提起邱道银的名字，都会竖起大拇指。

回头想想，如果父亲一直当他的村主任，我家也可能富裕起来。但改革开放打开了外面世界的大门，我哥哥一心想走出大山去做生意创业，要“闯出一片天地”来。当年，哥哥软磨硬泡希望父亲帮忙，父亲也觉得在村里的几件大事都已做完，剩下的应该交给年轻人做了。他辞去了村主任的工作，跟随我哥哥到西安创业。理想是丰满的，结局是骨感的，他们出去闯荡了近二十年，虽然中间小有赚头，到最后还是背了一身债务。但他并无怨言，也很少向我们提及在外奔波的苦累。为了这个家，他无怨无悔。为了还清债务，他和哥哥年年要出去打工，父亲放过牛羊、喂过猪，干过杂活，全家节衣缩食。

后来，哥哥结婚，但没过几年就又离了，三岁的侄女由哥哥抚养。为了照顾苦命的小孙女，也是为了她有个好的学习环境，父亲和母亲搬到西安城里，和哥哥住在一起，说是享福，其实是做哥哥的“后勤部长”。父亲和哥哥在工地干活儿；母亲买菜、接送小孙女上学放学，一辈子节俭惯了，走到路上遇到纸盒子或易拉罐她都捡起来，攒一堆卖钱。

窗外的歌声断断续续地传来，“听听你的叮嘱，我接过了自信，凝望你的目光，我看到了爱心……”随着我自己长大、成家，我也渐渐懂得了父亲，懂得了他无私的爱，懂得了他的坚强正直。家里虽穷，但父亲从不唉声叹气，笑容常在脸上，从来没有因为各种压力对我们发脾气。我是我们家的“小公主”，都上三年级了，还会装病撒娇让父亲背我；他在外面干活，不管多累到家总会笑呵呵地把我抱在怀里，去镇里开会从不忘给我买好吃的零食。父亲虽是我的养父，但是我在家的地位要比我哥“高”，我跟哥哥吵架了，父亲总会安慰我、偏向我，用胡须扎我逗我开心。

听村里人说，在我六岁的时候曾生过一场大病，昏迷了两天两夜，请遍了全镇的大夫都无能为力。父亲抱着我哭得像个泪人儿。后来一个村民想起有个我叫二爷爷的赤脚医生，可是母亲跟他有点过节，怕请不动。父亲全然不顾这些，他飞跑着请来了二爷爷，在二爷爷诊治下我捡回了一条小命。

前些日子，我想把他接到我家享几天清福，但他还是让我给他找个活儿干；他也不想住我家，怕给我家添麻烦，我也只能偶尔叫他到家里吃顿便饭。到家里他也闲不住，总是帮我择菜洗菜，忙这忙那。有时候，不等我回家，父亲已经帮我忙碌了一桌热腾腾的饭菜……

“生活的苦涩有三分，你却吃了十分，这辈子做你的儿女，我没有做够，央求你呀下辈子，还做我的父亲，我的老父亲。”每次听到这里，无边的酸楚便涌上心头。记忆中的父亲高大得像一座山，现在的父亲怎么显得那样矮小；曾经的父亲满头黑发，现在的他已是两鬓白发。我可敬可爱的父亲啊，您品尝着生活的艰辛一步步走向寂寞的暮年，您为儿女付出了一切却不求任何回报。我只有听着、唱着这支写给您的歌，祝愿您平安、健康，长命百岁，因为您和妈妈在，我就还是个孩子，我愿意永远做您的孩子，下辈子也愿意。

这样想着写着，泪水又涌上眼眶……

（煤电实业公司选送）

时间里的母亲

刘丹

“妈，今天晚上我自己睡，你睡我下铺可以吗？”清晰记得她开始用一个单字唤我，是从五岁生日那天开始的。我问她原因，她回答：“我是大孩子了，就要叫‘妈’，你不是也这样叫姥姥吗？”她眼神里的笃定惹我欣慰又不舍。

又到母亲节了，五年多来的生活片段如电影快进一般从脑中划过，我也在成为母亲的焦虑和幸福中重新成长，在很多个劳累的白昼黑夜中想变回小姑娘。

你人生的每分每秒都要细细考量，衣食住行都生怕有一点不妥当。你开口叫“妈妈”那天，我的泪水涌上眼眶，一切付出都成为心甘情愿，我将把全部的爱捧在手上。成为“大孩子”的你有了自己的想法和主意，人小鬼大也就愈发淘气，我记得那天你贪玩打碎花瓶，担心你受伤的我第一次心急地打了你，看着你断线的泪珠和憋红的小脸，我陷入深深的自责里。你的伤心很快散去，而那晚的我伏在床头细细看你，轻轻抚摸着你后背早已消失的手掌印迹。

想守护你所有的童真和好奇，努力把一切黑暗邪恶藏起，但又怕善良会在现实中伤害你，我警惕地甄别着你接触的人和事物，希望你保有善意又能保护好自己。这几年的日子是这样匆忙地飞逝着，你跳脱出襁褓也减退了些稚气，站在我身边竟时不时地关注起我的情绪，松开了我的手昂首阔步地走到了前面去。

一颗种子，亲手带到这里，这里便成了原乡，哪怕汗水蘸着酸楚也比蜜甜，因为愿意，从此伊始，风风雨雨俱结为欢喜。打动人心且流传最广的情感，往往不是小情小爱，而是人间大爱。人间大爱，又分两种：一种是家国情怀，一种是父母情深。

当女孩长大做了母亲，会忽然意识到，她曾经好奇的母亲肩膀上堆积的那温柔之物，原是日复一日为所爱之人累积的疲劳，无论四季如何更替。

许是熟悉屏幕上的演员，孩子执意要看《你好，李焕英》这部电影，不曾想五岁的孩子在电影结尾抱着我大哭，不知她能看懂几分，但确唤起了我们内心最真挚的情感。影片中的贾晓玲费尽心思给自己的妈妈李焕英安排相亲，希望她过上大富大贵的生活，可她依然一步步重复了自己的命运，还是嫁给了贾晓玲她爸。因为只有这样，她才会有一个嘴上抱怨、但心底深爱的女儿。这就是妈妈呀，当她们有了母亲的身份后，想的不是自己，而是子女。妈妈，是世上最温暖的称呼，也是我们心中最美丽的女子。岁月流逝，时光不停，我们慢慢长大、成家，年轻的妈妈也慢慢地老去。

母亲，我们的妈妈，当年也是窈窕淑女，像所有的少女一样，憧憬着自己编织的梦，向往着未来是阳光灿烂和满地鲜花。

娇羞的新娘成了妈，少女的娇柔、新娘的红潮还未尽退，又为我们的未来憧憬着美丽的神话。把妈妈心里的梦和期望，全部寄托给我们，温柔的目光拴在我们的未来上，闪烁着希望的火花。

我们在妈妈的吻和“月儿明，风儿静，树叶遮窗棂，蛐蛐儿叫铮铮，好比琴弦声音”的旋律中睡和醒，作别童年，却让她更加牵挂。

我们成长在妈妈独到的美味厨艺中，行走在遮风避雨的花折伞下，求学谋生、建家立业。

时光，细数着日月星辰，辗转着蹉跎岁月。荏苒的流年里，我们的心底再一次荡漾起母爱的温情，感恩的心潮湿在眉间。每一个人静静地飘落在这个尘世，都会被母亲的阳光温情照耀。母爱有时无声，默默无闻，不留痕迹；有时深沉，可以背负天下所有苦难，隐忍凡尘中极端的苦痛。

孝道，是诠释感恩的情怀。母爱的光辉折射在儿女的感恩中，是用心灵盘点母亲的爱和付出，用陪伴送给母亲幸福，用关怀给予母亲温情，用理解解读母亲的心……

人生蹚过母爱的河流，那就是经历过幸福、有过幸福的人。

（燃煤发电公司选送）

思念　那倾城的孤寂

邵庆芳

世上最幸福的事大概就是你爱的人还健在。养育并陪伴我走过童年时光的是奶奶。随着奶奶的离世，少了那份叫老家的眷恋，添了份叫奶奶的思念。

——写在奶奶去世周年

这个冬天，雪花来得很及时，像感知了人们的期盼。也正好，如果没有雪花飞扬，我心中那朵素白的花儿，将恒久地压在心底最柔软的地方。

我是个念旧的人么？一定是。对于从前种种，总是怀念。身边的一草一木，都会珍惜，更不要说人。奶奶在我生命中的地位永远没有人能够代替，童年的快乐时光就是在奶奶的呵护下无忧无虑地度过的，虽说相伴短暂，但却刻在记忆深处。而这飞逝的流年，打乱了我所有的安排。曾经朴素的信念、简单的执着，在奶奶离去后慢慢荒芜，这一场猝不及防里留下的遗憾，终是凝结成寒夜里一抹难解的思念，氤氲在飘雪的冬季。

寒风料峭的街角，我独自走过，是天意吗？或许。本是去买香烛的，毫无防备间，洁白轻盈的雪花就伴着夜色的来临肆意绽放在这苍茫天地间，慢慢幻化成洋洋洒洒的纸钱，奶奶温和的笑脸恍然出现在眼前，慈祥的眼眸里全是对我的疼爱。于是，如潮的思念开始在这座孤寂的城市漫漫涌来。一路走过，积雪逐渐清晰地映出人们的脚印，也将我走过的路延展到远方。环顾四周，除了好奇地观看这场初雪的人，其余都是匆匆走过的陌生身影，没有一个清晰的表情，此刻，我多么渴望奶奶就隐藏在这些背影里，在不经意的时刻蹒跚地出现在我面前，叫一声乳名问一声好，然后让我穿越梦境感受真实的温暖。

周年了，墓园里那方寸之冢是否还是您走时的模样？香炉里的烛与香是否还青烟缭绕，像您做饭时冒出的袅袅炊烟？墓旁的菊花是否依然娇艳盛开，像老家院子里您亲手种下的鲜花？碑后苍翠的松树是否一样葱茏，像您在世时精心呵护的每一棵树苗？我知道的，您所在的地方永远不会荒芜，但却荒凉了我的心，像今夜寒风夹雪般的冰冷。

墓园柳，痴痴留，却留不住奶奶的脚步。对于奶奶的离世，我有太多的不舍。不可否认，生命的陪伴只是短暂的一程，所有的天长地久不过是我一厢情愿的想象。而您也知道，我本不是一个悲观的人，从您送我走出通向家乡山外的小路后，我便开始一路地摸爬彳亍。路上，我从不觉得孤寂，只因我倔强地坚信，无论如何，今生我一定会回报您、陪伴您，直到您安然终了，我用我所有努力想给您一个安逸的晚年。而您，却在我一路向北奔向有您的路上仓促离开，用我一点儿也不想接受的方式走向您想象的世界，那些您不想不愿不能给我添负担的想法让我的心痛到一地碎片。那一刻，我才发现，我想给您的和您想给我的，始终差了那么一点距离。您可知道，我宁愿背起您存在的所有负担，也不愿意享受您走后物质堆砌的空洞富足，这与我想要的“您养我大我伴您老”背道而驰。想您，在您的天堂，现在究竟是怎样的状况；念您，在白天的喧嚣中，我故作风轻云淡，但每一个节祭的夜晚，常常泪湿枕巾。

人生，最大的遗憾莫过于不想错过的错过，而我，就这样错过了您。在最后的日子里，您一次次对我隐瞒真相，我一次次信以为真，在残存的记忆里，始终是您健康的模样。其实，在我成长的所有记忆里，您一直是阳光的，在您那挺直的脊背上不仅仅有我爬上爬下的童年，更是我一生的家园，这是一种永恒不变的界定。

春夏秋冬，又是四季。去年的这个时候，也是北风呼啸、雪花飘洒，当我风尘仆仆地冲到您床前，您黯淡无光的眼神瞬间就明亮了许多，在不认识其他人的时候您第一眼就认出了我，很清晰地叫出我的乳名。我也很清楚地知道，那一刻，您用尽了您所有的记忆，至今我的内心仍然觉得亲切无比。很多身边人您早已忘记，而我，尽管远在他乡，却成为您一直放不下的牵挂。或许，您所认知的世界就是现实的世界，就像您不想让我承受孤寂就能不用承受一样。当您颤抖的双手紧紧抓住我的衣角从里到外窸窸窣窣地检查一遍，很肯定地认为棉衣很暖和后才放下疲惫的双手，那一刻，我知道这最后最彻底的放手，此后，满世界的空间就成了放置我们婆孙的回忆。

时光匆匆流转，瘦了山瘦了水却膨胀了我的思念。在这个城市，我始终觉得很陌生，尤其您走后这一年，我基本没有开心的时候。每当思念袭来，我就一个人临窗而立，看午夜澄明的灯火，望窗外忽明忽暗的月光，不自觉地，在我眼里心里就映出整座城市的寂寞，而又在清醒中恍惚、恍然间清醒一个事实——奶奶是我今生再也够不着的幸福……

（瑞能煤业选送）

一个像夏天，一个像秋天

孟雅怡

云天收夏色，木叶动秋声。夏日的遗憾，一朝一夕间被秋风温柔化解，积攒了整个夏天的情愫，被秋天卷进温柔的清风里、柔软的云朵里、橘子味的拥抱里，日间把夏天留下，日落还带秋风……这个有些沁凉的季节，于我，是看不厌的风景，不温不火、宁静而缜密；而你，是云端的伞，骄阳与火石间，烈日杲杲，热烈又治愈。你和我，一个像夏天；一个像秋天。

我们，来自相同的生命纽带，浮养在同一胎盘，聆听母亲心房一致的跳动，然后呱呱坠地，生长在同一寸土地，近似相同，又截然不同。

提笔，关于你的文字，在我的脑海中组卷又击碎，再拾起，循环缭绕，终落笔。

玻璃杯碎地，摔门而出，我们都听见了彼此心碎的声音，爸妈也不再劝阻成长带给我们的伤害，时间也大概是罪魁祸首，用分离将“左右手”刻画成不同的产物，我们成了彼此的对立面，分开且思念，拥抱亦摩擦。

成年之后，经常会听到“兄弟姐妹是父母送给你最好的礼物”！那么，天下送礼的规矩不应该是投其所好吗？我甚至有一箩筐的话要怼“送礼”之人。然而，我们背着流年跟时间赛跑，却忘记了路途中不仅有风景，更重要的是有陪你欣赏风景的人。

朝花夕拾，泪洒流年。我循着旧路寻找过往，不是舍不得，而是想回去……

如果你还记得，每天上下学穿过街道紧紧拉着你的手，我们相互陪伴着，结束各自的幼儿生涯。小时候，我不太懂，为什么我们穿过街道的时候，总会引来一阵议论，长大之后，我才明白：牵着的是责任，是八五后孩子们缺少的陪伴；而别人的议论是对满眼疼爱的羡慕，是那个年代需要的手足情。

大概是小时候我们消耗了彼此太多的陪伴，在我上小学之后，爸妈因为忙于生意，我被奶奶接管，你大多都在外婆家。那时候，每当跟别人提起有关于你的事，我都是笑意炳然。

直到有一次，在我们俩的日常交涉中，我发现你再也不是小时候我牵到哪儿就去哪儿，很轻易就能让你把属于你的东西心甘情愿地给姐姐，眼睛里、生活里、甚至你的全部都依附于姐姐；你长大了，我哄骗不了你了，我曾经所有能让你屈服、害怕的场景消失了……终究，我们成长成了两个独立的个体，坚强但并不勇敢……

浮世本来多聚散，红蕖何事亦离枝。人生最大的“痛”就是心灵没有了归属感。就像我一直不承认你比我优秀一样，我不愿承认那个总要被我牵着的小女孩，她的归属地并不在于此，不管你承不承认，所有占有欲的源头，都是无辜的爱。

或许，我们一直漠视却极力寻找的东西就在身边。有一天，当我们看过四十四次日落、耐倦烟花消逝、寻遍石河美景，在日暮里想念的，是那个清晨，那一碗人间烟火。它的存在对我们很重要，所以父母一直守着它，我们把它叫作“家”。

闲云潭影日悠悠，物换星移几度秋。时光与你，是仓促，来日并不方长。时光能缓，却故人易散，我喜欢饱蘸笔墨，一纸时光；而你，贪恋球场。飞扬挥舞的姿势，变化莫测，游刃有余，我们在平淡的流年里都活出了自己的模样。无须否认，我们都有棱角，即便心知肚明也不愿意迁就。我们努力克制，将微笑留给陌生人，却将棱角抛洒给亲人、爱人。

我执笔而书，执意行文，却在这一刻微微遗憾于我过于吝啬我的关爱。时光啊，不听话！在我们彼此暗下誓言，此生决绝的时候，却习惯了每天清晨的同一时间，手机里周而复始的闹钟和急促匆匆出门的脚步，习惯了下班准点的约饭，习惯了分工明确的按时大扫除，习惯了彼此的坏脾气，也习惯了一有麻烦第一时间找对方……我们习惯着对对方的不习惯，习惯着，习惯着，就惯了。

就这样，我们一个像夏天，一个像秋天，却总能把冬天变成春天……

（铁运公司选送）

一个温暖的名字

王 妮

上周回家探望母亲，到家时天已黑了。很久没回家了，母亲见到我甚是开心，刚进门她便立刻忙碌起来，为我准备爱吃的饭菜。舟车劳顿满身疲惫的我闲坐在客厅的沙发上，一边休息，一边静静地等待着。恍惚间，母亲忙碌的身影，满头的白发以及那张不知不觉中已铺满皱纹的脸，刺痛了我的双眼。恍如昨日，母亲还黝黑的长发，如今已两鬓斑白。

听外婆说，母亲年轻时性格活跃，容貌姣好，是校园里的文艺分子，当过主持，打过篮球，唱过歌，跳过舞。外婆家的相框里，母亲清澈的眼眸，高挑的身材，胸前平躺着一双长长的麻花辫，母亲秀丽的容颜早已刻入我的脑海。无论时光如何变迁，岁月在母亲身上留下了多少痕迹，在我心里，母亲依然是最初在外婆家相框里的那个模样，从来没有改变过。

年轻时的母亲十分擅长针线活，譬如绣鞋垫、织毛衣、纳鞋子此类的针线活，都是她最擅长的。小的时候，为了节省家庭支出，我们姐弟三人穿的鞋子、毛衣，都是母亲熬着夜，一针一线织出来的。虽然不是买的，但织得不比买的差，甚至要更好，因为都是用她精挑细选的毛线织出来的，款式新颖且独一无二。那时候，每当穿上妈妈新织的毛衣，都会引来周围邻居及同学一片称赞和羡慕的眼神。

小时候，家里孩子多，负担重，父亲一个人挣钱养家十分艰难。为了减轻父亲的重担，母亲一边拉扯三个孩子，一边打零工补贴家用，在农户家里包苹果、去小煤窑开绞车，这些都是母亲那些年常干的零工。虽然生活艰难，但为了让我们姐弟三人在吃穿上与其他孩子不差分毫，母亲坚持打零工十多年。直到我上初中那年，母亲生了一场大病，再后来，父亲加了薪，家里的生活条件逐渐好转，从此父亲坚决不让母亲在外打零工了。

母亲是一个坚强而乐观的人。母亲做过三次手术，腹部因手术留下了三道明显的疤痕，每次看见，我总是有意视而不见，不是不在乎，而是害怕，更是心疼。而最让我心痛的是，母亲不到四十岁就因病切除了全子宫，正是这个原因加速了母亲的衰老，使她看上去比同龄人老了许多。但是无论生活有多难，无论生活给了母亲多少磨难，她从来都没有抱怨过，而是乐观面对。养儿育女，是母亲终其一生平凡而伟大的事业。女人本弱，但当了母亲以后，再柔弱的人也会变得坚强起来。

母亲是一个温暖的名字，一个天下儿女心中最暖心窝的称呼。每次回到家里，母亲总是高兴地忙前忙后，买菜、做饭，乐此不疲。为人妻、为人母后的我们，面对家庭，总是会有很多责任必须去承担，常常忽略自己。但只要回到家里，我们依然可以做回孩子，被母爱包围着，幸福不已。

母亲更像一条温柔的河流，倾其一生陪伴我们成长，是我们最初温暖的起点。当我们遇到挫折时，母亲那不怕艰难险阻、奔腾向前的坚韧力量能给予我们无数的感动和启迪；而当我们幸福快乐时，母亲的喜悦化作了一段青山里温柔的秀水，每一滴都像是她关切的爱，托举起我们远航的脚步……

（铁运公司选送）

送别

高丽彩

五点的窗外还是漆黑一片，“啪”，客厅的灯亮了，接着就是窸窸窣窣的穿衣声，我知道母亲又起来了——脸都没来得及洗就一头钻进厨房，开火做饭。即使我昨天一再给她强调明天不吃东西，太早了没胃口。但是每每这种情景她就像一个被施了魔法的人偶，按照固有的流程完成一系列的动作。我闭着眼睛假装还在梦里，梦里的我依偎在母亲的旁边，目不转睛地盯着她手里为我织的新毛衣。只是，在这个梦里我太急了，急得我，心似乎不停地四处奔走想找到一个出口，一个可以长长地呼一口气的出口。

在母亲忙碌地摆好一桌子吃食后我坐在了桌前，大大的桌子被她摆得满满当当，拥挤不堪。“赶紧吃，锅里还有稀饭。”看着饭菜和她去洗漱的背影，我拿起碗筷出于本能地将食物往嘴里递送，却感觉一直停留在喉咙，肚子里鼓鼓囊囊，不明之气在膨胀。时间差不多了，该出门坐车了，母亲又像变戏法一样拿出一大包东西——吃的用的。“别拿了，妈，到单位我也没放的地方，吃不了会坏的。”“没事没事，跟同事们一起吃，一顿就没了。”说话间她就提着包裹出门了，走得急急的，仿佛稍微慢一点都会被我抢过去放下。我跟在她后面，说：“出来得太早了，班车还要一会儿才来。”她不以为然，说：“宁可早点，这样安心。”看着她瘦小的身体，我的心情突然灰暗起来，我没有再开口。

等待的时光总显得漫长，只觉得她一直在重复确定东西拿全了没，工作上要认真，注意身体别减肥了，不用老惦记他们，都好着呢……母亲说着说着，她眼里好像远处的高山起了一层雾，眼眶里要溢出湖水，像雨雾中正在涨溢的湖水。我想把耳朵关起来，把眼睛闭起来，躲开她的目光，要是再在她的眼睛里多驻留一秒，我肯定就要掉进这层泪雾中。

我赶紧抬起头看看天，感觉到有一股热辣辣的酸流从鼻腔倒灌进喉咙里去，这种酸水倒流的感觉在我生命中第一次疏通还是 14 年前，我第一次离开母亲去东北求学，只是那时的我还未曾学会长大，在临别的那天泣不成声，满脸泪痕。大学的第一年我跑得最多的地方就是学校的电话亭，我告诉她新近发生的故事，她叮咛着日常的牵挂。如果万物有情，我想那一年里的电话亭应该都充满了思念的咸涩。后来弟弟告诉我，母亲每次挂断电话很久很久之后，都望着窗外发呆，脸上的那种神情十分遥远，好像不是平日里那个洗衣、煮饭的妈妈了。

“滴滴滴”，班车不知道什么时候停在我们身边，母亲把东西递给我，说：“赶紧上去吧，去了好好吃饭，别减肥了，听见没？”我“嗯”了一声，快步上了车，她看不见我又把注意力给了司机：“师傅路上慢点，开车也辛苦啊！”司机配合着她，然后缓缓关上车门。我坐定后看见她还不舍得离开，一直在找我的座位，我故意用窗帘挡住我的脸，她看不到我又往车跟前走了几步，左顾右盼地看着，手不自觉地举起来对着车子告别，直到汽车彻底脱离了我们俩各自的视线，我才终于可以把窗帘放下。鼻腔里的酸涩一股脑儿地涌上了我的眼睛，脑袋“轰”的一下，有根弦断了，眼泪憋得太久了，它像找到了一个出口奔涌而出，溃不成堤，要把那口长长的气，全部释放出去。

随着生命的脚步，当我们也以一道鱼尾纹一缕白发在感受着母亲额头的皱纹、满头的白发时，恍惚中竟难以分辨，老了的，究竟是母亲，还是过往的岁月！这种离别的情绪，对我们来说一天甚至几个小时就会被释然会被冲淡，但对于父母来说，每次的离别他们都被留在了原地，开始了一次漫长而孤单的等待，等待着我们的消息，等待着我们再次归来的日子！

班车上，邻座的电话响了，“哦，车开了，你不用操心啊。妈钱够着了，你看一下电视柜下面抽屉，妈给你把钱留下了，妈钱够着呢，你给娃买衣服买吃的吧。好了好了不说了，挂了啊。”我回头发现，那挂断电话的母亲脸上，露出了丝丝获胜的笑容，沿着眼角的皱纹，在周围荡漾成一圈一圈的涟漪。

（鑫桥公司选送）

母爱永远也写不完

刘阳洋

岁月不居，时节如流。回忆起这些年成长的点点滴滴，妈妈忙碌的身姿和唠叨的话语始终萦绕在我的耳边，很充实，也很满足。

我出生于一个普通家庭，幼年时期在山里的村庄生活了好几年。爸爸妈妈是单位的员工，每天都很忙碌，但对我的爱却从来不缺少。记得舅舅给我说过，我还小的时候，妈妈为了照顾我，有一段时间没有去上班，社保没有及时缴纳，导致现在的退休金都少了好些，可是这些好像对妈妈来说，并不是什么值得一提的事情。在我的记忆中，有很多难忘的事情。比如大半夜不睡觉吵着闹着要吃四季豆，可那个时候家里条件不允许，妈妈只能去别人家借，等借回来煮好了，我却躺在床上睡着了，妈妈只能无奈地摸摸我的头。这样的事情还有很多，有些事情我还记得，有些事情只能靠妈妈的描述去回忆。每每想到这些，心里总是暖暖的，但却多了一份小小的愧疚。

外公、外婆是村子里有名的医生，有时候妈妈会带我去外公、外婆那儿住一段时间，一边照顾外公、外婆的生活起居，一边带着我照看诊所里的生意。小时候的诊所就是我的游乐场，很遗憾的是2002年的时候外公离开了我们，我和外婆之间的记忆也停留在了7岁。这些年来更多的是妈妈给我讲那些事情，一方面是让我牢牢记住必须记住的事情，一方面是告诉我做人常怀感恩之心，就能收获世间最真挚的美好。

小学和初中，我都在县城生活。经历了妈妈退休后到各处去打零工，亲人的相继离去，为求生机做枣皮生意等大大小小的事情，一直到现在妈妈有了自己经营的药店，我们的生活才算稳定了下来。这一过程里，她不仅是一个母亲，她也是女儿。那时爷爷和外公都在市里住院，妈妈得两头跑，既要照顾爷爷和外公，又要回来照顾我，一人当两人用。那个阶段家里的条件很不好，妈妈的身体也出现了问题，但是在我面前，她总是那般温柔，丝毫没有倦意，给了我足足的安全感。我清楚地知道，就是在那一段生活条件不理想的日子里，留下了我最美好的童年回忆。2002 年洪灾来临的前夕，爸爸去医院照顾爷爷，妈妈带着我在家里，雨越下越大，窗外电闪雷鸣，我们住的又是一楼，妈妈心里的不踏实油然而生，本能带动着她快速抱着我去了隔壁家属楼五楼阿姨的家里。那一次，我们家被洪水淹了一半，而我记得的只是妈妈怀抱里的温暖。

上高中时我去了外地，爸爸看店，妈妈去我上学的地方照顾我。每天早上起来，我都能喝到热热的豆浆，晚上放学回家妈妈还会变着花样给我做消夜，生怕我营养跟不上，影响成绩。尽管在生活上妈妈给了我最大的支持，但是最后高考的成绩却没有特别理想。我很难受，夜里偷偷抹了好多次眼泪，那段时间总是避着母亲走，还喜欢上了关房间的门，这可把妈妈急坏了，但她没有埋怨，没有斥责，有的还是早上热热的豆浆和晚上暖暖的消夜……

记忆中的妈妈，脸上总是挂着笑容，无论遇到什么事，都会勇敢地面对，所有的温柔都给了我和爸爸。直到我去西安上大学出发前的那一刻，妈妈缓缓地转过身子，开始手足无措地整理衣物的时候，我知道妈妈哭了……我记得那是妈妈第一次哭，哭得我很心疼，我只能轻轻地拥抱她，拍了拍她有些变形的肩膀。那时我就在心里暗暗发誓，一定要顺顺利利毕业，找个好工作，让妈妈过上好日子。后来爸爸告诉了我一个小故事，他说我刚走那段时间，妈妈做完饭，总是习惯性地喊一句“阳阳洗手吃饭啦”，听到没人回应，就轻轻地唱两句小曲儿，掩盖住这小小的落寞，然后慢悠悠地把饭菜拿上饭桌……

成长中的记忆是丰富的。人一出生所能体验到的第一份情感，就是母爱，尽管那时我们没有记忆，但对母亲有着本能的依赖。人的嘴唇所能发出的最甜美的字眼，最美好的呼喊，就是“妈”，这是一个简单而又意味深长的字眼，充满了希望和爱，我珍惜这样的美好。

母爱永远也写不完。只想发自内心地对我妈妈说一句：妈，您辛苦了！

（应急救援中心选送）

写给父亲节

刘丹

周末的时候我和父亲一起去了家附近的水库边钓鱼，他退休后在那边钓了一年多了，这是我第一次陪他，每次要么我不是在陪伴孩子，就是在家里休息。这是我第一次主动要求和他一起去，他很高兴。

我爸是一个很向往农村生活的人，农业频道里养鸡、钓鱼、种菜之类的，他很感兴趣。我爸水性很好，十多岁就会游泳，天生的晒不黑，我好像有点遗传于他，晒黑了冬天总能白回来。不过家里的女人，上到我妈，下到我，都不会游泳。每次去游泳池只能看他一个人扑腾，就算六十几岁了，皮肤也白得发亮，我妈笑他“浪里白条”。

在单位工作，在城市里建家，像这样安静地、心无旁骛地看太阳落下去，是多么难得。我说要是可能的话，真想归园田居。

我爸听了这话隔了许久才说，在他年轻的时候，也是我这个年纪甚至更年轻，去三峡出差，看见“白发渔樵江渚上”，就有种冲动干脆也去过那样“孤舟蓑笠翁”的日子，日出而作，日落而息。然而当时有老人要赡养，有孩子要教育，这些估计靠他打鱼是挣不来的。他让我安心工作，到了年纪自然而然就会停下来了。

我其实很怕老，我老了他只会更老，像他现在这样做点事儿，每日自律坚持锻炼，偶尔带着外孙回来让他享享天伦之乐挺好的。他以前是刘主任，现在是丈夫、是父亲、是姥爷……我想要是有一天谁第一个叫他“刘大爷”，肯定是要被他记恨的。

那天我望着湖水发呆，他看似无意实则有心地对我说起：“我老了，不可能照顾你一辈子。你要经营好自己的家庭，我才能安心。”他后来又笑着自问：“你把孩子教育得这么好，应该没什么问题……”我回答说：“其实我也不是很好，臭毛病一大堆。”当时都不敢用力眨眼睛，怕眼泪掉下来。他拍拍我的肩膀，说顺其自然就好，回家给我做鱼吃。

兴尽晚回舟，向晚意不适，尽早归家去。他有一女，岁长心思多。夕阳无限好，但我知道，阳光把我们拉得很长很长，却将他们缩得很短很短。

每一位父亲能给予子女的物质生活虽然不一样，但每个父亲对子女的爱是一样的。

这样的一个人，不善于表达，用严厉代替了关怀，用严肃遮挡了深爱。一辈子任劳任怨，早出晚归，为了更好的生活，从不说疲惫。你做错了事，他打你，其实最痛的是他自己；你离开家，他送你，其实难受的是他自己。他的爱，永远藏在心里，从来不会说出口。你做得好的时候，他很少夸你；你做得不好的时候，他却训你；有时候当你兴致勃勃的时候，他反而会泼你冷水。你在他面前，永远骄傲不起来，他对你，几乎没有过赞许。

小时候看不惯他的做法，长大了却看懂了他的苦心。是他的教诲，让我明白很多道理：做人，要脚踏实地，切勿自满；做事，要有始有终，切勿放弃。就是这样一个人，看着我们成长，逼着我们优秀，打完我们，自己也咬破了嘴唇；爱着我们，却把自己扮成坏人，心甘情愿给我们当牛做马，承受着生活压力，面临着各种竞争，却从来不会在我们面前掉眼泪。

这个世界上，最孤独、最严肃的人，是父亲，最伟大、最厉害的人，也是父亲。小时候，他是我们的依靠；长大了，他是我们的后盾，从我们出生的那一刻开始，他把自己的一生都奉献给了我们。

悠悠父爱，厚重如山。在传统的粽香中，在父亲的慈爱里，我们即将迎来今年的父亲节。恍然梦境中，不再少年郎，我们在努力长大，请您慢慢变老。不自觉地哼唱起那首《父亲写的散文诗》，把自己编辑在备忘录里的文字带着一份想念按下了发送键，许久他回我一个笑脸。内容如下：

严父瞋目笑意含，为女曲臂做温床。
蒲扇轻摇蚊蝇赶，月下吟诗故事讲。
喜怒哀乐从不语，苦辣酸甜心里装。
瘦削双肩把家扛，挺直腰杆当脊梁。

父爱无言先垂范，历经沧桑皱纹藏。
形如大山重身教，引你登顶览风光。
愿做参天挺拔树，为你撑伞挡骄阳。
为人师表把灯掌，温暖全家航程亮。

父训如虹念更长，几回魂梦旧门墙。
慈眉善目何从觅？缘尽今生永离殇。

教女为人仁义先，做事恭谦记心间。

孺子长成为人母，诗书家风世代扬。

此刻，以文字而记述，因岁月而沧桑，致敬每一位平凡而伟大的父亲，节日快乐！

三　人间至味是清欢

记忆中的四季，有着自己的脾气，它来得热烈，走得匆忙。它是拥有爱的魔法师，精心点缀着世间万物，于是红了樱桃，绿了芭蕉，于是一片金黄，一片银装素裹……

我们总是有一颗善于发现美好的心灵，才会时刻感受到浓烈的人间烟火气。那种气息，是端午的粽香，是挂面的纤长，是桂花的馨香，是小镇的恬静……

人生中有一种味道叫平淡的欢愉，无论是沿途的风景，还是印在骨子里的记忆，都值得我们驻足和回味，有的还是那颗初心，爱的还是那片热土，人间至味是清欢。

桥山之夏

张新苗

半夜冻醒，赶紧翻出一床厚被子盖上，才发现已经九月了。还没好好感受“七月流火、八月未央”，桥山的这个夏天又悄悄过去，留下许多小秘密。

桥山之夏是忧郁的，像清晨山顶那一团团化不开的浓雾。

在那个古老的不再回来的夏日，带着毕业离别的忧伤，带着前路未卜的惆怅，带着剑未佩妥、已入江湖的匆忙，带着五个小时长途汽车的疲惫，带着翻山越岭、越走越偏僻的心慌，我们来到了黄陵矿区。

中午出发时，被西安的烈日烤得外焦里嫩就差一把孜然；黄昏抵达后，被店头一阵凉风冷雨浇得瑟瑟发抖。昨晚还在散伙饭上推杯换盏、推心置腹、桃园结义，今夜已是举目无亲、居无定所。昨日还在校园里呼朋唤友、球场纵横、网上冲浪，今天在这没有文娱场所、没有网络、一层楼只有一部长途电话的“绝情谷底”独自落泪。不知道是不是所有的结局都已经写好，反正所有的泪水都已经启程。

Mp3 里循环播放着周传雄的《黄昏》：“过完整个夏天，忧伤并没有少一些。”那年夏天，一直阴雨绵绵，清凉阴郁。让我以为，自己来错了地方，这里不是黄土高原，而是江南雨巷；自己来错了季节，这里没有炎炎夏日，直接从春暖走到了秋凉。和今年一样，到了处暑，竟不知道夏天已经过去了。

不一样的是，现在一切都好了。行有车、住有房、乐有场；智能化采煤的体面，上市公司的骄傲，世界500强的自豪；4G覆盖井下，产品享誉神州，高速联通全球。当年与世隔绝的“绝情谷底”，如今已成了名满天下的“世外桃源”。只是，每个清晨去操场跑步时，遥望桥山山顶雾气氤氲，山坡炊烟袅袅，总会想起那个孤独忧伤的夏季。就像翻开记忆那发黄的扉页，含着泪一读再读，却不得不承认，青春是一本太仓促的书。

桥山之夏是多变的，像午后天空中那一朵朵瞬息万状的白云。

上午，日出而林霏开，云归而岩穴暝，天空湛蓝，舒心养眼。午后，仿佛是为了衬托蓝天的纯净、通透，四面八方涌上来各种形象、不断变幻的云朵。你看它像一匹奔马，跑着跑着马腿细了、马身瘦了、马头散了，看上去又像一条龙了；你看它像猎狗追逐兔子，追着追着真追上了，却融为一团，看上去四不像了；你看天空布满了白的乌的红的云，只那一小块露出碧蓝，就像女娲没有补完的天，又像是一块绒布上镶嵌着一颗蓝宝石……

《三十而已》里，钟晓阳描述的破片云、卷积云、堡状云，也说不清桥山夏云的种类和形状；《呼兰河传》里，萧红形容的“天空里又像这个，又像那个，其实什么也不像，什么也看不清了”，也道不明桥山夏云的灵气和善变。

有时沿着沮河溯游而上，行到水穷处、坐看云起时，就有了几分山重水复、柳暗花明的禅味。有时站在窗前，看庭前花开花落、望天外云卷云舒，就有了几分宠辱不惊、去留无意的洒脱。

走过小桥，走进小院，喝着小酒，仰望天空，你就会想起沈从文的句子：我行过许多地方的桥，看过许多次数的云，喝过许多种类的酒，却只爱过一个正当最好年龄的人。心头就会暖暖一动、微微一漾，“无论我如何地去追索，年轻的你只如云影掠过。而你微笑的面容极浅极淡，逐渐隐没在日出后的群岚。”

桥山之夏是清爽的，像下午那一场透心凉的雷阵雨。

可能是怕大家忽视了它的存在，也可能是想带我们体验一下暑期的感觉、领略四季的变换，这几年，每个夏天都有那么几天，热得有点要发躁了。

可是，桥山的云就这么懂事、就这么善解人意、就这么体贴入微。每到下午最燥热的时候，它就化云为雨、翻云覆雨，那些有些发蔫的树叶儿呀、草儿呀、花儿呀，立即坚挺起来、精神起来，倍儿滋润。

这雨就下得更热闹了，形式主义搞得更足了，有时还伴着电闪雷鸣，有时还带着黄豆儿大的冰雹，轰轰烈烈、乒乒乓乓、风风光光，唯恐别人不知道它是来送清凉的。它决不搞那“随风潜入夜，润物细无声”的暧昧，有的是胸怀坦荡的勇气，还有自以为是的得意：我不是暖男、不是海王，我就是天然的中央空调。

你看，它一点都不油腻，清清爽爽、干干净净。不管下多大，不管整多大场面，不管如何锣鼓喧天、红旗招展、鞭炮齐鸣，你不经意地一抬眼，目光都能清晰地透过雨帘，与远处生机勃勃的森林对视，和山顶袅袅升起的薄霭凝睇。

黄昏时分，西边云销雨霁、彩彻区明，太阳像蒙着轻纱的少女，透过薄薄的云层，轻柔地俯瞰着桥山沮水，整条山沟都金光闪闪。东边的云雨还没来得及撤退，在夕阳的照射下，一道彩虹挂在天边。

西边日落东边雨，道是无晴却有晴。偶尔有一两摊积水，孩子们在那里玩耍，摄影师们趴在那里，借助倒影拍摄大片呢！

若问情深深几许，朝看行云暮看雨。

桥山之夏是热烈的，像夜幕降临后人声鼎沸的夜市。

暮雨退去，运动场上的积水很快就干了。矿区的人们，趁着晚风清凉、趁着夕照正好、趁着你还年轻、趁着我还未老，在篮球场、跑道上、广场上挥汗如雨，燃烧卡路里、挥洒荷尔蒙。

打球赢了的一方总是要豪爽地做东，打赌输了的一方总是要兑现承诺，于是战场从球场转战到新市场。这里灯火通明、热火朝天，室内室外摆满了桌子，烤肉烤筋烤茄子，花生毛豆小龙虾，鸡爪生蚝煮羊蹄，这里就是舌尖上的店头……

寻个桌子坐下，喝酒撸串吹牛，觥筹交错、起坐喧哗，青岛不倒我不倒，雪花不飘我不飘。人间烟火气，最抚凡人心。没有什么烦恼是啤酒撸串治愈不了的，如果没有，那就是喝得还不够。一桌子不喝倒一个绝不散场。夜市旁边的树特别肥沃特别茂盛，每天晚上都有人抱着它吐得哇哇的。

酒后是不能开车的。三五好友，勾肩搭背，一路吹着刚才没吹完的牛，唱着不着调的歌，一口一个小兄弟好大哥，摇摇晃晃步行回到家属区。也不知道是喝多了头晕眼花的幻觉，还是桥山夏夜的天空分外清朗，抬头仰望，满天星辰。曲终人散，蓦然回首，整条路上，只剩我和路灯。就像朱自清说的，“这时候最热闹的，要数树上的蝉声和水里的蛙声；但热闹是它们的，我什么也没有。”

桥山之夏，就像一天中的天：早上忧郁的雾，午后多变的云，黄昏清爽的雨，夜晚热烈的星。

桥山之夏，就像一生中的人：多愁善感、忧郁茫然的少年；踌躇满志、可塑性强、充满各种可能性和不确定性的青年；经历风雨、学会断舍离、看透生活的本质依然热爱生活的清爽壮年；洗尽纤尘、历尽繁华、闹中取静、返璞归真的晚年。此中有真意，欲辩已忘言。

（公司机关选送）

再回延安找初心

常昱

从雪域高原回到了久别三年的延安，我要让一个游子梦得以安顿，我要让一颗赤子心再受洗礼，我要在那个火热的艰苦岁月里找寻共产党人的初心。

一

宝塔山是革命圣地和延安精神的象征。但凡来延安“朝圣”者，宝塔山是必不可少的一站。

站在和时间一样古老的宝塔山上，我看到白云从塔尖上飘过，清风在塔座边吹起，山川美景尽收眼底，老城新城美得迷人。我用久违的目光细细打量宝塔山，感受着她的磁场和魅力。是什么力量，让这么多优秀青年“打断胳膊连着筋，扒了皮肉还有心，只要还有一口气，爬也要爬到延安城。”是什么精神，让地瘠民贫的延安成为万众瞩目的信仰之地、天下归心的理想之地？

绕塔环顾这片神奇的土地，我恍若走进那个火热的年代，顿觉这里的天红成一片，这里的地红成一团。我仿佛听到“白羊肚子手巾红腰带，亲人迎过延河来”的歌声从远处飘来，我仿佛看到“杜甫川唱来柳林铺笑，红旗飘飘把手招”的场景遍地都是。这时候，延安时期的革命画面顿时在我眼前徐徐展开，那是毛泽东等老一辈革命家的艰苦岁月，是激越铿锵的黄河大合唱，是轰轰烈烈的南泥湾大生产，是延河岸边的军民鱼水情，是统一抗日战线的瓦窑堡会议，是直捣黄龙的挥师东渡黄河……

带着朝圣般的虔诚，再次仰望这座具有延安标志的宝塔山，我感受到了她的政治高度、思想深度、历史厚度和情感温度。在那风雨如磐的岁月里，在那黎明前的黑暗中，是宝塔山的塔身托起了红军的希望，是宝塔山的灯火照亮了中国的道路，是宝塔山的面孔让人们认识延安，让延安走向世界。

宝塔山，这座中国人心中的丰碑，我觉得来一次有一次的体会，来十次有十次的收获，哪怕是来一百次，我也觉得自己是一个初来者。宝塔山，我们民族的精神支柱、精神脊梁。她的塔身牵挂着千万双“双手搂定宝塔山”的手，她是山头萦绕着亿万个“飞翔在宝塔山头”的梦。对于我这个生在红土地、长在宝塔下的延安人来讲，她将是我心中最美的风景！

二

杨家岭旧址肃穆而庄严。沿着两排白杨树往里走，首先看到的是礼堂。

礼堂坐落在杨家岭的沟口。我怀着无比敬仰的心情，放慢脚步，走进这座我曾多次去过但依然心仪的神圣殿堂。这座召开了具有划时代意义——“七大”会议的旧址，并没有因为年代久远和建筑陈旧而被人们淡忘，前来拜谒和瞻仰她的人群络绎不绝。礼堂宽阔大气，一排排木栏椅整齐排列，几张长条桌有序摆放，一幅七大会标和两个伟人像悬挂在主席台中央。注视伟人画像，我好像看到军民齐心修建礼堂的劳动场面，看到正在召开的“七大”会议现场和《黄河大合唱》壮观的首演情景。伴随着岁月的流逝，历史的沉淀将会使这里的一切带给人们更加铭心的记忆和深刻的感悟。

转过雄伟的礼堂，穿过文艺座谈会旧址，可以看见半山坡依山而凿的一排排土窑洞，这就是毛泽东、周恩来、刘少奇、朱德等老一辈革命家的旧居。

窑洞里的陈设大同小异，都是当年的一些摆设，简陋得不能再简陋，俭朴得不能再俭朴。看着他们用过的家具，我努力想象那段艰苦卓绝的延安岁月。

从 1938 年 11 月到 1943 年 10 月，中共中央自住进杨家岭差一个月就是五年。这个地图上找不到的小山沟，这些低矮简朴的土窑洞，就是当年党中央运筹帷幄、决胜千里的指挥中心，就是自力更生、艰苦奋斗的革命基地，就是毛泽东思想的集中形成、走向巅峰的生产车间。从《毛泽东选集》1—4 卷来看，有 112 篇是在延安的窑洞里写就的，其中在杨家岭窑洞里写成的就有 40 篇。此时此刻，我身临其境地感受到了，即使当年是在如此闭塞落后的地方，毛泽东的高瞻远瞩、从容旷达、淡定自信仍然会生发出激荡整个时空的气派与力量。

看着眼前这些破旧的黄土窑洞和狭窄的小山沟，我很难把它们和毛泽东、周恩来、刘少奇、朱德等伟人联系在一起，也很难把它们和发生在这里的重大历史事件，以及所形成的伟大思想联系在一起。以至数十年后前来瞻仰的我们，依然会情不自禁地沉浸在无限的敬仰与崇尚之情中。

为什么在当时那么艰苦的环境下，人们会有如此乐观的情绪、如此旺盛的斗志、如此凝聚的民心？一个叫斯诺的美国记者给出答案——共产党人的朴素作风，是东方魔力、兴国之光！这就是孕育了杨家岭窑洞、形成于延安时期的艰苦奋斗精神。我们党正是靠艰苦奋斗起家的，我们党和人民的事业正是靠艰苦奋斗不断发展壮大起来的。

三

延安革命纪念馆是中共中央延安时期最为生动的教材。走进这里，就如同打开了一部巨大的党史教科书。

延安革命纪念馆背山面水，门前宽阔的广场中央矗立着一尊“毛泽东在延安”的铜像。望着铜像，触摸历史，让人唏嘘。1935 年 10 月 19 日，衣衫褴褛的红军跋山涉水千辛万苦到达陕北，党中央和毛泽东主席入驻延安，从此，苦焦贫瘠的陕北延安就成为中国革命的红色热土。

走进展馆，整个展厅像是为我们铺开了一幅巨大的历史画卷。大量珍贵的历史照片和各类文物按照历史顺序和专题内容分单元一一展出，多角度、全方位地展示了党中央和毛主席在延安领导中国革命的 13 年。置身其中，那一件件珍贵的历史遗物，像无声的历史向我们诉说着曾经的峥嵘岁月，而每一个物件所传递给我的，正是一种被称作延安精神的中华民族最伟大、最为可歌可泣的精神财富。看着这些弥足珍贵的文物，听着这些历久弥新的故事，我仿佛又一次被带回到那个火热的年代。

在这些陈列中，有一辆小小的纺线车引起参观者的格外关注，瞬间又让我联想起了那些艰苦奋斗的历史场景。那是毛泽东“自己动手、丰衣足食”的总动员，那是党的高级领导们身先士卒的齐参战，那是周恩来比赛会上的大显身手，那是朱德“新三年、旧三年、缝缝补补又三年”的身体力行，那是南泥湾三五九旅的开荒场面……

四

枣园是当年中共中央书记处所在地。

走进园子，顺着水泥路往里走，面北坐南的中央办公场所、依山而凿的领导旧居依次可见。办公场所多为瓦房，领导旧居均是窑洞。徜徉在枣园革命旧址，我如同穿越在一个渐行渐远的历史隧洞，党内整风运动、军民大生产、坚持持久战、谋划重庆谈判、制定抗日战略等历史场景，一齐闪现在我的眼前。

给我印象最深的，是毛泽东旧居的那盏油灯。看着这盏油灯，我的眼前浮现出一个湖南汉子的身影。在这盏微弱的灯光下，他以惊人的毅力，以坚定的马克思主义理想，科学总结我党正反两方面经验教训，写就了光照千秋的《论持久战》《抗日游击战争的战略问题》《中国革命与中国共产党》《实践论》《矛盾论》《新民主主义论》《论联合政府》等一系列鸿文巨著。就是在这些破旧的窑洞里，在这些微弱的灯光下，我们党确立了解放思想、实事求是的思想路线，形成了光照千秋的延安精神，奠定了中国革命由胜利走向胜利的坚实基础。

一孔孔土窑洞，一件件老文物，似乎正对我诉说：那些叱咤风云的历史人物，那些惊天动地的历史事件，都是从这些窑洞里走出的，都是在这些油灯下形成的。来这里不光是看窑洞，更要看这些窑洞里创造出的伟大思想、伟大精神和伟大成就，要在窑洞里找寻共产党人的初心和使命。走出枣园的窑洞，我听到“风在吼，马在叫，黄河在咆哮，黄河在咆哮……”

在广场不远处，是毛泽东和中央书记处的同志、中央机关干部战士与当地群众一起修筑的“幸福渠”。这条始于裴庄、止于枣园，全长6公里、灌溉面积达1500亩的水渠，不仅解决了当地群众的灌溉问题，同时也拉近了军民感情，直至今日还滋润着人们的心田。徜徉在“幸福渠”畔，我再次聆听了毛泽东深入乡村调研、给当地群众拜年、和当地干部群众联欢、帮助群众解决具体困难等生动感人的故事。深有感触的是，关心群众生活，密切联系群众，全心全意为人民服务这些话题，只有来一次延安，你才会有真正的体会。

一路走来，圣地延安的每一寸土地，每一处遗址，都勾引起我无限的追忆。在这片红色热土上，永远有看不尽的红色经典，听不完的红色故事。怀着依依不舍的心情离开时，我的眼前还弥漫着战争的硝烟，我的脑海又刻上了新的延安烙印。

延安，永远是我安放灵魂的精神家园！

（公司机关选送）

桥山的夏

郑斐

桥山的夏满目苍翠，蝉唱蛙鸣，一派生机勃勃、绿意盎然的景象。大暑已过，桥山的盛夏却姗姗来迟。

我喜欢桥山夏日的阳光，温暖而含蓄。桥山的夏日没有别的地方那般炎热，即便是最热的三伏天，早晚也是凉爽的，阳光不会那么炙热地烧烤着大地。记忆中第一次来到这片土地，是二十多年前的七月，刚刚走出校门的我，离开大城市的酷热喧嚣，沐浴着桥山七月的阳光，感觉那么的柔和惬意！从那时起，我成为矿山的一分子，一路走来见证了矿山的建设、发展、崛起、腾飞，当初那片荒草地已变成了如今的现代化矿区，对于矿工特殊的情愫也悄然融进了我的心中。人们喜欢把矿工称作是“开采光明的使者”，就像这夏日的阳光，把光芒毫不吝啬地洒向人间，照亮每一个阴暗的角落，传递着蒸蒸日上的力量。朴实的矿工，坚忍执着、奋发向上、拼搏进取、勇往直前，就像夏日的阳光一样，简单坦荡、宽广博大。

我喜欢桥山夏日的雨，热情而奔放。夏日的雨总会令人热血沸腾、猝不及防，刚刚还是阳光灿烂，转眼就乌云密布，狂风大作，雷声滚滚，天地陷入昏暗，豆大的雨点像是急切的沙粒砸向大地，紧接着倾盆大雨噼噼啪啪地直射下来。我喜欢这说来就来、赤诚坦荡、热烈刚毅的雨水，敞开心扉，松开神经，让沁凉的雨水浇灌干渴的心田，滋润每一寸肌肤，渗入每一根血管。这清凉的雨水，滋养着苍茫大地，润泽着矿山的角角落落，洗礼万物灵魂，冲走烦躁无奈，带来清朗平和。

我喜欢桥山夏日的微风，清凉而多情。傍晚时分，走在沮水河边，一阵微风吹过，丝丝凉意，沁人心脾，吹开久闭的胸怀，像婴儿稚嫩的手臂划过脸颊，像一段柔柔的民谣潜入心肺。微风吹过河面荡起层层涟漪，河边柳条依依似妖娆的少女，阵阵蛙鸣、声声蝉语。华灯初上，倚在河边的栏杆之上，任微风拂面，不远处电厂的冷却塔升腾起团团水汽，选煤厂的储煤仓和皮带长廊也映衬出七彩的灯光。抬眼是绚丽的星河，那温柔皎洁的月亮，像一块晶莹剔透的白玉，镶嵌在矿山公园的上空，是那么的宁静、安详。

我喜欢桥山夏日的山野，浓烈而深远。夏天的山坡上到处盛开着鲜艳美丽的花朵；郁郁葱葱的树木，像焕发青春充满活力的少年，神采奕奕；柔柔的暖风吹来，人们闻着清清淡淡的花草味道，静静聆听大自然的天籁之声；林间各种鸟儿的鸣叫恰是大自然里最清澈透亮、悦耳动听的交响，是大自然送给人类最美妙的祝福，置身其中感受到的是无限的遐想。放眼远眺，矿区尽收眼底，一栋栋住宅楼整齐有序，清澈的沮河从矿区穿过，一列列装满煤炭的火车呼啸而去……生机勃勃的矿区是桥山夏日里最美的景色。

我喜欢桥山的夏，夏天的颜色是浓烈多彩的，夏天的性格是热情坦荡的，夏天的声音是清澈悦耳的，夏天的味道是甜美浓郁的。生命在夏日里，充满着朝气蓬勃的热情，充满了坚强与韧性，每一个人都挥洒着奋斗的汗水，怀揣着对未来的憧憬，一切都是充满希望的样子，一切都是最美好的样子！

（公司机关选送）

腊溪河的乐章

穆海宏

腊溪河是永不结冰的，
绵延群山为她挡住了南下的猎猎北风。
笔架村是四季常青的，
微微南风为她带来了北上的暖暖气流。

序　曲

李泽召在夕阳将要沉入群山的那一刻，深情地望着村中酷似笔架的一座山，山下有他的家，有生他养他的父母，有看着他长大的父老乡亲，还有袅袅升起的炊烟和山间悠扬的歌声。明天，在黎明前他将背上行囊，别妻离子，去大山外的北方，寻找一份可以改变贫穷的机会。

同龄的李永安，此刻正在腊溪河畔的香菇种植园中仔细地检查每一个菌棒。香菇种植园占地20亩，足足15万个菌棒，倾注了驻村干部和全体村民的心血，关系到全村一千口人的利益，李永安不能掉以轻心。已经回到村中在基层工作了将近两年半时间的他，虽只有中专毕业，但在村民的眼里，全身上下散发着文化的气息。村里的茶叶、香菇种植、农产品销售，都离不开这名年仅32岁的年轻人。

清澈的腊溪河水静静地从脚下流过，李泽召和李永安，一个在浮桥这边，一个在浮桥那边，一个走了回来，一个即将要走出去，而这一切的变化，源自已经驻村多年的黄陵矿业的殷殷真情。

“明天就要走了，有什么想法。”李永安和李泽召虽然同姓同龄，但却交际并不多，十年前，为了婚姻，李泽召迁入到了笔架村。

“哎，我爸妈都说不了话。”暮色中，李泽召长叹了一声。

“你想多了，有我们呢。”李永安拍了拍他的肩。

“哪有自己的父母有儿女，总是连累别人照顾的道理。”李泽召的低声中，透出一股坚韧的劲儿，苦难日子里，他从未向生活低过头，一个人扛起一个七口之家的全部生活。

“别忘了，致富不是你一个人的事，是笔架村一千口老小的事，你走了，照顾老人，也是笔架村一千口老少的事。”

李泽召再没有说话，暮色中的腊溪河哗啦啦地从脚下流过。

慢 板

李泽召是想要进来的，为了爱情。

李永安是想要出去的，为了理想。

笔架村坐落于秦巴山深处汉阴县境内，一度曾是落后、贫穷的代名词，李泽召来到这里的那一年22岁，他与笔架村里的姑娘袁小银相识、相爱，可要让这份爱情变成现实，独生子的他就得带着身有残疾的父母亲搬到笔架村来住，同时照顾着同样身为独女的袁小银的父母亲。笔架村土地资源匮乏，仅在腊溪河河滩两岸有着少量的水田，人均只有三分地。两边陡峭的山坡上，开垦出来的土地主要用来种植玉米、黄豆等农作物，种子、肥料都需要用一个自编的背篓去背，为此，村里很多人不到四十岁就被压弯了脊梁。而崎岖的山路杂草横生，碎石遍地，经常有人因此付出惨重的代价，换取的却仅仅是勉强果腹的微薄收入。

“这小伙子很能干，虽然一个人养活两家人，但却从没喊过累。”邱东华是李泽召的邻居，李泽召虽然来村时间不长，却在村民口中留下了很好的印象：他是勤劳、能干、孝顺的代名词，是村里年轻人的榜样。可他拼了命，却并未使他的生活发生太大变化。

“我不想在这里待，每天一睁眼是山，一闭眼还是山，待在这里我恐怕连个媳妇都讨不到。”李永安算是村里有文化的人，刚刚中专毕业的他选择了外出务工，临走的那天，他信誓旦旦地对小伙伴们说，要是哪天在外面当了大老板了，一定要把他们都带出去。

可现实却是残酷的。李永安清楚地记得，他临走的那天，腊溪河的水似乎和他的心情一样在欢快歌唱；经过几天几夜的长途跋涉后，他来到遥远的江苏，可在那里，他的文化丝毫没有用处，四处碰壁后，他不得不低下高傲的头，在建筑工地做了一名钢筋工。

“家里人多了，老式石板房外面雨有多大，里面就漏多大，不盖房，我们就没法生活了。”每当说起那段往事的时候，李泽召骄傲中带着忧虑。

爱情是短暂而又甜蜜的，随着孩子的降临，李泽召家的石板房已经失去了维修的价值，阴雨天成了水帘洞，到了晚上，总有一个人不敢合眼，就怕万一哪天房子抵不过雨水的侵蚀而轰然倒地。我要盖房！李泽召暗下决心，可盖房需要钱，借着昏暗的灯光他和妻子翻出了压在箱底的存折，小心翼翼地翻开，上面的数字顿时浇了他一头冷水。可偏偏在那一夜，门槛变成了他家的排水沟，次日天一亮，李泽召将家里唯一的一头猪赶到集市上卖掉后，在集市上订好了盖房所用的砖瓦钢筋等。忙完了这一切，已经是晚上了，他独自一人骑着摩托车往回赶，伴随他的只有漆黑的山路和心中的焦虑。钱从哪里来？他脑海中不断地思索着，就快到家了，一块落石横在道路中央，李泽召躲闪不及，重重摔倒在地，待他忍着疼痛爬起来一看，摩托车的一半已经横空架在了桥上，桥下，是哗啦啦的腊溪河水。

李泽召找遍了所有的亲戚朋友，可大家的情况都差不多，七拼八凑地终于解决了第一批建材的钱，可后面该怎么办，无奈的他只好将盖房暂停。一日晚饭后，拖着一身疲惫的他坐在腊溪河畔，对着群山忍不住泪流满面，奔流不息的河水与他一起，流淌着悲伤。

时任村主任的陈绪仲告诉他，现在政策好了，可以申请农村信用社的贷款，但会有利息，要按期还款，还需要五名以上的村民联合签名才可以，李泽召想都没想，找人写下了贷款申请书，可找谁担保呢？忧心忡忡的他敲响了邻居的大门，令他没想到的是，笔架村并没有因为他是后迁入者而拒绝帮助，很快，信用社的贷款批了下来，没多久，李泽召终于搬进了亮堂堂的新房。

可本不富裕的他除了要还亲戚朋友的钱，还得按时还贷，看到妻儿父母脸上露出的久违的笑容，李泽召再次给自己鼓足了劲儿。从此以后，不论刮风下雨，他从未休息过一天，在周边各个大大小小的工地上，经常会看到他繁忙的身影：钢筋工、水泥工、泥瓦工，哪里有活干，哪里就有他。整整三年，他从未违约，每月都能够按时还贷，但凭借他一个人的力量，这笔沉重的债务始终将他压得抬不起头来。

李永安的日子同样不好过，打工的日子远比他想的要艰苦很多，没完没了的力气活，硬是将他锻炼成一名出色的建筑工人。虽然身处江南，可都市的繁华对他丝毫没有影响，面对他的，永远是日复一日，从一个工地转到另一个工地。生性倔强的他却始终坚信，只要肯努力，自己迟早都会成为一名老板。

两年过去了，三年过去了，李永安的生活并未发生太多的改变。他开始思考自己的命运，难道是自己的知识不足吗？在发薪水的那天，他亲眼目睹了工地办公人员利用电脑飞快地为每名工人算好了薪水，第二天，他便找到对方，央求教他怎么样学习电脑办公。可第一次就碰了一鼻子灰，对方将他的恳求当成了一个笑话，李永安不甘心，办公室的电脑对他充满了吸引力，他无法想象十指在键盘上飞舞究竟是什么样的感觉。半个月后，对方终于拗不过他，对他说，下班后，可以到办公室里用一台旧电脑学习，但必须在十天内达到每分钟打出 50 个字才肯教他。那一刻，李永安欣喜若狂，十天后他顺利通过了测试。而这十天，他每天睡觉不超过四个小时，下班后的第一件事情便是拖着疲惫的身躯去练习打字。

年底，李永安终于可以熟练使用一般办公软件，也就在这时，爱情降临到这名年轻人的身上。同样来自外省的姑娘小玉和他相识在回乡过年的火车上，二人同样都是为了省钱而选择长途硬座，十多个小时的车程让面对面的两个年轻人无话不谈，中途小玉下车，与他相约，如果有缘，必定会在来年后再次相遇。春节过后，村里新买的电脑谁都不会用，村主任找到了他，让他去村部做了三天的村民信息录入工作，他的行程也不得不往后推迟了三天。当忐忑不安的他登上火车后，一路无语，脑海中全是小玉的身影，随着终点越来越近，李永安也越来越失望，难道，这仅仅是一场短暂而又美丽的相遇吗？十多个小时后，他独自走出站台举目四望，并未有那熟悉的身影，垂头丧气的他坐到马路边上发呆，心情跌入无尽的低谷。忽然，他听到身后有人在呼唤他的名字，李永安回过头，小玉正在微笑看着他，春日里的阳光洒在她的刘海上，闪着甜美的光。

协奏

李泽召选择了出去。

李永安选择了回来。

“扶贫是多样性的，走出去同样是为了致富。”李泽召坐在床沿上，木制的板凳上，陕煤集团黄陵矿业驻村干部任俊平正在对他做思想工作。

李泽召很难抉择，几年下来，债务虽然减轻了不少，可他和妻子双方的父母身体状况愈来愈差，孩子的上学又为他增加了新的负担。家人们一听说他要去煤矿上班，都不支持他，父母双亲虽然语言表达能力很差，但他看到了他们在眼眶里打转的泪珠。

“任书记，我也想有个正经工作，多赚钱，可我的情况你知道。”无奈不安的李泽召不断地变换着坐姿。

“这样吧，咱一件一件地解决问题，我们先走了，你再想想。”任俊平并未为难李泽召，而是和同行的驻村干部张南楠一起起身告辞。

“李泽召必须去，他年轻，在矿上肯定能够致富，就业扶贫也是扶贫。”回去的路上，任俊平对张南楠说。

“闫泽华部长吗？有个事情需要麻烦你。”远在千里的黄陵矿业，刚刚从笔架村结束扶贫工作的闫泽华接到了任俊平的请求，对方希望他能够提供一些矿井安全生产的视频和照片。挂了电话，他二话没说，连忙联系黄陵矿业所属的四对矿井。

李泽召怀着心事来到腊溪河边，可欢快的溪水也无法帮他做出选择，不知不觉间他走到一户人家的门前，主人唐春付热情地将他迎进来，和他拉起了家常。唐春付是村里的能人，拥有过硬的制茶技艺，年轻时也外出四处务工，如今已经五十多岁的他选择回乡，正在村里的茶厂上班。

“看把你愁的，有啥子事嘛？”唐春付为李泽召递上了一杯热茶。

李泽召对他说了自己的难处，唐春付听完后哈哈大笑，李泽召一脸不解地看着他。

“你知道我原来是干什么的吗？”唐春付问他。

李泽召摇了摇头。

“我原来就是在煤矿打工的，在井下做探放水，就在榆林的一个煤矿上。”说起煤矿，唐春付一脸的坦然。

李泽召从唐春付那里终于弄清楚煤矿是怎么生产的，煤是怎么采出来的，究竟危险不危险。当他明白这一切后，压在心头的疑虑终于烟消云散。

李泽召一走，唐春付便拨通了任俊平的电话。听到消息后，任俊平与张南楠也相视一笑，可他们知道，成功仅仅完成了一半。

那一夜，李泽召对袁小银说了自己对未来的规划，等去黄陵矿业赚了钱，一定要再买一台车，以后回村里，就直接开车回来，也让妻子开开心心地笑一回。

“那你走了，我和娃儿可咋办？”袁小银问他。

“带上，听说那边都有幼儿园，你和娃娃都跟我走。”李泽召不假思索地答道。

“那四个老人三个有病，他们怎么办？”袁小银的话又给了李泽召当头一棒，可他并不知道，他所担心的，也正是任俊平和张南楠所担心的。

第二天傍晚，忙完一天的任俊平和张南楠再次来到李泽召家，一起的还有左右邻居。

“我知道你想什么，先给你看看这些。”任俊平为李泽召打开手机。

矿井下是充满科技感的场景和干净整洁的工作场面，工作人员只需要坐在办公室里按动按钮，便可以实现精准开采。

闫泽华提供的井下现场照片和视频，让李泽召感觉到了致富正在向他招手。

“你就尽管去放心上班，你先去，安顿好了再把妻子和孩子接过去，四位老人村里给你照顾，平时我们两个保证每天都来看一次，还有这几位邻居，会时刻关注他们的情况，我都和他们说好了。”张南楠接着说，一起来的四位邻居也都频频点头，七嘴八舌地劝李泽召别想太多。

李泽召再也忍不住，他红着眼睛，端端正正地站起来对众人深深鞠了一躬。

李永安接到黄陵矿业驻村干部王计昆的电话那天，建筑工地的老板也同样找到了他，说如果他愿意，可以让他去工地的办公室上班做资料员。

“听说你电脑用得好，现在村里急需一名你这样的人才。”李永安听得出，王计昆很焦急，可当他听到待遇的时候，却陷入了沉思。

“你应该去办公室上班，想办法留在城市里，要对我们结婚以后的生活打好基础。”小玉说话的时候，总是喜欢盯着李永安的眼睛。

李永安点了点头。

王计昆与另一位驻村干部侯庆权从黄陵矿业来到笔架村，他们很清楚年轻人才对于扶贫的重要性。

“我们希望永安能够回到村上做事，这样他自己也有一份稳定的工作，工资虽然不高，但随着未来咱村里产业的发展，将来肯定会有很大的改善。”侯庆权对李父说。

李父答应尽力给李永安做思想工作，让他能够回来到村里做事：一来他们希望孩子在身边，二来自从黄陵矿业驻村后，村里的产业更需要年轻人来参与管理。

李永安也来到梦寐以求的工地办公室，虽然已经可以很熟练地使用各种办公软件，可面对如山一般的材料整理工作，远比他想象的要复杂很多。一周下来后，因为他毫无工作经验，无奈又重新来到工地上。

“你说你学那么多有什么用嘛。”女友小玉对他有些不满。

李永安知道自己高估了自己，可失去了一次机会并不能说明什么。这时，电话铃响了起来，母亲焦急地告诉他，年迈的父亲旧病复发，希望他能够赶紧回来。李永安给小玉说明了情况，可这段时间以来，小玉也一直知道村里在叫他回去，就与他争吵了起来。不论李永安如何解释，小玉都始终认为李永安是在欺骗自己。

万分焦急的李永安订好了回到笔架村的车票，小玉哭着告诉他，如果要是真的回村里去了，那以后就别再找她了。李永安顾不了那么多，次日便搭上了回乡的列车。

“安娃啊，你和你大哥二哥都不在，多亏了黄陵矿业这两位。”在病床前，李永安见到了王计昆和侯庆权。

好在父亲的病情并不严重，出院后，李永安专门到村委会去向王计昆和侯庆权致谢。

“永安啊，照顾好笔架村每一位村民是我们的责任。”王计昆对他说。

“我们也听说你的难处了，不为难你，咱们去看看咱村上的产业吧。”李永安跟着侯庆权来到位于腊溪河岸边的扶贫项目地。

一排排绿油油的茶苗，大棚中的菌类生机勃勃，生于斯长于斯的李永安从来没敢想过，笔架村能有今天的模样。

“你可以再去村里问问，我们虽然很迫切希望你能够回来帮助村上一起致富，但我们也不能拆散你的爱情。”临走了，王计昆再次对李永安说。

李永安还是走了，等他再来到城市，却不见了小玉的踪迹。电话、微信全部联系不上，李永安疯了一样去找，一个星期过去了，始终未能再见到小玉的影子。

李永安决定要回去。就在他登上返程列车的同时，小玉已经在腊溪河畔站了一个上午，她转过身，擦干了眼泪，钻进一辆出租车里，朝笔架村外匆匆而去。

快 板

李泽召出去了。

李永安回来了。

李泽召离开的那一天，有语言障碍的母亲给他的怀里塞了几个煮熟的鸡蛋，那是对早日团圆的殷殷期盼。

经过一天长途跋涉，李泽召来到黄陵矿业双龙煤业，与他同行的还有高国勇、邹前超等八名村友。刚来的第一天，他便被分到单身公寓，推开房门的那一刻，李泽召笑了，干净整洁的床铺似乎就在等着他的到来。

经过一个月的紧张培训，李泽召被分配到双龙煤业通防队，正式成为一名矿山工人，负责井下打钻工作。

"今天咱们第一次下井，不要有啥心理负担，井下其实是很安全的。"第一次登上人车，跟班队长张科就让李泽召跟着自己。

经过半小时的车程，李泽召来到了井下，亮丽的巷道、安全措施齐全的工作场面，颠覆了他对煤矿的印象，也更加坚定了自己的信心。上班第一天，张科并未让他干具体的工作，而是带着他对工作场所进行深入了解。在李泽召心里，所有的疑问也逐渐转化成他工作的动力。

"李泽召，在矿上还习惯不，下井觉得怎么样？"第一天下班后，李泽召就接到了张南楠的电话，他迫不及待地将自己第一天下井的所见所闻全部说给对方听。

"你能习惯我就放心了，我今天去了你们家，你家里人都很好，你一会给他们打个电话。"电话那头的嘱托，让李泽召顿时感觉到一股暖流涌遍了全身。

"孩子他爸发工资了，让我来给你们说声谢谢。"当李泽召拿到第一个月工资的时候，嘱托在家的袁小银专程来到村委会，为任俊平和张南楠送上了谢意。

上班至今，在一年多的时间里，任俊平和张南楠将李泽召等23名笔架村就业扶贫的家人视为亲人，每天都会按时在微信群里为他们报平安。

几个月后，已经安定下来的李泽召回到了笔架村。进村后，他没有回家，而是先去了村委会，当见到任俊平和张南楠的那一刻，李泽召在路上想了一天的话，却一句也说不出来。回家的时候，他路过连接村委会和家中腊溪河上的浮桥，便忍不住停下了脚步，侧起耳朵：腊溪河的水像极了从山间涌出的一首动听的歌谣。

李永安回来的那一天，王计昆和侯庆权正在等着他，走进村委会的那一刻，王计昆看出了他的心思，拍着他的肩膀对他说："好好干，笔架村绝不负你！"

笔架村的扶贫项目按照规划正在有条不紊地进行着，茶苗场、菌类大棚也逐渐建了起来，李永安也从失恋的阴影中走了出来，全力以赴地投身到项目建设中去。

"不行！你们占了我的地，我上哪里种菜吃！"清晨，激烈的吵闹声惊醒了李永安，他连忙起床出门，只见自家叔父李世钢正在村委会门口坐着。他一脸怒气，王计昆和侯庆权正在好言相劝，听得出，他对村里土地流转颇有微词。

"咱们是签了合同的，这片土地咱们茶叶合作社正在育苗，不能再给你种菜了。"李世钢对王计昆的话不理不睬。

"叔，咱别闹了，这是咱村上的事，可不能因为你一个人坏了村上集体致富的大事。"李永安急忙去劝他。

"你个小娃儿，这里没有你说话的份儿。"李世钢坐在地上并不买他的账。李永安想去将他扶起来，李世钢一挥手，瘦弱的他被叔父推倒在地。

几个人连忙将李永安从地上扶了起来，他的胳膊肘被石头擦破了皮。李世钢一看闯了祸，爬起来气哄哄地回家去了。

“叔，你为啥子不乐意？”晚上，李永安忍着痛，亲自登门到李世钢家里去了解情况。

“哎，我是种地种惯了，没地种心里不踏实。”李世钢道出了原因。

“叔，你多心了，土地流转不是不让你种地了，是你以后种地有工资了。”看到叔父松口，李永安便将合作社的具体工作做法给他原原本本讲了一遍。

“那要是这样的话，我也没啥子意见，但是要在我地里种茶苗，必须得我亲自种，别人种了我不放心。”听完了李永安的解释，李世钢的思想也跟着逐渐发生了巨大的转变。

“那叔，你看那几户也有意见的，你能不能也帮着说说话。”李永安心里知道，其余的三四户有意见的村民，李世钢去做工作，一定能起到事半功倍的效果。

“这事，包你叔身上。”李世钢拍着自己的胸脯说。

当村里的股份经济合作社、农丰种植合作社和茶叶种植合作社全部成立后，李永安便又成了笔架村里土生土长的知识分子，每天忙碌着合作社的对外联络、财务管理等。闲暇时，他也习惯到腊溪河上的浮桥上坐一会，听听桥下欢快的流水声。

华　彩

笔架村笑了。

他们也笑了。

李泽召开启了通向幸福生活的一条新航程。工作不到一年，压得让他喘不过气的债务终于将要偿还清，妻子和一双儿女也来到他的身边。

“当初还担心孩子过来上学难，没想到矿上很快就为我办理了居住证，又积极联系幼儿园，现在两个孩子都顺利入学，心里踏实多了。”当说起这些的时候，李泽召脸上洋溢着充满感激的笑容。

和他相隔千里的李永安，正在为自己的婚事忙碌，他已经 32 岁了，在村里属于超大龄青年。他希望在婚礼上，曾经到过笔架村扶贫的黄陵矿业人员都能够参加。

“我们是通过网络认识的，当时我在网上销售村里的农副产品，就遇见了她，后来，她也帮我一起做村里的农产品网络销售工作。”在李永安的脸上，是收获爱情后的甜蜜。

与他们一起的，还有通过就业扶贫走出去的 23 名青年村民，如今他们遍布在黄陵矿业的各个单位。他们带着感恩和热情，走在一条永远告别贫穷、迎来崭新的幸福生活的康庄大道上。

与此同时，很多在外务工的笔架村村民也陆续返乡，享受着扶贫带来的巨大改变。在菌类种植基地、茶厂，随处可见他们繁忙的背影，他们将一颗热爱故乡的心，变成实实在在的行动，自信而又坚毅，为建设现代化的美丽乡村奋力向前。

“笔架村是汉阴县的著名贫困村，2014 年，全村建档立卡的贫困户有 202 户，659 人，占全村总人口的 54.87%；现在的笔架村，人均年收入已经超过 6000 元，已经全部实现脱贫摘帽。”已经从笔架村扶贫回来的闫泽华，并没有忘记全村的父老乡亲，一有空，他便会与曾经朝夕相处的村民通过网络拉家常。

“感谢黄陵矿业，他们对我们的帮助太大了。”走遍笔架村的每家每户，听到最多的就是这么一句平实的话。在全体村民的眼里，黄陵矿业人早就成了自己的家人。

六年前，黄陵矿业成为笔架村的定点帮扶单位。面对山大沟深、交通不便、渠道不畅的局面，四批七名驻村干部将根扎在大山深处，帮助村民们解决基础设施，联合当地政府部门，先后成立了三家合作社。他们和村民们实行股份制管理，使村民们告别传统的农业方式，建设起了茶厂、食用菌大棚，帮扶村民发展养殖，注册推广了“笔架臻品山珍”系列优质农产品品牌，走出一条具有长远战略意义的脱贫致富的新路子。

“我现在在村里管水，每个月有固定收入，闲的时候还可以去村里的大棚干活挣钱，一年算下来，比外面收入的并不少。”村民邱东华是脱贫工作的见证者，如今，他已搬进了新盖的两层新房，迎来了脱贫后的幸福生活。

“我都这么大年纪了，没想到，去年村里的分红还给我分了一份。”已经六十多岁，患有慢性病，丧失了劳动能力的霍老三激动地说。

“今天去县上开会，大家伙需要啥，都给我说一声。”每次去镇上和县上之前，任俊平都会在村民的微信群里提前发个通知，回来的时候，为村民们带回来油盐酱醋等生活用品。

“现在的笔架村可不是以前的笔架村了，说实话，我都不想走了。”驻村干部张南楠早就把自己当成村里的一员，每天他都会开车去八个村民小组转上一圈。谁家的庄稼该收了，谁家的地该锄草了，他都认认真真地记下来，挨个通知。

笔架村集体摘掉了贫困的帽子，可他们却并没有离开，这里俨然已经成了他们的第二个家。

“听说你快要结婚了，恭喜啊！”休假回家的李泽召晚饭后走到腊溪河的浮桥上，和从另一头走过来的李永安一起坐在桥面上。

“日子还没定，到时候你回来不？”李永安问他。

“那你得选个我休假的日子。”

“那你得提前告诉我你啥子时候休假。”

“哈哈……”

和着他们爽朗的笑声，脚下的腊溪河正在奏着一首动人的乐章。

（双龙煤业公司选送）

他乡作故乡的陪同之行

王琳琳

太阳盈盈荡荡洒满房间，是秋日那种格外晴好的天气。在自己的家里拥趸阳光，是深深的满足和爱恋。家是永远的天堂，走遍所有的地方，唯有家最让人眷念。

出了一趟短暂的远门，心里却有种走过万水千山的归属感。这一场重阳节的他乡作故乡的陪同之行，在融融的亲情氛围中圆满结束，心空上腾挪一种寻根之后的了然与欢愉，又或者说是知晓了从何而来的释然与宽慰。

这是有志、有识之士发起的一次召唤全体家乡儿女重回故乡的大聚会，邀请遍布四面八方的离乡之人“回家”。在那个偏僻简陋的小山村，红色宣传条幅早已横挂回乡的必经之路，温情的宣传语随风招展，把聚会的宽宏主旨和殷殷乡情一路渲染。装扮一新的戏台上，浓郁的地方道情正开场，婉婉乡音随时恭候归家的游子，情景交融。村民委员会的院里院外，处处人头攒动，往来晤面，亲热不过“同是长干人”的寒暄与握手。那热气腾腾香飘百年的陕北羊肉哨子汤，和劲道的长长饸饹盛满大盆放在锅台上，恰以正宗地道的风味迎接着远道而来的家乡儿女。

安静的小山村变成了灯火照耀的不夜城，各式各样的车辆挤挤挨挨停放，浓浓的乡音此起彼伏萦绕。小村庄沸腾了，沉寂的大山抖擞了，寂寥的土地苏醒了，宜家畔村百年难遇的空前盛况在这个古老的家园一幕幕上演。

世间总有一种缘分，让你愿把他乡作故乡。姑娘的时候，我断然不知，世间还有这样一个偏远的小山村与日后的我深切相关；更不知道，有一个地方，是一座大山连着一座大山，山的那边还是山，那么艰苦荒凉清冷，而我生命中最重要的他，就是从这样的大山里走出来的，是大山和乡村养育了他。缘分引我入了他家的门，这个朴素寥远的毫不起眼的小山村，也就成了我俩人生路上共有的家乡。

“少小离家老大回，乡音无改鬓毛衰。”走在乡间的小路上，对面相逢不相识，坦言问候之余，胸中涌起诗人一样的百感交集。人到中年，重拾儿时的记忆，见一见久违的故园乡亲，闻一闻家乡的泥土味道，观一观山气佳妙的乡村景象。长沟里徘徊张望，旧情拾遗路边；笑语致意，自报家门；男女相亲，无不和善；且叙一叙往昔的情，再握一握同乡的手，拉拉熟稔的家乡话。脚步缓缓又踟蹰，触摸着山村的温度，听闻遥远的跫音，仿佛看到顽劣的少年从山坡呼啸而过。面前那棵高大的槐树上头，就是天真顽皮的少年的家。如今土窑坍塌，只剩下眼睛一样的窑口，含情脉脉注视曾经的小主人——他的身材已然高大偏瘦，身旁多了一个满眼新奇满怀诚挚的爱人。结婚二十余年，我第一次陪他走进家乡，是一个本该熟悉却陌生的主人。

我尊重他的每一次脚步留驻，响应他的每一次深情凝视，契合他的每一次同乡热情。我静静地陪伴在他身边，谦和着，微笑着，轻语应答，感染着他至真至纯的喜悦，感动于他和同根同族人的血缘之亲。

他们这一脉，称得上是淳朴、勤劳、勇敢的劳动人民。我走进了他堂哥的家，弟兄几家，看起来都是殷实务正的庄稼人。统一整齐轩敞的大院落，雕镂有致的亮门窗，绣工活脱的布门帘，又长又宽的镶了黑亮亮瓷片的大炕，给人扑面而来的是人间静好。正是秋收时节，院里的菜园子奉上了各种成熟的果蔬，搭建成型的高高木架上垛实玉米，窑洞的外墙上挂着串串鲜红的辣椒，窗台上垒满长的、圆的大小南瓜，石台上小筐子里晾晒着熟透的红枣……不管走进哪一家，他们都特别热情好客，紧呼慢拥叫人上大炕，那种待人的诚恳和与人为善的亲近，真的很让我感动。

这个地方村民的居住形态，也让我觉得讶异。乡亲们不是集中在一些平地上修建宅院，没有发现那种平日里常有的门挨门的我们早已习惯的比邻而居，几乎是一户人家一座山，而一座山连着一道沟，然后又是一座山一道沟。远看相邻很近，其实每户人家距离很远，都有独立的开放院落，一个山头一户人家。窑洞倚靠大山，烧热炕用的燃料来自大山里的废木材，出门望见的还是大山。窑洞在高耸的山上，与外界联通，进出走得是低洼川道。他们就是名副其实山坳坳里的人家。

第一次由衷感到大山真高。一向自夸运动达人的我，空有一番情思却无力攀赴，我拼尽全力，依旧困难攀缘，只好被他提拉牵扯着臂膀，手脚并用爬上山。有时，山鸡扑腾而过，吓我一哆嗦，两人合力，终于爬上山头，促成了给先人烧纸送寒衣的心愿。千里迢迢归乡，重阳佳节问祖，淋漓雨丝飞扬，情切切念亲恩。

那里的大山没有路，那里的大山全是路。所有的路都需我们自己踩踏，只有踩在那种像毽子一样的草簇上，抓着他的大手，像攀岩一样才能立稳脚跟。坡太陡，路太滑，祭拜之念太深切，相扶相携爬上山，双膝跪拜墓碑前，雨丝打湿垫在膝下的报纸。一时鞭炮彻响，香火熏染，虔诚磕头，全情告慰地下祖宗之灵。

同根同祖同源，和平和睦和谐。宜家畔村，历史悠久，古老文明，祖辈农耕，勤劳朴实，宽厚待人，这些符号一样的标注在我短暂的行程里早已认同并深有感触。与同族人的交谈中又领略大概，平日里在身边人的身上也得到了很好的印证。可以肯定地说，他们宜姓这一脉不善言辞，不事客套，却具备纯朴实诚、坚韧勤恳、脚踏实地的优良品德，并且已然传承，蔚然成风。

桑梓相逢在重阳，共谋前景乐开怀。家乡人的聚会，因为时间关系，我们没有口福等到待人之道最高礼仪的陕北“八碗”，有点小小的遗憾。前面没有赶上聚会的启动仪式，后来也没能走到盛会的闭幕式。离乡之人，路途遥远，俗务缠身，大都来去匆匆，长路颠簸只为那一眼深情相望。急切地做了一回家乡的客人，重新踏上背离家乡的返程之路。

熟悉的陌生了，陌生的熟悉了，疾驰的小车越走越远了。故土养育情，一生永难忘。我跟随他感同身受，一路交谈回顾，一起感念惆怅。

但凡一次活动，必有它倡导的积极意义，家乡聚会在于宣传和寄予家乡人美好的愿望。正如标语所示：举杯共话往昔情，来日同奔富裕路。愿每一个人，都常怀家乡情，常念家乡路，各尽所能，各施所长，做家乡的有心人。

（煤电实业公司选送）

观雪

何宏强

雪在人们焦灼寻觅的眼神里，在千呼万唤的攀谈声中，终于飘飘洒洒降临了。这一次，雪势酝酿地浓烈饱和，雪花铺天盖地，纷纷扬扬，舞尽了雪的蓬勃和曼妙。如柳絮，如枣花，如粉如沙……赶趟儿一般，簌簌地久久地飘落，一朵一朵，一粒一粒，毫不粘连，给干涸的冻土一个深深的拥抱，让凝视的双眸览尽雪舞的风采，安抚了天地间所有的孺慕与渴盼。雪花漫天飞舞，温柔中透着刚强，静谧中闪耀着旖旎，我静静地观雪，喜爱之情油然而生。一缕朴拙的情愫浸润倏然而起的诗韵盘桓在脑海中，蹩脚的平平仄仄随口诌来：

银蝶缤纷，扶扶摇摇满乾坤。
天域苍穹，扑扑簌簌几万重；
霓裳羽衣，袅袅轻轻飞庭霰。
远山近楼，莹莹皑皑画中来。

隔窗观雪，光景清艳。飞舞的雪花随着风的号令，纷纷扬扬尽情释放着纯洁的美丽。“只可远观而不可亵玩焉”，这样的心思比任何时候都强烈，我相信雪花与荷花一样有着高洁的品性，我只想安静地远远地欣赏就很好。这圣洁的完美的精灵！看它宛然地落在各种高高矮矮的常青树上，在枝枝叶叶间倏然盛开出一朵朵洁白的绒花。初冬静默规整的树木变得分外妖娆了，沉甸甸地在风雪中挺且直。千朵万朵梨花盛开的壮观，美得让人惊诧。看它安谧地铺满每一片空地，温存绵密的聚合成裁剪合宜的棉绒毯，皑皑的纯净涤荡了几多繁杂。看它娇俏地落在屋檐瓦楞上，落在路灯上，落在小车上，那一个个被厚厚的积雪装扮出来的憨态，在眼睛碰触的那一刻，宛如置身在了美丽的童话世界，毛茸茸的白雪给了人融融的爱恋和跃跃的灵动。看它慷慨地落在远处的山坡上，洁白映照灰褐的树木，大山越发显得寒瘦寂寥了。但是，谁能否认，这寥落之下不是孕育着一个姹紫嫣红的春日胜景！

“凡花皆五出，唯独雪花六出”，我无意伸出手掌接住圣洁的雪花细数，印证它是否如年少时一样的花瓣六角，我不想眼睁睁地看它收缩、消融，加速魂归在我手心里的温柔。慨以热切的心，给雪冷眼旁观，就像对待有些人，有些事。质本洁来还洁去，从冬来还冬去，雪花需要在它飞舞的时候观赏，让它极尽生命挥洒之能，落入天地万物之凡尘，和泥土融合在一起，浸泽万物，这才是生命一场的值当，是雪理想的归宿。落地即化又如何，雪花的使命就在于以死的过程，唤醒沉寂的世界。

雪花密密麻麻聚集，将世间所有的一切覆盖在洁白的羽翼下，呵护着遥远的期待，锡透出无限的清新。终于，大地白茫茫一片真干净。雪笃定给了爱它的人们最真的纯洁和晶莹，捧出一个粉妆玉砌的崭新的天地。然而，世间的爱真的很奇妙。口口声声说着恋雪爱雪，雪真的倾情而来时，又迫不及待撵雪走。

雪注定是留不住的，千门万户的世界里蒸慰着多少热气腾腾？

太阳出来，雪会融化。过不了多久，暖暖人间各种凌厉的清雪器具也会殷勤出动。在洁白无瑕的雪的肌肤上，一只只铁铲毫不留情地划过，一条条宽宽的印痕带着污浊赫然显现，这仅仅是人们在开拓被积雪覆盖的道路。雪，活得洁净漂亮，走得执着坦荡，始于清白，终于污秽。它来得自然，美得无私，它的灵魂干净彻底。雪的冰清玉洁不再，雪的芳华已逝。惊鸿一瞥的纯洁的雪呵，和世间所有的美一样，走得最急，最倔强。然而，焉能否认，那些洁白与纯净已经悄悄融入了超拔不竭的灵魂深处。

（煤电实业公司选送）

食春

刘丹

季节的更迭是岁月深情的延续。春分刚过，早春的使者，已经跟着香椿芽、芹菜、油菜尖等青菜，在小镇的菜市场上闪亮登场。

北方的春天可以风花雪月，也可以人间烟火。蕨手犹拳已箸长，菊苗初甲可羹尝；山村富贵无人享，一路春风野菜香。打开春季的方式之一，当然是吃一点时令野菜，用舌尖感受春天的气息。陕西人吃野菜，头头是道，从不含糊。

春令一到，田野山坡上遍地都是绿油油的野菜！连绵细雨后的小蒜，鲜掉眉毛的茵陈、荠菜，香气四溢的槐花……无论是哪种野菜，都满满是春天的味道！

香椿芽，是一种北方大部分地区贯穿一整个春天的野菜。它的存在就像是折耳根一样，那股令人又恨又爱的气味着实让人印象深刻。如果不是在田间地头，要想实现“香椿自由”，动辄十几一斤的头茬香椿，也总是那一众野菜里面最贵的。民谚称，“雨前香椿嫩如丝”，清代文雅之人便管吃椿芽为“吃春”。香椿的成长时间很短，从发芽到成熟只需两三天，但是要想吃到可口的香椿，还得靠有经验的老辈人，因为成熟后多一天都会变老！常见的香椿类美食有香椿拌豆腐、炸小鱼、香椿芽炒鸡蛋、香椿芽咸菜等。

春天的雨水渐渐多起来。这时候，西北的斜风细雨密密地织成天空中垂下的网，在风中摆动，同好友带着婆婆在塬畔山头细细地弯腰找寻，在草丛里扒拉，便可发现荠菜一丛丛地挤在那儿。越是土肥水茂的地方越是乖顺，绿得鲜嫩肥实不说，贴着荠菜根部只轻轻一扯，那份连根带土拔出来的省心便让人畅快。若是长在贫瘠坚硬板结的土里，根茎扎得更深，叶贴地更紧，深吸一口气去拔、去挖，反而生出了一份珍惜。

据说她们要采摘回去做饺子。厚着脸皮随她返回家中，我倚在门口远远地看，虽是不曾熟络厨房的活，却似乎已经闻到饺子里春天的气息，进而生出了“做一顿、吃一次”的期待和念想。

荠菜的香与其他十字花科野菜一样，有着与芥末同源的芥子香味；但不同的是，它的香味饱满却不刺激，自有一种超脱其外的纯正——独具清新而不寡淡，便又多了绵长回味。真正吃荠菜，更多的是以叶为食，讲究的是鲜嫩。只要肯花功夫和时间，便可春意阑珊地得偿人愿。采摘回来的荠菜多半要将它在开水里滚烫，再捞出来挤干水分，去涩去苦。刀锋而过，便有嚓嚓嚓的声音密密落下，刀落，砧板上便已染了绿色的汁水。搅肉制馅，肉取三分精七分肥制成肉糜，再以三分肉糜七分荠菜混合搅拌。调味是做馅的关键，各家有各家的道，于我而言，总固执地以为野菜之妙，本色本味才是最为相宜。仅以盐与生抽、清油调制，配以些许白砂糖提鲜。这样的馅料，无论是制成饺子、还是馄饨、蛋饺，或落水或入油，滚沸而过，高温快速透过饺皮将荠菜的叶绿素还原成翠绿，荠菜的清香在饺子皮里渗透并存贮。一出锅，便亮出来玉皮翠馅的绝美搭配，像要胀破的春色，只瞟一眼，便起了垂涎的心，猴急猴急地伸筷子。

那一刻，只觉得是故友重逢如春风，一口咬下去便是整个春天，田野里的清香掠过舌尖，爽而不腻。

最能把荠菜吃到极致的莫过于苏轼。苏东坡乌台诗案贬谪于黄州，田园耕居，给朋友写信，“取荠一二升许，净择，入淘了米三合，冷水三升，生姜不去皮，捶两指大，同入釜中，浇生油一蚬壳多于羹面上，不得触，触者生油气，不可食。不得入盐、醋。君若知此味，则陆海八珍，皆可鄙厌也。”这便是流传至今的“东坡羹”，陆游盛赞此羹为“芳甘妙绝伦”。这种做法用今天的话来说，最为原生态，初看是平凡人家最为简单的寻常食物，深究却既有道家“返璞归真”的养生之道，又有简素生活的禅意。当时的苏轼，任徐州太守，布衣草履带领百姓筑堤抗洪，过家门而不入，是百姓中清白勤廉的好官，以至于后人认为这道菜一青一白，在风雅中隐喻了“清清白白做官”的气节。

春在溪头荠菜花，同样喜爱荠菜的还有辛弃疾。纵观宋朝这四位名人，皆是胸怀远志，才情纵横，以民生为己任，以气节而自励自勉。他们文可励精图治，武可金戈铁马、沙场点兵，却都在家国忧患中几起几落，或悲壮慷慨，在壮志难酬中沉郁；或安时处顺，在田园躬耕里洒脱旷达。而时运相随相应的他们，在春入田野的时节，最先识得荠菜香，深知其味，并最终品出大地的春意和欢喜。

陕西人吃蒜绝对是专业的，除了最常见的大蒜之外，还有每年春天都吃的“小蒜”。小蒜，又名薤白、野蒜，属多年生草本植物，亦食亦药，具有通阳散结、行气导滞的功效，经常食用对降低血糖有益，它的根部鳞茎也可作中药使用。虽然它叫野蒜，其实外形长得更像韭菜，茎叶细长，夹杂在草丛间，很容易被人忽视。

春天的小蒜格外鲜嫩清香，所以有“三月小蒜，香死老汉”的民谚。小蒜的吃法有很多，可以包饺子、拌豆腐、炒鸡蛋等。不管是哪一种吃法，都让人口齿留香、回味无穷。我爱吃小蒜，尤其是春天的小蒜，嫩嫩的、香香的、水灵灵的。每年八月份也有一茬小蒜，但远不及春天的鲜嫩。小时候，每到这个季节，母亲就到矿区铁道桥后的田地去挖小蒜，回家掐黄、去须、洗净后，放进锅里爆炒，新鲜山蒜切碎后打入蛋液，辅以调料，煎成的蛋饼将山蒜的鲜香与蛋的软嫩融合的相得益彰，尝上一口，满屋生香，简直鲜得要掉眉毛了！长大后，我离开了家乡，几十年来一直漂泊在外，每年春天，只要是休假，母亲定会做好，临走还不忘掐几把新鲜的小蒜让我带回家，或清炒或凉拌。

中国自古讲究“依时而食”，在万物以荣的春季，新生的时令之鲜不能少。野菜是春天最好的礼物，每年三月便偷偷地从土里探出头来，一丛丛、一簇簇，在并不肥沃的岗坡林地顽强地生长着，碧绿碧绿的叶子，透出无限的生机。眼下正是尝鲜的季节，不如趁着周末闲暇，去乡间寻找它们的踪迹吧！

（燃煤发电公司选送）

西藏随想

白建礼

在我的一再坚持下，妻子和儿子终于和我一起单车自驾踏上向日落之城前进的漫漫征途。行径在风光旖旎的高原大道，目之所及皆是晴空万里、余霞成绮、彤云密布、一碧千里。远处连绵的雪山，如同披着素玉般的仙女，倚在天地的怀抱之中，寂静而神秘；那白雪皑皑、高耸入云的雪峰像藏族人手中洁白的哈达，庄严圣洁。透过遥远的天际，回望广袤的草原，远山下的孤烟远村，一切的一切是那么宁静、豁达，仿佛在述说着顽强、朴实、坚韧和生活的平淡。

诵经中隐藏着芸芸众生前世的盼望，日光下，那转经筒辗转出又一个轮回。本来就是圣地，因为人们的席地而坐，西藏更显出几分幽深，因为人们的默祷和跪拜，更显得几分虔诚，西藏，注定与宿命捆绑在一起，迈着神秘的步子，向天的尽头逃亡……

西藏成就了两个世界之最：珠穆朗玛是世界上最高的山峰，我却无缘见其真容；而雅鲁藏布是世界上最长的河流峡谷。高峰与深谷交错缠绵，强烈的反差中，世界第一壮丽景观就这样浮出峡谷。自雪山冰峰间流出的雅鲁藏布江如一条银白色巨龙，在世界屋脊上奔腾不息，琼浆玉液般的河水，不仅造就了沿江奇绝秀丽的景致，而且孕育出灿烂的藏族文化。

雪山、冰川、林海、草原，它的每个姿态犹如神来之笔的辅佐，霸气中满腹豪情；满眼皆是不同的景观，皆是充满奇异的生物，明明在同一坡面，却已穿越多个垂直的自然带。雅鲁藏布大峡谷是位智者，智慧地选择这离天最近的地方，隐匿自己的灵魂；他从小擅自去引导别人，却总是载满了充满矛盾的喧嚣和宁静；更是在不经意的瞬间，让误闯他领域的人在惊慌失措中体验到那份震撼与伟大。雅鲁藏布用广阔的胸襟去包容自然界的绮丽，用辽阔的胸襟来感恩和回报这个空间。它将恩泽淋洒于世，那份超脱，便在万物之上轻易地显现；而只有隐匿，才能让一切重新划分，重新回到又一个原点。洗尽铅华，雅鲁藏布大峡谷就用这样一种方式与姿态思考着，矗立着，亘古至今。

经过七天的艰辛，我们终于望见了布达拉宫。那一刻，听着花开的声音，仿佛是慢条斯理的吟咏，仿佛是白衣女子在地上无声的跪拜。不能确定，梦中“日光城”的云朵里，孕育出来的是否是彼岸之花；不能确定，阳光里播撒出来的是否是虚幻景象……

每个来到拉萨的人的心灵里，谁没有这样一座被温柔抚摸、被明亮照耀、被雪山撞击的菩提之城。于是，有人选择匍匐的姿态前行，将所有的祈祷与忏悔至于脊梁之间。

看着矗立在山顶的布达拉宫，那样地壮美，在金色阳光下，在红色山峦之巅，它凌空伫立，巍峨壮观。站在布达拉宫广场，看着整个金碧辉煌的宫殿，那红日相接的层层叠叠，像针突然戳破皮肤的感触，连至心脏；远远望去，仿佛双手捧起一座佛塔，在阳光下，显得至高无上。望着宫殿上的天空，澄净而透明，那抹湛蓝像是在什么时刻吸纳了海洋的色泽一般；而天空之下，阳光炙热而发烫，就像从哲学家的脑海中走出来的画卷一般。此情此景，想做的只是等待神的救赎，或者是心生虔诚，在天高地阔之间，将圣洁传递。

西藏一定要等着我，我会再来的，希望再来时，你依然如此纯净，天空依然如此湛蓝……

（一号煤矿选送）

老街往事

王 栋

初冬的店头镇，还残留着晚秋的迹象：枯黄的柳叶在冷风中落叶归根；晨雾笼罩着这个小镇，炊烟袅袅；觅食的流浪狗三五成群地集结在一起，狗吠声打破着清晨的宁静。

时令小雪，店头也迎来入冬后的初雪。经历了工作以来最忙碌的半个月，好在已经告一段落，周末我步行去街上，走的是许久未走的老街道，我走得很慢，时不时驻足去品味一下这条老街在历史中留下的岁月痕迹。

老街在我的记忆中承载了许多故事。上世纪九十年代初来到店头时，这条老街已经被新建的街道所取代，但仍然是热闹的。老街上的铁匠铺每日传出叮叮当当的敲击声，老铁匠赤着上身挥舞着手中的大锤，黝黑的皮肤上尽显着力量之美。茶社中的人们端着大碗的粗茶，打着麻麻牌，在嘈杂的厅堂里消除着一天的疲惫。山西的麻花店门口，摆放着出锅的各种麻花，油烟弥漫着整个屋子……

我会时常去老街拍些照片，至今已持续了八年之久，很多照片中的东西现在已经找不到踪迹了。在街西有一个老宅，古朴典雅，青砖砌成，相比街道中那些大杂院式的房屋，这座宅子显得很是特别，是典型的中国明清建筑门头。大门两侧有一对石鼓，在中国传统文化中，门头置石鼓有和睦邻里、工作顺利、学业有成、身体安康之意。门中间雕刻“勤俭”二字，可以想到，多年前这里的屋主人也是个有文化修养之人，单从这门头的讲究就可以看得出。时过境迁，这宅子如今大门紧锁，已然是荒废了，去年再去看时，房子因年久失修已经坍塌了。

老街中央现在还保留着一座两层的木质阁楼建筑，整体为黑色格调，这里的老人告诉我，这原来是店头镇公安局。起初，我是无法将这样的老旧阁楼和公安局联系在一起，存在着巨大的违和感。但老人又说了：“和过去衙门一样，这样的称谓我倒是觉得很合适。”阁楼中间依稀可见的“保卫社会主义”字样，证明了这里在历史中确实行使过维护社会治安的功能。

这几年，我一直在老街找一口老井。在儿时记忆中，这口老井在街中间，井口不大，眼观可见井水，上有绞水辘辘，悬一木桶，一旁放着一只公用葫芦瓢。少时贪玩，玩到口渴，又无钱财买冰棍，这口井便是小伙伴们的向往之地。绞一桶清水，取一瓢入口，此水甘冽清甜，清凉无比，几口入腹，顿觉清爽，这古井里存放着童年的踪迹，随着时代的变迁，那口滋润这一方百姓的老井，不知何时消失在我们的视线里。后来，当地友人告诉我，这井被圈进了酒厂，因为这口井和轩辕酒的来历有着莫大的渊源。之后，我在酒厂中找到了这口井，它如同文物一般被保护起来。井口旁再没有昔日门庭如市的繁华，然而又在恍惚间看到那些旧时的人影在井旁忙碌嬉闹。

轩辕酒，最早听说是在 20 世纪 90 年代初，我们叫它罐罐酒，因为酒是用陶瓷罐盛装的，罐上有中国龙纹图案，印象是很深的。小学二年级的时候，老师让暑假收假时每人上交两个酒罐，难啊！

整个暑假我和哥哥每日都去垃圾堆里或饭馆门口看，看有没有人丢弃酒罐，因为家家孩子都收集，一暑假我们就拾到两个；临近开学，硬是用平日里攒下的四毛钱买了两个罐罐才交了差。

这轩辕酒，就是店头老街酒厂产的酒，据说当年也是做过国宴用酒的。相传，轩辕黄陵当年大战蚩尤，蚩尤施展出弥天大雾，黄帝用指南车所指方向撤离；行军路过西龙山下（今店头镇），此正值盛夏，战士饥渴交加、人困马乏，黄帝命人以石刀就地挖水，一个多时辰仍未取倒水，此时黄帝突觉身下石头冰凉异常，便使出生平之力搬开石头，一股清泉喷涌而出，众将士好一顿喝；喝了水后，肚子也没有了饥饿感，人人精神焕发，一鼓作气大败蚩尤，后黄帝命此水为“救军水”。之后，黄帝命在此挖井，赐名“拐角井”，黄帝麾下有人名杜康，以此水酿酒，酿出的酒气味芳香，赐名“龙涎酒”。这便是前面说老街古井与轩辕酒的渊源。

现在在老街的东头、轩辕酒厂的墙上，还有醒目的五个大字“工业学大庆”，这是一个时代的印记。解放初期，很多知青下乡都来到这里，有些人就留在这里没有返京，成为一个店头人。我是喜欢听故事的，我会去找年过古稀的老知青们，讲讲他们那个激情燃烧的岁月。

老街的东头拐角那小平房拆了，那原来是录像厅，是九十年代人们娱乐消遣的好去处。昏暗的小房间里四五十号人，坐着长条木凳，门口的大红牌上写着今日上映：古装神功武打片《金剑雕翎》《神州侠侣》，香港枪战片《英雄本色》《纵横四海》。我在儿时，乐此不疲地进录像厅，从盗版录像带里感受店头镇以外的世界。不远处的游戏厅里，每日上演着家长拽着孩子管教；小混混恐吓小孩敲诈要钱；游戏中赌气然后现场真人对打……那个年代虽已过去二十多年，但我依然会在电脑上打几把《街头霸王》，来回味一下那熟悉的“耗油跟，图吧海尔”的声音。

那条老街还是那条老街，如今早已经没有了原来的模样。都说80后是最爱怀旧的一代人，我是认可的。男人将近四十，人生将过半，前半生是用来怀念的，这让我觉得我还是曾经那个少年，我还得拼搏着，努力着；再过几十年，当我老去，还好，老街还在，我有整个人生去回忆，有欢笑，有感动，有拼搏，还有那条老街。

（发电公司选送）

端午粽香

余德水

端午节悄然到来，随处弥漫的糯米香让自己心思偶尔拨动。

还记得，家乡很重视这个纪念屈夫子的节日，每到这个日期，记忆里菖蒲、艾叶裹粽，香袋绕脖，龙船下水喜洋洋。倒是北方，对于这个既不属于年初又不属于年末的节日，看得并不那么重要。在端午节里也就最多保留着吃粽子的习俗。这大概是图个节日气氛，或者找个团圆吃食的借口，不过旅居在外的亲朋已经很少愿意在端午这样的“小节日”归来了。

我过于感性，虽习惯了北方的生活，但这个仪式还是放弃不了，哪怕去超市买粽子；只是蒸出来再香甜醇正，也总是有点失落，它终究少了一些味道。粽子，一把糯米投放进叶卷成的锥桶里，填进花生、豆沙、核桃仁之类的辅助物料，优雅地包裹成包，捆绑好就成了。粽子煮熟出锅后，软糯和着叶香扑鼻而来，打开包叶，黏软剔透的糯米团着点缀五彩的辅料，宛如一件色香味俱全的艺术品。似玉，似花，似雨，似雾，是一切美好而柔和的生命，如梦般的涟漪漾着，杂糅成了这朦胧而美丽，优雅而静谧的粽子的香气。

家乡的粽子算得上小巧，就和家乡一样柔和，可爱的一小尖丰腴而润泽，沁人心脾。而这里的粽子则不然，粗犷豪爽一如北方大汉，粽叶刚劲粗硬，粽肉坚实有力，个头算得上实惠，只是粽馅口味变化少了些，多是糖枣豆沙一类，这点却不如家乡那里变化多端，火腿、叉烧、榴梿、巧克力、咸蛋黄都可以拿来做材料，食用的时候甚至淋上一层稀释的糖浆蜂蜜，或者撒上一些芝麻。所以小时候每次吃粽子，对我来说，更有一种抽奖游戏的意味。然而，如今的人们习惯了快节奏日子，满足于成品。母亲手脚不方便，也难见到芦苇粽叶，自己已经很久没有再吃过家乡味道的粽子了。

如此说来，小时候在意的是粽馅，长大后在意的是粽叶吧。曾经的粽香这么躲在记忆的角落，静悄悄地等待着，在思念的时候撩拨起心弦，就像现在一样。

（二号煤矿选送）

一场春雨温暖了岁月

李欣

雨打桃花，一场春雨，一片落叶，一丝暖意，一份宁谧。

喜欢春雨沉寂宁静的感觉。下班后，我一个人站在家里的阳台上，打开窗户，吹着清新的习习凉风，让它们尽情地扑面而来，让这春雨中的微风带走脸上的铅华，洗涤心灵的杂陈和喧嚣，留下一丝空灵和淡然。此时，闭眼，凝神，心跟随着窗外雨中的意境游走，不用去理会一切琐事和烦恼，在此时间里，一瓶安慕希，一本书，一段简单的纯音乐，让自己在思绪中悠然自得，自净其意。

雨滴噼里啪啦地打在阳台的窗户上。透过窗纱向对面的桥山远远望去，往日的巍峨雄浑在春雨中显得娇羞了许多，宛若一位在风中舞动美妙身姿的妙龄少女，它的胴体时而完全显露，时而又在薄雾轻纱的遮盖下隐藏了起来。眯上眼睛蒙眬地看去，桥山的山脊在墨色的流淌中似乎与上天成为一体，让人分不清到底它俩的界限究竟在什么地方。仔细观察，山的胴体之中零零散散隐匿着几处桃花源，粉色的底蕴厚重了桥山的韵味，淡雅的色彩恰到好处，不浓不重，为桥山扶上了一丝暖意。倘若闭着眼睛用心去体会，原来这本是一副温润的泼墨山水画，是色调柔和的写意之作。

一阵清风吹过，桥山的山体裸露在我的眼前，纵观山体的整个脊梁，经过春雨洗礼后的松柏焕发出了新的活力，显得颇为苍劲有力。

半山的农家小院，在山中薄雾时有时无的衬托下显得犹如世外桃源一般灵动。几家错落有致的院户的烟囱上，冒起了缕缕青烟，午饭的节奏在紧张地进行着。这时，烟囱上的青烟和周围的轻纱薄雾慢慢地糅合在了一起，然后又慢慢地弥漫开来。

远远望去，农家小院的屋里出来一个撑着伞的小女孩，她慢慢地走到了自己家的菜地里拔了些菜；彩色的雨伞一会儿在这，一会儿在那，宛如一只多彩的蝴蝶在雨中翩翩。突然，院子中间出现了背着行李的男人，小女孩一下就扑到了男人的怀中，紧接着，小院的女主人也出来了，三个人紧紧地抱在了一起。在微微寒冷的春雨之中，这一幕印在了我的脑海，温暖了我好久好久，一场春雨确是一丝暖意。

缓过神后，眼眸慢慢地移动到了周边的矿区。窗外沮河中的潺潺流水夹杂着点点春雨，两者交织出美妙的音符。流动的沮水好似一位婀娜的妙龄少女，在扭动着华丽的舞姿。阡陌小道中的人影也稀少了许多，没有了往日农地里忙碌的景象，矿区的两排人行道上多了些彩色的花朵，它们快速地移动着。三月的春雨断然没有知了的鸣叫，窗外的两行杨柳整齐地排列在一起，它们没有蝉的陪伴，而在雨中相伴着、诉说着，伴随着微风的抚摸，一会儿手拉手拥抱在一起，一会儿甩起头发抖动着身上的雨水。它们在寂静中吐露着新的嫩芽，迸发新的活力。

春雨贵如油，润物细无声。一场春雨一片绿，小草露绿头，杨柳冒新芽，一堆堆、一簇簇、一点点、一片片，在春雨的滋润下，绿意悄然浓厚，桥山焕发了新绿。矿区迎来了新绿，沮河青青草，岸上绿叶丛，春天的外衣已如期披上；行走在春天里，让人倍感精神，更使人信心满满。

一年之计在于春，一场春雨不仅擦亮了万物，更滋润了北方干瘪的土地，给予人们新的希望。

春雨如棉如绸，轻柔温和，丝丝如弦，昭示着丰收的喜悦，在温婉中诉说着春的情愫。原来它竟然是这么美。

（发电公司选送）

沉静的乌镇

宋晓品

"乌镇"是我听到的第一个古镇的名字，在去之前，我曾游览过"凤凰古城"，那也是有名的文人居地，沈从文在那创作了《边城》；但去过之后令我大失所望，商业气息冲淡了一切，所以此次之行，没有过多的奢望。

到了桐南，水乡的特色完全不是虚说，到达景区的这一路，让我目不暇接：一色古典建筑群，映衬在蓝天下，水流穿梭其间，整齐地划分成一排一排，各类桥梁坐落于各排之间，桥旁柳树也郁郁葱葱倒映水中，更有各色水草水中林立，青翠欲滴。眼前所见，自然而然构成了一幅绝美的风景画！我和友人不禁欢呼起来，太美了！不想车上有人接话了，这不算什么，你们待会进了景区才会觉得值得一看呢。嗯？我觉得景区外所见才是原汁原味的，竟然如此吸引人。顿时，我俩有点急不可耐了。

一下车，景区招牌以特有的江南气息迎面扑来，漫画式的乌字形鸟儿张开它叽叽喳喳的小嘴，冲着我们摇头摆尾，飞翔在棕红招牌的左上角。呵呵，我心想，我们这就进去观赏呀！

走进大门、游客熙熙攘攘，乌镇特有的沉静气质，瞬间让我的心静了下来，返璞归真的沉静是我对她的总体印象。这沉静让你消除了炎热的烦躁，莫名地没有了任何的杂念，只想静静走进她，慢慢去感受她！

西栅之美当然在于它的夜景。朦朦胧胧的月光下，乌镇尽显清幽，别具韵味的古建筑屹立在水波之上。河岸上细柳弯垂，小风吹过，它便扬起自己的身子。江南水乡最特别的是水上拱桥，是充满历史韵味的一座座江南园林。让人目不暇接的一排排作坊，或平铺，或曲曲弯弯，衔接了依水而立的那一处处白墙黛瓦、绿藤覆盖的水阁，以及房屋和老街的青砖小路。温婉恬括的一切，可不就是我想象之中的景象吗？走进老街，一副原生态的江南水乡呈现在眼前：一座座深宅老院，散发出氤氲浓郁的历史气息；一个又一个的原始作坊、特色小吃、文艺小店，应接不暇……虽然游人如织、熙熙攘攘、摩肩接踵，如我一般或驻足观望、或急步抢拍，但乌镇这洗尽铅华的婉约气质，吸去了周边的喧杂，尽情彰显了她的静谧。号称“高八度”的我，此时此刻，纵然激情澎湃，也无法大声倾诉。

心中情怀，只能悄声细语、喋喋不休地告诉友人：乌镇好美啊，你看她的古香古色、含蓄优雅、别致清幽，怎能不养出那么多风韵典雅的江南女子呢？友人亦是连称：“是，是，那是自然。”乌镇的夜晚，正是与诗句中写到的一般：“最是那一低头的温柔，像一朵水莲花不胜凉风的娇羞，道一声珍重。”

夜幕下的乌镇，让我深深陶醉，不过最吸引我的却是那“乌的精灵”，是什么呢？那就是摇曳生姿的乌篷船。乌镇特有的乌篷船在划动时最是轻快，可在停泊时也最是淡雅。有时是一艘，在水中慢慢悠悠地飘着；有时则浩浩荡荡，如成群的萤火虫。你说它是不是乌镇的精灵呢？

西栅的夜景美不胜收，举不胜举，无法一一述说，当然最为吸引的却是这里厚重的文化底蕴——明诚书院、大剧院等都彰显了它的文化气息；自然这也是它吸引大量的游客光临的主要因素。《似水年华》剧集的放映，更使得乌镇名声大噪，引来千万游客的光顾、驻足，但依然没能改变其沉静的特质。乌镇依然如一朵莲花出淤泥而不染，不献不娟，不卑不亢，静静绽放！

东栅是白天观赏的，它是乌镇更为原始的记录，明清时代大规模的古色古香建筑完整地保留：每扇门、每根梁、每垛墙、每条长长的小巷，随处可见的小桥流水、乌篷船、石板路、青苔屋顶、高杆船表演无不展现出江南水乡的画卷。最为精华的是“木心故居”“茅盾故居”，仅此就值得来此一游了！

乌镇如同一位恬静淡雅的江南女子，沉稳端庄，却又兰心蕙质不乏灵动。乌镇又好似江南水乡的封面，不仅外表秀丽，翻开它你也能看到背后那深厚的文化积淀。智慧的传承伴随着脉脉书香，让你在历史的长河中、在商业化大潮冲击的今日，依然洁身自好，永葆淳朴的本色。乌镇，我愿你永远沉静！

（发电公司选送）

桂花缘

李煜琦

楼上楼下绿盎然，无限风光尽被染。抚花弄草为哪般，开开心心养天年。爷爷奶奶住在老家的县城，没事喜欢养花弄草，各种花木生机勃勃，芬芳四季，而桂花树是小院里最独特最靓丽的一道风景。

桂花号称花中第一香。因为不耐寒，在北方大部分都是盆栽，方便在冬天搬入室内。二十多年前爷爷奶奶以一百元的价格请来了这个“贵客”，浇水施肥，精心打理，像照顾自家孙子一样，须臾不敢马虎。从此，桂花与家人开始结下了不解之缘。

都说桂花难养活，难伺候，然而桂花进门就安家，栉风沐雨，长势喜人，小小的花盆挡不住独领风骚的激情，竟然长成了枝繁叶茂的大树。每年冬天供暖前夕，奶奶扶着梯子，爷爷踩上去，给桂花穿上厚厚的塑料外套保暖御寒。万物皆有灵性，花草也有感情。你投之以桃，它报之以李，你用心爱它，它就会节节攀高。

桂子月中落，天香云外飘。每年中秋节阖家团圆的时刻，桂花绽放，满院飘香，整个巷子里清香四溢，左邻右舍被吸引到家里赏花聊天。这是桂花树一年一度最豪放、最温情的回馈，伴随的是爷爷奶奶乐此不疲的养殖经验介绍，和一阵阵爽朗开怀的笑声。

年年岁岁，岁岁年年，在桂花的陪伴下，孩子们一天天长大，爷爷奶奶一天天衰老。全家人已经习惯了它的存在，就像家里养的猫狗一样，并不时常在意，却也刻在心里。工作之余，泡一杯奶奶收的桂花茶，丝丝缕缕，沁人心脾，弥漫心间的都是家的味道。

万物皆有灵！家人爱桂花，桂花亦爱家人！这两年，每每有客来访都会惊叹：你家花盆里怎么能养出这么高大的桂花树？家人也时常觉得不可思议，都说庙小容不下大神仙，顽强的桂花就这样屈尊在区区花盆里，虽然头重脚轻根基浅，却蓬蓬勃勃，长势良好，不曾萎靡不振，不曾叶黄衰败过。奶奶时常惆怅感慨：女儿大了要嫁人，桂花也该有个新家了。

冬去春来，万物生发。小小花盆真的难以容纳桂花树庞大的身躯，方寸小院也无法满足它开枝散叶的需求，再不迁移，花儿迟早会“委屈”死。桂花的归宿渐渐地列入了家人的议事日程。搬到农村老家去，前思后想又担心“人挪活，树挪死”，没有专业的移栽经验，花儿能否挺过去成问题。再说鞭长莫及，没人天天呵护管理，漫长的冬天怎么能熬过去？奶奶提议：“还是卖掉吧，给桂花找个合适的主儿吧。”

三月初的周末回了趟老家。正吃午饭时，熟人打电话说有人愿意求购桂花。消息来得太突然，一贯干脆利索的爷爷犹犹豫豫，支支吾吾了半天，话语里满满地不放心；当了解到买方是一家苗圃老板，才决定忍痛割爱放桂花树一条“生路”。花落谁家其实无所谓，让它活下去才是最好的选择。

我问爷爷和奶奶的心里价位是多少？奶奶叹了口气说：“一两千吧，养了二十多年了，和自家孩子一样。”爷爷沉默了半天说：“但凡有办法，给我一万都不会卖，低于五千我就搬回老家去继续养着。”

我用一句时髦的流行语安慰一对老小孩，“缘来珍惜，缘尽放手吧”。

买花人让爷爷先出价，爷爷举起一个指头，对方反问：“一千？”爷爷阴沉着脸回答“一万”，对方惊呼“哎呀呀！不行不行，太贵了。”“那就五千，少一分都不卖。”爷爷干脆利索不容推脱。“成交！”买花人像店小二一样扯着洪亮的嗓门一锤定音。讨价还价三言两语，一个来回就尘埃落定。爷爷傻了眼，瞬间蔫了。他原以为，这个价位会吓退来客，留住桂花。

就这样，养了二十年的桂花三锤两棒就离开了家。上大学的堂妹听说后，电话里突然梨花带雨、哭得稀里哗啦。我泪湿眼眶，心里空落落的。桂花树陪着我们一块长大，已经是这个家不可或缺的一部分。在外游子难得回家一趟，却再也看不到心心念念的最美的风景，岂不难过伤感万分。

有爷爷奶奶照顾，我几乎没有为桂花浇过几次水，那天早上竟然心血来潮鬼使神差地为它浇了一次水，没想到下午就花落他家了。回头想想聊以自慰，花儿即将“出嫁”，算是我代表家人为它最后饯行送别吧。

万物皆是缘。缘来缘去终归散，花开花落总归尘！感恩桂花树的长情陪伴！祝愿桂花树扎根广阔天地，香飘万里河山！

（机电公司选送）

小镇记忆

张博伟

儿时，我曾经在店头读了小学，离开后再没有回来。三十年后，因为工作原因，我又返回店头。人常说近乡情怯，昔日的记忆一幕幕在眼前浮现……

记忆中的店头很小，很温馨。小镇沿着一条弯弯的小河而建，河水很清，小河弯曲缓流的岸边有一片经多年河水冲刷的碎石滩，各种形状的小石头铺满了整个河岸，不知名的野花散落在岸边盛开。与河平行不远有一条因煤而建的柏油路，东连黄陵，向西通往甘肃。路的北边只有一个比较大的单位，坐落在七里坡两边的陕煤建司第四工程处。沿七里坡向北通往原顶的苍村和隆坊，每年春天，原上一望无际的油菜花在蓝天和白云下开到了天边。路的南边有一条小小的街道，小到不用半支烟的功夫就可以走完这条街。

儿时的我曾经问当地的人，为什么这个小镇叫店头？当地人告诉我，从西安经过店头双龙到甘肃这条路是古代丝绸之路的一条，从店头再往西就没有旅店了，这个地方是旅店的尽头，所以叫店头。这是一条古道，唐代时沿路修建有大批喇嘛寺，后来由于地质原因都已沉降，现在依然留下千佛洞、佛爷洞、无量庙等。

那时的我生活在第四工程处家属区，每天清晨，第一缕阳光正好照在浓雾仍未散去的七里坡半山腰第四工程处子校时，孩子们的读书声便穿破浓雾响彻整个家属区。伴随着家属区袅袅的炊烟，家长们都穿着劳动布工作服在喧闹声中急急忙忙地去上班。我经常站在学校的操场看对面山顶因躲避叛乱而修建的土城，雾总弥漫在半山腰渐散，土城像是建在云端，总在憧憬未来，猜测外面的世界。

中午放学时分，整个七里坡的孩子们像回家的羊群，奔跑、嘈杂。午饭时间，父亲经常会说，好好学习，否则将来就会去推矿车。那时的我，并不知道推矿车是干什么，只是想推矿车大概是最不好的工作了，所以总暗自想，一定要离开这个地方，坚决不能推矿车。每当夕阳西下夜幕降临，家属区弥漫着的煤烟，昏暗的路灯，狭窄的巷道，喝酒的划拳声，孩子们的嬉戏……构成了现实版《平凡的世界》中的矿区。

恍惚之间华灯初上时分，笔直平整的街道，两排整齐的路灯，街边排列着明亮落地窗的店铺。小河已改建成宽阔笔直的河道，沿河修建了滨河路，路边两排柳树妖娆，锻炼的人们沿人行道快走；健身广场上，巨大白炽灯照射下篮球、羽毛球、跳舞的人们欢快地运动着。远处，黄陵矿业四个巨大的红色标识在夜色中闪烁，好像告诉我，时光荏苒，沧海桑田，小镇已是另一个人间。

（机电公司选送）

铁路边的那片林子

张群娥

秋日，一个周末的午后到家属区散步，不经意间又走到了每天上下班的必经之路——紧挨着铁路的那片林子边。几片秋叶悄然落在脚下，送来了秋的问候。

缓步踱入林间，秋阳透过层层叶子散射出柔和的光芒，给林子涂上了五彩斑斓的颜色，近处的小叶李一片深红，前面的樱花树一团橙黄，贴着铁路路基的白杨树上蜡黄的叶子反射着金光，而远处的几丛竹子更显翠绿。常想着外出赏秋，却忽略了每天走过的这片林子的秋景竟如此之美，索性倚靠着坐在藤下的长椅上，好好感受这秋之馈赠。

90年代初，刚来到矿区时，这里还是一片空地，因紧挨铁路，为了隔离火车的噪声，便在这里栽植了一片白杨树。刚栽的白杨树只有锄把般粗细，还未成气候，勤快的家属们便在树林中开垦出一畦畦的菜地。那时人们很少外出，一到周末，全家齐动员，都来到林子里忙活种菜，翻地平整的、撒种栽苗的、提水浇灌的，煞是热闹。到了夏秋，林间的这一方方菜地竟也长出了不少的蔬菜：绿油油的青菜、一架架的豆角、挂成串的西红柿、缀满枝头的红辣椒、白胖白胖的大萝卜、浓密厚叶也遮不住的金灿灿的大南瓜，还有人竟然种出了党参，挖出来有小拇指般粗细。

后来，树木越长越大，菜种不成了，树则成了林。2000 年初，家属区盖高楼，整体规划时对这片林子重新进行了修整：栽上了连翘、小叶李、樱花、紫荆等景观树木，搭起了凉亭和长廊，架起了紫藤架，移来了景观石，还植了几丛竹子，紧靠铁路的仍然是一排高大的防风隔噪的白杨树。这以后还不断地添栽补种，便有了现在四季有景、三季有花的样子。

寒意刚褪，娇黄的连翘首先向人们报告春天的到来，随后粉红色的小叶李、或粉或白的樱花、一串串酒红的紫荆花，从春天到初夏，依次绽放。仲夏，树荫渐浓，长廊上垂下串串粉红的藤萝花串，林间蜂蝶飞舞，鸟雀鸣叫，一片生机勃勃的景象。秋风扫走了夏日的繁茂，层林尽染又很快地被凛冽的寒风带走，冬日厚厚的积雪落满亭台廊架，铺满了地面，林间像穿上了一层毛茸茸白棉衣回归了寂静，树根不断向土中延伸，蓄势待发，只等春风春雷唤醒时，下一个轮回又开始了。

“呜呜……”林边高处路基上驶来的内燃机车的鸣笛声打破了林子的宁静，“扑棱棱、扑棱棱”，几只鸟雀被惊得飞离枝头，在枝间盘旋，远处不知何时来了几位老奶奶围坐在林间的石桌边安详地打牌。

火车驶过，震落的几片秋叶簌簌飘落而下，更显林子的寂静。抬头望去，天边彩霞连成一片，给树林晕染了一层金黄色。或红或黄的树叶随风飘落，安静地躺在脚边，铺成了回家的路。很多时候，我们总在追寻靓丽风景的路上不曾停下脚步，却不知放松心情，放慢脚步，品味生活，须知身边处处有美景，生活时时蕴诗意。

（机电公司选送）

飘香的手工挂面

白锦荣

洛南人特别喜欢吃手工挂面。

手工挂面是老家的特产。因为其耐储存，易熟，口感绵软、劲道，烹调时容易吸味，备受人们喜欢。

小时候，在每年冬天上学时，要经过舅舅家，时常能看到舅舅在制作挂面。我偶尔还帮忙给挂面杆子挂泥环。制作挂面的时候要用大量的面粉，给里面加上盐、碱，经过和面、醒面、盘面、绕条、拉条等步骤，最后挂杆，在挂面架子上晾干。晾的时候还要再拉一拉，为了保持稳定，就在下面的杆子两头挂上泥环。泥环的制作并不难，就是乡间常见的泥巴，加了水，和好后做成约 15 厘米的大小的圆饼，再从中间钻一个三四厘米的孔，晒干以后储存起来，吊挂面的时候就能用上了。

挂面的制作要在冬天进行，这是很有讲究的。每年冬天，只要会制作挂面的农人都会吊挂面。之所以选择冬天，是因为冬天农人们相对要闲一点，收获的粮食刚好在这个时候能加工变卖一点钱，用来贴补家用。还有就是冬天天气干燥，太阳也没有其他季节那么毒辣，这对挂面的晾干成型是非常有利的。

晾干成型的挂面中间很脆，挪动、切段的时候要非常小心才行。

乡里人的细腻就如同这挂面一样纤细。两个人把挂面小心翼翼地从挂面架上拿下来，一前一后小心地把挂面放置到案上，用约 25 厘米长的小木棍或者小木条笔画好长短，再用刀切断成条；切好以后用约 10 厘米宽的旧报纸条从中间包起来，末尾用糨子糊结实。如果此时从包好的挂面的两头看就会发现，挂面中间有细细的小孔。

手工挂面是农人们走亲戚，行门户的必备品。那时候，正月走亲戚拜年的时候，挂面、红糖、蛋糕、罐头就是很不错的四样礼了。有时候，村里谁家过事，亲戚邻友也会根据情况拿上二斤挂面作为礼物。而现在，谁家操办红白喜事，多是用钞票上账，再也难以见到将手工挂面作为礼物相送的踪影了。社会的进步，风俗的改变，总是让我来不及适应！

现在，农村种麦子的人已经很少了，而做手工挂面的手艺人多是上了年纪的乡民。庆幸的是，有一些手艺人把这门技艺传承了下来，每年都会做一些挂面来提高家庭经济的收入。老家西坝村已经有人把洛南手工挂面申请为非物质文化遗产，为这一面食文化传承了血脉。每逢赶集，在街道上，时常能看到手工挂面，约莫 7 块钱一斤，比起机器面，这个价格有一点小贵，但是手工挂面的口感，绝对会让食客觉得这样的价钱很值当。

以手工挂面为核心制作的农家浇汤臊子面，绝对是待客的面食佳品。熟悉的人都知道把菜籽油烧热后，倒入玉米丁大小的肥肉翻炒到出油，炒干后再加入瘦肉，加白酒去腥，再加入葱姜豆瓣酱炒散炒匀，待出红油时加点生抽，老抽，桂皮，八角，草果和辣椒段，最后加入水和盐，改小火炖熟即可。而挂面要下在热水锅中，待飘起后捞出到凉水中，沥水用筷子夹团分开放到箅子上待用。然后在刚才做臊子的锅中加热水，把做好的臊子舀一勺放到热水中煮，加上生抽、醋、白糖、少许盐、鸡精，多熬制一会，使得臊子的味道充分与水融合成汤。最后用筷子夹一团面到碗中，用做好的汤浇上去，佐以油炸豆腐丁、木耳丁、豆腐皮、蒜苗。一碗正宗的农家浇汤臊子面便成功了。

手工挂面是农人们的最爱，也是农人辛勤的劳动果实。随着时代的进步，大工业的推进，人们的生活节奏变得越来越快，如果有时间，亲自做一碗以手工挂面为核心原料的浇汤臊子面，品一品纯手工的乡土味道，会是多么悠长飘香呀！

（建安公司选送）

大山情怀

郭林刚

因为我从小在秦岭脚下长大，所以热爱秦岭的巍峨叠嶂，留恋渭水的烟波浩渺，热爱自然的变幻旖旎。

在我工作的地方，也有一座莽莽大山。闲暇时光，我喜欢到山上去走走转转，没有目的，不为别的，只奢求多一些亲近大自然的机会，为身心寻求一个有广阔空间、而无世俗杂物羁绊的世界。

当我艰难跋涉到达山顶，森林就静静地呈现在我的眼前；我不再以举目仰望它的姿态高瞻，却感到前所未有的舒适休闲、宁静淡然。

择一处怪石嶙峋的山崖，极目远眺，美轮美奂的景致尽收眼底。远处绵绵不绝的山脉，向天际无限延伸，颜色淡得出奇，那是一种不同于灰白，也不同于淡绿的神秘色彩，是一种诗情画意的朦胧，婉约派的浪漫笔调；是浓墨重彩的写意山水画上，一道道淡雅别致的墨痕。此刻，我感到一种震撼心灵的美，一种自然清奇素雅的美。其实美时刻都在，不是我们缺少一双发现美的眼睛，而是我们太过疏忽大意。

悠然漫步于蜿蜒曲折的山间小路，一览大山的万般风情，领略树林静谧的神韵，我的灵魂此刻和大山如此地贴近，我的血液澎湃着森林幽香迷人的气息。

将身心怡然倚靠于一棵树上，踏实稳定的感觉便荡漾在心湖；轻拾一枚枯黄落叶，紧紧贴入温暖的心怀，就能将一些故人，一些往事小心珍藏在记忆深处；在山间随便找一个地方，以一个最舒服的姿势躺着或坐着，就能感到自己的快乐和幸福就融入这湿润清香的空气中。

我愿化作一缕清风！我可以随处歇息，随心所欲滑过大山的每个角落，看绿波起伏，赏繁花遍地，观落叶飞舞。轻轻抚摸大山温润的脸颊，依恋森林宽厚的胸膛，被山里的清香浅浅陶醉。

我愿化作一棵树、一朵野花、一棵小草，永远无忧无虑生活在大山的怀抱里，不论世事如何变幻，陶醉于“采菊东篱下”的境界里。我想长高就长高，想开花就开花，想蔓延多远就蔓延多远，没有约束、自由自在。每天我要为大山讲述浪漫的传说，用我的倔强装点大山的每块肌肤。

我愿化作一只快乐的小鸟！每天在林中飞旋跳跃，呼朋引伴，日日夜夜为大山歌唱，寒冷的季节也不会影响我的热情和活力，因为大山是护佑我的天堂。

…… ……

我虽然向往“面朝大海，春暖花开”，但是我更梦想着有一天，在大山深处建一座小木屋，拾林间落叶、赏云卷云舒，看花谢花开，听鸟唱风吟，漫步林间……我就这样守着大山，过着炊烟袅袅的日子，这该是多么幸福，多么快乐的事情。

（建安公司选送）

立夏款款来

王琳琳

春意阑珊处，立夏款款来。立夏，是农历二十四节气中的第七个节气，届时北斗星的斗柄指向东南方，太阳到达黄经 45 度。《月令七十二候集解》中说："立夏，四月节。夏，假也。物至此时皆假大也。"立夏到来，昭示天地万物由生到长的转折，款款进入繁盛期。

立夏，是节气也是节日。从立夏这天起，夏天开始天光渐长，万物并秀：回眸处，草木葳蕤，花叶婆娑，空气中弥漫泥土的气息，鼻翼间缠绕花草的芳香；各种菜蔬应时而生，瓜果丰盈，妥妥一个吃的节日，民间素有"立夏尝新"之说。尤其在古代这是重要的节日，迎夏祭祀仪式庄严隆重，还有许多传统习俗保留至今，如秤人、斗蛋、吃立夏饭等，以此寄托美好愿景，祈福如意安康。

"小扇引微凉，悠悠夏日长。"初夏之日，犹如少年之时，让人怀想起青春芳华的样子。青年节之后的立夏，在我眼里多了一种铿锵之韵、乍见之欢。"我们终会变得和岁月一样宽宏，前路浩浩荡荡，万事尽可期待。"眺望窗外肆意生长的鲜绿，胸中莫名涌起一股浓烈的希望和憧憬，不觉眉开眼笑。"有什么开心的事儿，说来听听"，心里有个声音悄悄打趣儿。

其实，成年人的世界里哪有那么多的欢喜乐呵，有时明明白白的幸福美好也会羼杂一丝患得患失，更何况，世间原本就没有什么十全十美的圆满与周全，谁能逍遥笑三生。在人生的历练中，不过是有人静水流深，有人温润如玉，有人心似莲花……即便说祥和愉悦，喜气安稳，也是光阴把最美妙的东西加在了懂得修炼的人身上。我本世间凡俗之人，怀揣温善纯良之意，拥着素朴简贞之念，脚踏实地，简单生活，以真情和感恩汲取内心安宁，攒足生存底气，让日子多一份花开的声音。愿岁月有回首，许时光尽安然。

从外溢的情绪散漫中回来，视线穿过朴拙的文字，轻柔地落在去年今日的书写章节——回眸，是一行一行下落的风景，这是旧日文章的标题，也是畅想与期盼的光阴挈领。文字里闪烁着真诚活过的痕迹，散发出某时思想的微光。有人在尘世里用热心修行，有人在文字中用清淡静心。隔着流年和季节，隔着心情和思想，咀嚼生活的繁华与苍凉，慈悲抑或懂得生命中的一些来路和去路，笃实内心的精神力量，塑造坚定、豁达与敞亮的人生态度。

“如果时光是无法挽留的，那么文学恰是为了创造时光而生。文学创造出的美和壮丽，能够使我们有限的生命更饱满、更生动。”读来愈发心有戚戚焉，这是别人的文字，自己的心情。虽然浅陋的文字书写距离文学尚路途遥远，但内心的敬畏与虔诚一直都在。文学离不开文字的支撑，权且把文学狭义地理解为文字。当未来生活的诸多不确定形态让人困惑时，在闪耀质感的文字光芒里，我们找到贴合自己心意的相通，发现生命蓬勃的意义，重温最初的自己。

光阴添绿春已尽，繁华满枝浅夏来。抬望眼，草木郁郁，绿野蓬勃，一派青碧盎然的繁荣景象。生命在一个季节与另一个季节的起承转合中，呈现出新一轮的勃勃生机。飒飒风动，盈盈花灿，莫负夏新款款意。可是，立夏的温度多么不合时宜，天空阴郁，间或落雨，清凉冰冷。我穿着与季节相悖的厚衣裳，在寒意透骨的房间里想念本属于夏的火热。

2021夏天最初的样子，没有阳光潋滟，没有温热袭人。时光无言，冷暖自安。节气到了，夏的意味萦怀，目光所及都是生命热烈的气息，那绝代风华的新生盎然已深植心房，在绿的荣光里饱满、流淌……

心有阳光，必生温暖；心若向暖，繁花盛开。

一切在路上，夏阳不舍，夏花绚烂，夏梦斑斓。

是啊，春争日，夏争时。庄稼的播种、生长、收获尚有自然规律，需要抓住节令，宜早不宜迟，人生大抵也如是。循着季节成长，和自然万物一起，惜日争时，奋发向上。在四季更迭中，向阳、向暖，如夏花绚烂。

人间草木香，清浅入夏来。愿春天的错过，在夏天欢喜相见，愿春天的努力，在夏天得偿所愿。看绿荫冉冉遍天涯，那蓬勃生长的姿态，给予我们成长的意义。在流光溢彩的岁月里，一点一滴将梦想照进现实，不急不躁打磨自己想要的样子。

（煤电实业公司选送）

店头烧饼

杨亚琼

朋友，不知你来过店头没？如果来过的话，那么你一定尝过了店头的烧饼吧。提到它时，不用说，你一定会想起它的滋味，我想一定是回味悠长的。

店头烧饼确实不错，有它的特点，不信的话且听我慢慢道来。

一日闲来无事和几个朋友聊起各地特产。什么北京烤鸭、天津狗不理包子、新疆哈密瓜、西安解放路水饺……说远谈近，提到本地店头。有朋友说“店头就特产个煤”，有朋友反对，说煤是地下矿藏，不能算特产，说特产要说地上人为的，大家想来想去，忽然有个朋友说，“我看要数店头的烧饼了”。“不错”“对”大家一致公认。

一年四季，店头街上总有你吃的烧饼，这烧饼好就好在香上。

不信，大老远的你就能闻到一股香滋滋的烧饼味，这香是无一能比的，如果你闻到了，就是不饿也想吃它一个。走进看它，焦黄焦黄的，像橘子色，像烧鸡色，焦而不糊，圆坨坨的，宛如一件精致的工艺品。尝上一口，第一个反应脆，脆如咬一口甘甜的苹果，不沾不连；第二个感觉酥，酥如中秋佳节的月饼，还有那么一丝甜滋滋的味，滑腻可口，香溢心脾，吃过一个保准不解馋，还想再吃一个，走时还要再带几个。

这是现在店头的烧饼，过去店头的烧饼可不是这样。

政策没有搞活时，店头有几家国营食堂也卖烧饼，那烧饼只能对付饥饿，不是糊，就是生，黄倒也黄，因为里面掺有玉米面粉，那时吃个烧饼还得排队，遇上赶集还挤得要命。

我去过很多地方，也吃过很多烧饼，但每每吃起，总觉得没有店头烧饼那样香脆可口。

随着日异繁荣搞活的市场，竞争的浪潮也冲击着这烧饼的小小天地。店头的烧饼也由原来的单一品种，变成了多样：有加葱加香料的油炸烧饼，有用油和面的千层油黄烧饼，这两种烧饼更有它的特点，尝一口谁都会连连点头交口称赞的。

你也许会说这烧饼一定出自名家之手吧，并非如此，打烧饼这绝活在店头有男有女，有老有少。我可告诉你，千万别小看年少的，他们的手艺不比年长的差。

朋友，如果你没来过店头的话，那么店头欢迎你来，来时可千万别忘记尝一尝店头烧饼，它会使你满意的，我相信你走时一定会捎上店头烧饼当礼物送给你亲人的。

店头人民的生活会像烧烤饼的炉火一样火热红火，我更相信，明天店头的烧饼会更香更甜的。

（燃煤发电公司选送）

这样的你让我这样惊喜

何清

过往的时间，我多次从他人嘴里听到过一座乌金小镇，它叫作店头。在我生命的前半程，曾在它北边与它做过数十年的邻居，却是不曾一次睹过它的真容。

终于有幸，在冥冥之中我被引导着走进这里。我曾固执地以为，除却那片生我养我的土地，我再难对任何地方生起感情，任由时光将打磨得如何斑斓夺目，或是斑驳老派，都妄想轻易来挑拨我的心弦。

可自我看到你，漫步于你的每寸皮肤，自你望着我，渗透进入我的生命，我必须承认，这样的你让我这样惊喜。

看过一句话是这样说的，“喜欢一个人，是你在遇到之前为其定下了许多的繁文缛节，若有一项不符合，便是辜负了感情，但实际是遇到后，一切的不可以都抛之脑后，只愿欢欢喜喜伴其左右。”我曾凶巴巴地打量过你，但喜欢上后，那原本在心里刻薄地为你定下的条条框框，都忘个干净。

你知道吗？我此时此刻正欢欢喜喜地看着你，看着你热闹丰富的夜景，看着你虬龙般蜿蜒起伏的山脊，看着你简单优雅的四季，看着四季都同我一样，在你庇护下呼吸的每个身体。

我是一个贪嘴的家伙，我会为了舌尖上一时的快活而跑断双腿，那些我曾经追寻过的果蔬鱼虾，垂涎三尺的涮锅烧烤，梦里都不忘牵挂的煎炸焖煮，现在全都簇拥在周身。傍晚下班，我沿着主街道信步摇晃，仅是路两旁的吃食就足够满足我挑剔的胃，沿着小巷拐入旧市场，一副烟气氤氲，灯影绰绰的盛世景象就倒映在我的眼眶，不夸张地说，如果一个口腹欲极重的人，看到这样的场景，或许会流眼泪。

你第一次给我的惊喜是在九月。那时我湿漉漉的心里装着的不快情绪，犹如你不曾放晴天空下连绵几日的阴雨，我把自己的心头不满一味地全赖给你，但在我极为看重的日子，你破天荒地赶走了天空的荫翳，奶油般绵滑的云，在湛蓝的天际泛布叆叇，我心底的阴霾一扫而空，这温暖的日光下，我闭起了眼睛，竟恍惚有种回到盛夏的错觉。

在光怪陆离的大城市里生活的人们，多会患上一种病，它会在人心之间竖起一道道壁垒。在快节奏生活的压迫下，常会在那水泥森林中弥漫一种陌生的雾气，笼罩在其中的人们好似情感单一，只有卸去重担，在关上门窗的逼仄空间里，才会短暂允许自己变得复杂。

店头这座小镇，让我感到舒心的是那种人与人之间的亲密，那是治愈陌生和冷漠的良药。这里没有城市里没完没了的拥挤，没有遮住阳光的高楼大厦，不用有多么老练的适应能力，就能够生活得惬意。

一条主街，有路旁最好吃的早餐店，有旧旧的杂货店，有简单而舒心的笑脸，有三步一停的闲情，有我最熟悉又适应的风土人情。

这种不用慌慌张张追赶的生活我最贪恋，我是个心思简单的人，喜欢简单的生活。我缺少瞻前顾后的处世智慧，但这里，能够慷慨容纳我的平凡，不用忧虑地担心，这样温柔的小镇，会因为我的稚拙而将我愚弄，我只需要认真过好每一秒钟。

我不敢说以后辞别人间时，会将身体留在这里，那是多年以后的故事，但我已决心把你留在我的生命里，把你安放在我身体最宝贵的地方，那里还珍藏着我的温暖与纯良，那里是我的心宅与肺房。

（瑞能煤业公司选送）

再次邂逅延安，我已是黄矿人

李洋

你的世界里有过邂逅吗？人生的际遇很奇妙，总是在不经意间，就给你惊喜，对于我来说，就是这样。

从小学到高中，我一直生活在父母的羽翼保护之下，直到上大学，才算彻底脱离了舒适圈。于是，延安，第一次出现在了我的世界里。

这个一直在课本里听到的书面词汇，如今却成为我第一个要攻克的社会课题。对我来说，快速适应这里的方法就是接触当地的美食和文化，而对于延安来说，这两样却从来不缺少。我的学校——延安大学隔壁就是杨家岭，那是中共七大召开的地方。在校期间，我担任路遥文学馆的解说，通过路遥先生感知黄土高原上的风土人情；我还常常与舍友去枣园、窑洞、清凉山、壶口瀑布、黄土高坡的最高点……每去一次，都会有不同的感受和收获，一次次文化地洗礼与熏陶，让我对这块土地有了满满的敬畏之心。再说到美食，大学期间也没少到处逛，寻找好吃的，学校食堂的羊血饸饹、洋芋擦擦，二道街的羊蹄、沾沾、凤凰广场的重庆大队长火锅……现在回想起来，也还是止不住地咽了咽口水。是啊，四年的时光，总是那么叫人难忘。

以前我一直以为那四年，便是我与延安所有的回忆，直到去年

10 月份，缘分再次为我们搭桥——我来到了黄陵矿业公司，又一次踏入了这片黄土地。

再次回到这里，已然没有了陌生感，反而生出些许感慨，曾经的学生时代已悄悄地离开了，现在的我，是一名努力工作的黄矿人。

还记得去年刚来那会儿，我被分到了应急救援中心，这对我来说绝对是一个陌生的板块，我专业学的是人力资源管理，实习期间也一直在做人力方面的工作，突然来到陌生的领域，接手了陌生的工作，对我无疑是一次极大的挑战。庆幸的是，我遇到了一群如此可爱的人。从住宿、办饭卡再到定工服，从文件流转、改发文件再到编写材料……一桩桩一件件，无不耐心地帮我，不厌其烦地教我，只为让我快速地适应和成长。队里的领导时不时把自己种出来的小葫芦拿过来给我们玩，自己子女邮回来的小吃也和我们分享，无论何时见到我们总是像看待孩子般朝我们微笑。单位还有两只军犬，这对我来说是太大的惊喜了，它们一个叫大宝，一个叫二宝，每天下班去和它们玩玩，也给我带来了不少的欢乐。这一切让我更加坚定，我的选择是对的，我要留下来，因为在这里，有值得珍惜的东西。

转眼，小半年的时光又悄悄溜走了，黄矿的夏天也开始苏醒，这是我在这里最喜爱的季节——没有夏日里的嘈杂与炎热，反而常常带给我片刻的心静与安宁。在这样的环境下去面对工作中的挑战，我觉得很充实，我想，这应该就是黄矿给我带来的改变吧。

路遥先生有说过一句话："要像牛一样劳动，像土地一样奉献。"祖祖辈辈生活在这片黄土地上的人，都具备着这种老黄牛的精神，这也是对我接下来工作的启蒙与指引，我会秉承初心，扎根黄矿，在这里开出属于自己的小花。

感谢奇妙的人生际遇，让我再次来到延安，来到黄矿，这里依旧熟悉，依旧温暖……

（应急救援中心选送）

黄河岸边的“抗战明珠”

穆海宏

距离黄河西岸约三十公里的地方，仕望河在大地上画上了一幅太极图，这里便是秋林，贯穿秦晋的一条大动脉横穿于此。日头下，人们或在树荫下小憩，或是在田间挥汗，四处散发着一派安逸与祥和。

河岸北的台地上，两排总共约四十多孔的石窑整齐地排列开，信步进了院子拾阶而上，眼前一堵高墙上，一幅简约但却意义深远的宣传画，却把我的思绪带到那个炮火纷飞的年代。

1938 年，日本侵略者占据了黄河东岸的山西，国民党第二战区司令长官阎锡山被迫西渡黄河，率部驻扎到这里，在此修建了庞大的二战区机关，山西政府、大学、医院、工厂等也都来到这里，由此拉开了一段国共合作的抗战历史。

秋林镇西临宜川县城，东扼黄河天堑，是非常重要的战略要地，在 27 孔窑洞的陈列馆展厅里，各类文物和珍贵历史照片使这段抗战历史得以重演。锈迹斑驳的大刀，当年集训的呐喊声、号子声似乎还在耳畔响起。在珍贵的历史照片中，抗日先辈们的脸上写满了坚毅和自信，那是一个充满激情的岁月，数不清的热血儿女，众志成城，万众一心，用坚定的斗志守卫着祖国的每一寸土地。

1939 年 3 月底，“晋南事变”爆发后，毛主席派王若飞、萧劲光前往秋林与阎锡山调停，达成了一致协议，进一步加深了与二战区的统一联络工作。在这期间，从宜川到韩城的宜韩公路，使黄河西岸的抗日沿线实现南北贯通，为阻止日本侵略者西进起到非常重要的作用。至今，这条公路仍旧是贯通陕北与关中的重要大动脉。

沿着二战区秋林旧址东侧的公路顺坡而上，眼前是四野苍翠，退耕还林后的陕北峁梁，不再是旧日里的黄土满山，而是披上了一层绿色外衣，小路两旁各类果树数不胜数，村民们的居所散落其中，有土窑洞，也有砖窑或者石窑。在村子北头西侧的高台上，有两孔石面的土窑洞，一个被岁月打磨得光溜的石碾子在大门外迎风不动，院墙已略有破损。这两孔并不起眼的窑洞，是见证国共合作的活化石，八十多年前，很多抗日的军政大事由此而出，将团结抗战的精神火种遍洒抗日的前线。

顺路向北，步行二十余米的小院中，有个很不起眼、高约两米的小洞口，从洞口进去，里面却别有洞天。抬步低头进去后，凉风习习，被修葺过的这条地道在大山的腹中纵横交错，如无讲解员，在里面走不了多远便会失去方向。据说，当年修筑地道的作用，主要是用来贯穿各个山梁之间的二战区机构，其次，如发生空袭，也可以当作防空洞使用。向导指着周围的土崖说，这里还有很多的地道没维修。可见，当年的二战区是如此的规模之大，功能之全。

站在秋林北原的最高处俯视，什望河静静地从脚下流过，将团结精神注入黄河之中；一个独立的小山峁在川道中赫然显现，四周的山峁之下，隐隐约约有数不清的窑洞，这些都是抗战时期遗留下来的学校、机关、军工厂等旧址。这些遍布在峁梁之间的窑洞，留下的宝贵精神财富在黄土地上熠熠生辉，激励着一代又一代的后来人，勿忘历史。

顽强的中国人群起奋斗，用坚强的斗志彰显了中华民族伟大的凝聚力，而秋林旧址正是演绎这段岁月最好的银幕。岁月荏苒，历史的烟尘已经滚滚而去，如今，这里经过维修保护，已经建成集休闲、农业观光为一体的旅游胜地，而坚守在这片土地上的人们，也迎来了幸福安康的好日子。在老百姓的心中，二战区秋林旧址如一颗镶嵌在黄河岸边的明珠，散发着夺目的光彩，用团结奋进的精神照亮了黑夜中前行的道路，引领着英勇抗战的中国军民奋力前进，走向辉煌。

（双龙煤业公司选送）

五月槐花香

杨玉莹

初见五月，桃花早已隐去了那抹嫣红，随之而来的，便是那漫山遍野的白。那片白色便是槐花，似雪、似绒，体态轻软悠长，香味更是萦绕在山头，久久盘旋。

槐花洁白淡雅，清香馥郁，一团团、一串串、一簇簇，推推搡搡、挤挤嚷嚷，就那么跃然绿叶间。远远望去，在和风的吹拂下，一棵树就是一朵飘浮的云，一片树林就是那云的海洋，那情景，煞是美丽。很小的时候，我便经常和父母一起采摘槐花，也是在那个时候，得知了这小小的花朵中，蕴含着许多我不知道的秘密。

每年夏天，蜿蜒的山路上，都会开满槐花，但母亲说，槐花在没有盛开的时候才是最美味的。每年的五月，山边都挤满了人，大家拿着各式各样的工具，采摘槐花，再火热的太阳，也阻挡不了大家的热情；人群中充斥着欢笑的声音，原本炙热的空气，都变得有些凉爽了。

我走到一棵槐花树下，屏息凝望，槐花的香气瞬间将我包围，仿佛五脏六腑都要被这香气浸透。往事也渐渐浮上心头，依稀记得，父亲虽不喜欢乡野小镇的生活，却唯独偏爱山间的风景，采摘槐花也是父亲最早提出的建议。当时年幼的我并不明白在烈日的暴晒下，努力收获究竟有何种喜悦，只是看着父亲和母亲脸上喜悦的神情，自发感觉到很快乐。

母亲和我一起把收集来的槐花细细挑选、洗净翻炒，那是槐花最初始的味道，不同于野菜的鲜嫩、野果的香甜，更像是把春天的芬芳和夏天的热辣融合在一起的杰作。轻咬一口，那朴实的味道便充斥在嘴里，仿佛那小小的白花在舌尖上争相绽放，令人沉浸，令人痴醉。

悠扬的槐花伴着风的洗礼，随着淅淅沥沥的雨水飘落在地，它们亲吻着脚下覆盖的一切，白茫茫的一片，混杂着若有若无的柳絮，就像是一层银色的地毯。在那枝繁叶茂，充斥着鸟语花香的怒放五月，我最眷恋的，仍是夏日枝头的这抹白。“此树开花簌簌黄，秋蝉鸣破雨馀凉”，伴随着诗词的韵味，岁月的流转，槐花在我的记忆中不断沉淀，最后只剩那缕淡然脱俗的香气，仿佛攀上我的鼻尖，轻拂我的面庞，悄然消散，留下无尽的遐想……

（鑫桥公司选送）

四　我心安处

从张望到闭眼，从出生到逝去，我们都是在世间游荡的赶路人，试着在向陌生的远方不断靠近。在说过许多话，遇过许多人，经过许多事后，书写关于自己的哀乐故事。

一切悸动与热烈，会有其所归处，让我们低眉顺目安然面对的，或是手边半杯茶，或是某人某事，或是发短心长时，某次思索得来的一个答案。

原来心安处，不过是生命里辗转徘徊无数次的方寸之间。

新生

孙鹏

"《约翰·克利斯朵夫》不是一部小说——应该说，不只是一部小说，而是人类一部伟大的史诗。他所描绘歌颂的不是人类在物质方面，而是在精神方面所经历的艰险，不是征服外界而是征服内界的战迹。"这是傅雷先生在译者献词中写的。

今晚，当我双手合上《约翰·克利斯朵夫》的最后一页时，突然有了一种如释重负的感觉，但随之而来的是依依不舍之情。是啊，感情和理智，在很多时候是难以合拍的。

两个月来，这本大部头书陪伴着我，让我仿佛生活在两个世界：一个是现实中平庸的我，一个是那位才华横溢、善良勇敢、激情奋斗的小说主人公——克利斯朵夫。两个月来，我为他有过欢乐，有过悲伤；有过兴奋，有过郁闷；有过怜爱，有过纠结；有过赞叹，有过惋惜。两个月来，我在他的成长历程和感情世界中徜徉，他的灵魂是自由的，也是孤独的；他流浪的一生证明了生命的悲苦，也诠释了创造的永恒；他是一个理想主义者，他纯真火热的情感，以及无私无畏追求真理的执着，是全人类的文化营养和精神财富。

掩卷沉思，假设一个天生苦命的人，面对命运的捉弄，要么随波逐流、逆来顺受，要么不甘现状、奋勇抗争，或许他们人生的结局都一样，但抗争者获得了自由的情操，让其拥有了快乐的灵魂，那是死后的新生。一个人如此，一个民族何尝不是这样呢？面对突如其来的疫情，面对外部势力的干涉，唯有自强、奋起、斗争，才会让这个悲壮的民族在复兴的道路上势不可挡，勇往向前！

毋庸置疑，小说《约翰·克利斯朵夫》是文学性、思想性、艺术性的集大成者，书中对生命、爱情、友谊、音乐、诗歌、宗教、民族、国家，都有深刻精彩的见解和大段落的论述，它堪称世界文坛第一梯队中的优秀作品。我对这本书之所以一知半解地读后一直不敢轻易再读，就是因为在伟大的作品面前，我怕才疏学浅、思想浅薄的自己承受不住，那样是对作品的冒犯，是对大师的不敬。好在今天读完了，我可以羞怯地说，在罗曼·罗兰璀璨壮丽、深邃敏锐的思想世界里，终于寻找到了一点空间，尽管很小，却是属于自己的。

除了礼赞这本书的作者罗曼·罗兰外，我们还要感谢书的译者傅雷先生——中国近代杰出的翻译家、教育家、文学家。如果他没有学贯中西的知识储备，没有杰出的文学修养，没有厚重的思想沉淀，很难想象他能翻译出这么一部跨越文化沟壑、流畅传神的作品。他传承了经典，延续了经典，也是经典的缔造者。

纵观傅雷先生的一生，他是一位有独立思想、铮铮铁骨的中国知识分子，他和书中克利斯朵夫的灵魂是相通的。我坚信，有一天，他们终将为新的战斗而再生。

（公司机关选送）

且徐行

张新苗

2020年就要结束了。每个人见面，不再是“吃了没”的物质问候，也不是“最近忙啥”的职业交流，而是“时间过得真快”的感叹，感叹“流光容易把人抛，红了樱桃、绿了芭蕉”；感叹岁月是把理发刀，削剪了发际线，染白了两鬓梢。

最是人间留不住，年华仿佛加速度。时光时光，它不能慢些吧，我们得自己把脚步慢下来。

慢是安全。

行路要慢。宁停三分，不抢一秒。司机一脚油，亲人两行泪。

说话要慢。病从口入，祸从口出。语言是表达和社交的工具，如果这个工具伤害到人了，那一定是用错地方、使错劲儿了。

处事要慢。急功近利、欲速不达。你不知道哪一条捷径下面有坑，就像你不知道哪一朵云会下雨。世上本无捷径，走的人多了，总有人要掉坑。《新约》说，“你们要进窄门。因为引到灭亡，那门是宽的，路是大的，进去的人也多；引到永生，那门是窄的，路是小的，找着的人也少。”

慢是健康。

饮食要慢。吃饭防噎，走路防跌。一日三餐，细嚼慢咽，有利于消化，有利于磨牙，有利于长出美美的苹果肌；囫囵吞枣、大快朵颐，不是烫了、凉了，就是撑了、消化不良了。吃慢一点，等一下自己胃的反应速度。

锻炼要慢。准备要足、热身要够。比如跑步，时间比跑量重要，跑量比配速重要。我们追求的是健康、持久，而不是更高、更快、更强的竞技。球场上不再追求速度生吃、旋风转身、力量对抗，而要靠丰富的经验、风骚的跑位去赢取出手的空间和时间。

慢是质量。

读书要慢。好的句子要记下来，好的观点要吃得透，好的体会要写出来。读过的书不是自己的，记得住、说得出、用得来，才是与作者隔空拥抱、穿越对话、心灵碰撞，才能刻进骨子、融进气质、写进基因。

做事要慢。慢工出细活。将一件简单的事，重复一万遍，并不代表熟练、不代表伟大、不会形成肌肉记忆。不走心地做一万遍，跟做第一遍没有区别。

慢是优雅。

出手要慢。遇事不慌，来事不怕，先做好调查研究、弄清来龙去脉。还没搞清状况，一顿操作猛如虎，最后像个二百五。

还手要慢。临危不乱，处变不惊，让子弹飞一会儿。看清对手来路，再选择还不还手；摸清对手套路，再选择怎么还手。让人三招是一种大度，后发制人是一种智慧。

慢是享受。

我们常常着急赶路，而忽略了沿途的风景。结果固然重要，过程也是一种享受。猪八戒吃人参果，尝不出酸甜苦辣；刘姥姥牛饮，品不出浓酽醇香。别赶路，要感受路。

可是，人生苦短，步履匆匆。一天恨不能掰成48小时，做事恨不能二倍速，一身恨不能裁为三截。你让我怎么慢、凭什么慢？

竹杖芒鞋轻胜马，谁怕，一蓑烟雨任平生。

慢需要早。起得早才有时间慢慢走，那些风风火火、风驰电掣的，都是因为赖床晚起了几分钟。提前准备才能一语中的，那些口不择言、词不达意的，都是麦克风到了跟前才去组织语言的。起步早才能把握机遇，那些找捷径、走邪路的，都是积淀不足、条件不够、馅饼掉下来了还没有准备好的。

慢需要技术。动作不标准、姿势不端正，锻炼越多、跑得越快，伤病来得越猛烈。活儿好、基本功牢，才能把握每次机会，出手对方就得防、浑身都是假动作。毛毛糙糙、不断返工，才会带来时间上的重复投资。

慢需要坚持。不怕慢就怕站。买了一身装备、立了几个flag、发了几个朋友圈，然后三分钟热度、半途而废，只能坐等肥肉打脸、体重反弹。积水成渊、积土成山。坚持下去了就是神话，坚持不下去就是笑话。

慢需要聚焦。想要事事兼顾必定一事无成。在这个世界上，你不能什么都要，你把它们都往哪儿放？要过滤，哪些书可以一目十行、浅尝辄止，哪些书必须细细品读、反复推敲。要思辨，哪些事可以放放再说，哪些事可以托付别人，哪些事可以应付一下；哪些事必须亲力亲为，哪些事必须精耕细作。要认清，哪些人可以点赞之交甚至敬而远之，哪些人是要以心相交、终身珍惜。

从前书信慢、车马缓，陌上花开，缓缓而归，那是一种被动的服从；

而今五湖四海、朝发夕至，依然能够闹中取静、有味清欢，这是一种主动选择的境界。莫听穿林打叶声，何妨吟啸且徐行。

（公司机关选送）

像少年

迂蓬

近一段时间，很有人说我变了，现在变得不合群了，种种。

嗯?!

我检视自己这半年的生活，我变了吗？哪里变了？怎么变了？我没有觉得啊？小心地求证了一段时间才有点眉目了：大约是我人到中年，身心俱懒，很多事不想再委屈自己了，遇事首先看自己的状态，至于别人，那要看我的心情，看彼此的交情。

我是改变了很多，业余闲暇，很少再去参加一些聚会，遇事也很少再去争长论短。更愿意一人独自散步，做一些简单的锻炼；更愿意一人幽坐斗室，泡一壶茶，喝到无味，也不更换茶叶，任身心与杯中茶水一样寡淡。我在忙完工作之余，更愿意用更多的时间，一个人发呆。目光所及，就是窗外天边变幻流动的云彩，相看两不厌。

在这种状态出现前的一段时间，我也试着去参与到各种聚会里，但是总不能如以前那样，热气勃勃地融入其间，时不时自己的冷场，私以为反而破坏了大家的气氛。回想从前自己在这样的场合欢乐纵横，总觉得现在如同一根潮湿的朽木，再也爆发不出疯狂的烟火。于是，往往在中场，就默默地退出，回到自己的蜗居，拿一本杂书，不为寻找答案，只是掩盖茫然无措。

也就是这样，我有了大段完整的时间，停下奔波的脚步，开始审视自己，思考自己，这么多年一路踉踉跄跄地走来，得到的东西和失去的东西，到底是得意还是失落。我更多地想起了，少年时的日子，那一段青葱般的日子，可不就和我现在的心境一样嘛！

我在青少年时期，属于一个扔到人堆里就消失的普通孩子，我没有任何长于人的技艺，连本分的学业都落后于人。我很自卑，以至于越发不善于和人交往，整日落落寡合，默然独处。唯一的排遣就是偷阅父亲珍藏的各类杂书，一个人躲在角落里寻求慰藉。也就是这样的状态，让我找到了自己独有的生活乐趣和方式，我读一切我能拿到手的书籍，像海绵见水一样，把自己用杂七杂八的知识涨大。我更热爱自然知识，用自己看到的知识每天在我能接触到的自然环境里一一的对比探索。我认识很多动植物，最大的好处就是我知道很多东西能吃，也发现这样多闻能叫别人惊奇和佩服，这是我第一次发现知识是有力量的。我虽然不喜欢社会知识方面的书籍，但是在无法选择的情况下，也阅读了各类哲学书籍和杂文。这类书籍，让我有了区别于同龄人的思维，当然，这种思维更叫别人觉得我另类。每到这个时候，我觉得自己很超然，也很蔑视那些不理解我的人。

慢慢地，我的身边也开始有一些志同道合的朋友，我们在一起互相交流自己看到的知识，欢畅地描述那些我们从未见过的场景，在口头上探索着神奇的自然。这一段少年时期的盲目阅读，让我受益匪浅，以至于在以后参加工作后，都能在工作中得到很好的应用。

在那个时期，我更多的是坐在向阳的山坡上，阅读，阅读；阅读累了，抬头看天，看天上的流云舒卷，沉浸在自己的想象里，无法自拔并无尽地享受。

等到参加了工作，因为生活，我不得不慢慢改变自己，积极地融入团队，逐渐进入世俗的状态。每天都在奔忙，完成工作任务后，也开始热衷于各种业余活动，阅读的习惯已经变为有目的的行为：读都是为了现用，读的都是利用。只是，心里依然给自己年少的习惯留着一点点空间，用菲薄的收入购买着喜爱的闲书，买到手后也只是爱恋地抚摸几遍，然后就束之高阁，留作收藏。

红尘炎炎，时间飞逝，转眼三十多年了，那个坐在高天流云下恬静阅读的少年，早已被岁月冲刷得无比油腻；随口而出的应酬言语和各种无聊的段子，叫我很多时候都惊讶自己怎么能活到这种状态。这种状态不就是自己少年时独坐思索时，最不喜欢的样子吗？虽然不喜欢，但是也觉得无所谓，毕竟，生活有很多种状态，生活也不能由我随意去选择，我只是在奋力生活中最大地迎合了生活。

人到中年，经历了许多，也开始生发出许多病痛，身子日益变懒，对各种事物渐渐消失了兴趣，不由自主地开始沉淀思维。突然，就想再回到当初还未出发时那个少年状态，拾起热爱的书籍，抛弃已经成为惯性的生活方式，开始进入那种少年时无欲无求的懵懂。

再次沉静下来，把那些刺激我，张扬我的烈酒，都摆在柜子上，再也不想去打开品饮，只是留作一个纪念。在小屋里挤出一处地方，安放一个简单的茶桌，仅容三二人的座位。放一把泥壶，三个小杯，开一饼陈茶，大多是一人独饮。然后，宠幸我积存的书籍……

北方这些年，雨水渐渐多了起来，安坐读书喝茶时，多会遇到窗外有雨，或淅淅沥沥，或如惊雷溅落。不论是雨中潮润，还是雨后天青、云团变幻，都成为我的背景，我默默地读书，喝茶，感觉这独处的安然，感受着内心燥热在慢慢凉落。总有一刻，突然身心康泰，一片空明，欣喜无比。

这样的日子一经开始，就无法自拔，主动陷入。曾经炙热的生活，变得竟如秋夜流水，凉凉地流淌；那曾经因过多思虑总是满眼的丝丝红线，竟然消逝不见，我的心和眼，都如少年。

我享受自己的这种状态，也并不会因为这种美好就放弃对生活的责任。我没有逃避，也没有隐世的兴趣，我依然热爱我所处的万丈红尘，并不会觉得红尘烟火就让我烦躁。我只是选择了舍去和断离，想让自己能挣脱一切缠绕在自己身体和思想上的束缚，让自己回到少年时代，像少年一样，用赤子的心态，去迎接很快到来的老年。

还是每天，以这种心情，快乐地忙完一天的工作，回到我的天地，泡好一壶茶水，展卷阅读，合卷遐思，漫无目的，静以养心，工作和生活美好地融合在一起。这时，耳边总能隐约地响起在某个媒体上听到的一首歌曲："我还是从前那个少年，没有一丝丝改变，时间只不过是考验，种在心中信念丝毫未减。眼前这个少年，还是最初那张脸，面前再多艰险不退却，换种生活，让自己变得快乐。放弃执着，天气就会变得不错……"

（公司机关选送）

难忘一抹阳光

常昱

每次旅途，我喜欢坐在后排靠窗的位置，肆意浏览擦肩而过的风景。

就这样，走过山走过水，遇见风遇见雨，但印象最深的，还是隔窗洒在我身上的一抹阳光。绿荫郁郁葱葱，阳光明明暗暗，感觉人生，其实多么美好。

这一抹阳光，曾在童年老院里晨读时最刻骨铭心。

记忆一下子倾泻洒落，如同风铃，让日子闪亮了。怎么也忘不掉童年老院里的阳光，特殊的地理位置使老院子在村里“居高临下”，每天清晨，东山迎面升起的太阳热情大方地照耀着我们的家园，阳光美美地笼罩着院子。阳台上的太阳花全部张开了笑脸，葡萄上的水珠愈发显得饱满，狗儿挪出窝来继续躺在阳光里打着盹，朝阳渐渐洒满整个村庄，远处、近处都可见炊烟袅袅。

我习惯端着个小凳子坐在下院苹果树下，让暖暖的阳光晒热脸颊，用晨读开始美好的一天。妹妹随后也跑来抱着书本挨着我坐下，只有弟弟还揉着蒙眬未醒的眼睛在沙堆城堡里寻找自己前一天埋下的大海螺。老院子童年的阳光是那样惬意、温暖和幸福。或许，这就是为什么人们常用金色来形容童年生活，也许与阳光不无关系，它代表着美好、幸福和纯洁。

长大后，我进入煤矿国企工作。依旧是那抹阳光，但却有着另外一番滋味。

一次下基层，我走在厂区一条栽满法国梧桐树的道路上，阳光穿过树干洒了一地，斑驳闪动。一直走下去，或是思想，或是足迹，在煤矿的日子，我才真正明白了煤矿工人们为什么如此渴望阳光。

煤矿和阳光历来就有一种特别的情感。总也忘不掉那种场景，远远地看见防暴车灯光束距离井口越来越近，就在接近地平面，阳光洒满车身的那一刻，我仿佛也听到他们深深的呼吸声。来不及洗澡，先吸上一根烟，一屁股坐在阳光下，乌黑的手，乌黑的脸，只有洁白的牙齿和闪亮的眼眸最引人注目。眯缝着眼睛，也不想多说话，烟圈弥漫着，正陶醉于微醺沉迷的境界里。天气真好，阳光真好……这是我听到他们说的最多的话。

“精诚掘进三千尺，求出乌金万人薪。问君薪火来何处，且看矿工满面尘。”或许这就是对煤矿工人最真实的写照。五百米的井下，是盏盏矿灯如星星般闪耀的阳刚世界。那红彤彤的炉火，燃烧着的是煤矿工人的心血。在这个闪耀着黑色辉煌的世界里，矿工们用自己的智慧、勇敢和男人们的方刚之气，与大自然抗争着。他们挖掘地火，开采光明，他们更向往阳光。

燃烧的太阳，意志的化身，光明的使者，力量的象征。喜欢那一抹阳光，喜欢矿山，更喜欢我们可爱的煤矿工友。

（公司机关选送）

那些年，我走过的摄影路

王 栋

我其实并不是一个科班出身学艺术的，我大学专业是工业电气自动化，一个标准的理科男，2005 年参加工作时，我就想着，找一份和专业相关的工作，踏踏实实干几年，积累点经验，要么有所成就晋升个电气工程师，再不行也整个高级电工甚至技师，走父辈的老路，平平凡凡走过一生。“80 后”这一代普通工矿子弟其实心里就是想得这么简单，连我自己也不知道在我躯体内还藏着一个追求艺术的灵魂。不知是艺术唤醒了我，还是我发现了它，摄影之路就那么出现在我的面前。

摄影，在我学生时代只是字典里的一个名词，简单来说就是照相的，又感觉又区别于照相的。我不理解的是，在 21 世纪初，一卷柯达胶卷三十多块钱 36 张，不去拍人，去拍些花花草草简直就是暴殄天物。有这三十块钱我可以吃 6 碗老马家的羊肉泡馍、还能吃近十天的户县软面……

直到 2002 年，大学同宿舍有位云南来的舍友，带来一部傻瓜相机和若干云南的美景照片，我才有了外面的世界这么大，我想去走走的想法，想用一部相机把走过的路留下来。那年暑假我借了舍友的相机回家里，省吃俭用买了两卷交卷，我很珍惜这 72 次按快门的机会。然而，那年暑假的72张照片没有一张拍风光，无一例外地拍了我的亲人、同学、朋友，我期待着开学去洗照片，然后把洗出来的照片用信封装好，贴上8毛钱的邮票，投进邮箱，送到朋友的手里。这虽算不上摄影，可我终于体会到了自己掌控相机拍摄的快感，摆脱照相必去照相馆，规规矩矩站着被拍照片。

摄影这条口子算是扯开了，在毕业前的几年里，光买胶卷至少花去一千多块，摄影穷三代，这话不假，太烧钱了。也根本没学到什么摄影技术。我决定不再玩照相了，每次照相还要借人家相机，其实买胶卷的钱都够买一个相机了。毕业时，同学们拍卖很多东西，我还是“贼心不死”地用5块钱拍下了一部傻瓜相机。

工作了，有工资了，还是没有勇气买一部好相机。2007年，我那劳苦功高的诺基亚3100手机终于罢工了，1000大洋买回一部国产山寨大屏手机，就是喇叭特别大，屏幕特别大的那种。这个好啊，有摄影头，30万像素现在来说就是渣渣，我是不在乎的；我在乎的是，这玩意可以照相，它是个数码相机，还是随身携带的，还可以录像，拍完了还能拿出来传到电脑上，发到网易博客里，发到QQ空间里。哎呀呀，不得了，不得了！用这部手机我在汶川地震现场记录下了当时最真实、最惨烈、最感人的影像资料。

2010年，上班已经近十年，工作甚至比我最初想象的还要平淡。从毕业时南下北上，跑了大半个中国，到尝遍人间冷暖后又回到了矿上，我连最初想成为电工高级工都没有实现，最后成为检修车间的一名电焊工。安慰的是，这个工种里还带个电，也不枉我爹妈供我学电气自动化的专业那几年。我是彻底走了父亲的老路，每天机械性地工作，上班、下班，打游戏，踢球。

“人不在沉默中死去，就在沉默中爆发。”踢球除了锻炼身体，让我不至于快速成为一个中年油腻大叔外，还能提醒我，凡事还是要奋斗一下的。2013 年到 2018 年这几年我的足球是没少踢，还踢出了点成绩，就在那几年为了把我们踢球的精彩镜头留下，我买了人生真正意义上的数码相机——一个小长焦，它的好处，就是把足球场上的每一个人都可以拍得清清楚楚。一起踢球的兄弟们都想留下自己最激情的时刻，他们如愿了，我更是学会了抓拍。休假的时候，我骑着摩托车在周边的山里转，我也会带着这个小长焦，见到啥好看就拍啥，把拍出来的照片发在朋友圈里，发在 QQ 相册里，使得家里电脑硬盘里的存储空间一天比一天少……

“我看王栋 QQ 空间相册里的照片，造诣挺深啊！可以让他投稿啊！”

这是我们单位党群部陈博文同志 2017 年时说得一句话，可能就是因为这一句话，我真正开始走向真正的摄影。多年来，我拍出的照片不下一万张，我把它当成了自娱自乐，全用来发朋友圈了；我也想过投稿，总觉得水平有限，难上大雅之堂。不自信是我摄影之路上最大的拦路虎，那次是我第一次被一个懂行的人肯定，我开始投稿了。记得第一组作品叫《矿区年味》，几天后，我在黄陵矿业公司微信公众号上赫然看到了这组照片。那个激动啊，我来来回回打开了二三十次，居然发表了！我捧着手机给我们车间的同事们看，回家给我母亲看……很是满足的感觉！

2018 年，我用一整年的时间去学习摄影知识，去看各种摄影大师们的佳作，去揣摩各种作品的构图、色调、明暗，以及摄影师在创作时的想法，要表达的意义。我记得我开始走火入魔般投入摄影，踢了 20 年的足球也不踢了，开始了早起等日升，山上等星辰，雨雪天必出门拍照的忘我状态。老婆不止一次因为我跑出去摄影和我吵架，甚至要摔相机来威胁我；我也在想我是不是有点过了，其实我老婆那脾气就那样。后来她还偷偷花 6000 块给我买了一部佳能 77D 单反相机，我还嫌她不懂行，花大价钱买了个半画幅相机。那一年的努力没有白费，我的很多摄影作品开始发表在公司的网站和微信平台上，那一年拍摄的反映电力工人的摄影作品《夕阳赞歌》登上了《陕西工人报》，同时也在“陕西省职工摄影大赛”中获得三等奖。摄影之船开始扬帆起航。

后来的两年里，我依然继续着学习，开始认识很多摄影界、宣传界的朋友，很多摄影作品也开始在比赛中获奖，在朋友的推荐下，登上了《陕西日报》《中国电力报》《陕西画报》《学习强国》的媒体平台。2018 年后，短视频在网络上得到了迅猛的发展，时代不会去适应你，你就要去追着适应它，凭着多年来对影像的理解，除了摄影，拍摄视频似乎对我来说没有太大的过渡。年近四十，这年纪对我创作来说是个好事，我似乎经历了太多太多这人世间的事，在镜头表达上也形成了自己的一些理解。

记得当年和杨新亚同志一起拍的第一部微视频《匠人·匠心》到后来的《我的父亲是超人》《你的安全，家人牵挂》，再到后来《2019 黄矿故事》《我是谁》等微视频，我对镜头的掌握越来越纯熟，表达的方式也越来越多样化。我知道在黄陵矿业各同行的帮助下我上道了，2020 年，我遇到了我的师父——李郑军导演。虽然我师父不是一个特别有名的导演，但是他绝对是对艺术理解很深很有才气的人。我们一起合作了两部微电影《糖糕》《心归》，再次让我从微视频上升到电影艺术的高度,《糖糕》也获得了全国总工会“京能杯·微视频大赛”特等奖的荣誉。

“路漫漫其修远兮，吾将上下而求索”，离农历春节不远了，这一年又要过去了。回首望，已是前尘往事，来年，我们手持相机，踏破山河。摄影之路，艺术之路，走下去！

（发电公司选送）

闲话过年

王保林

对大多数中国人而言，元旦虽是新年的初始，但春节才算是真正意义上的新年。因为春节不同于其他节日，有着更多的深意，透着千年的文化习俗。

如今，人们生活富裕了，衣食没有了担忧，年味也就觉得淡了。年，过成了平常日子。这其实只是物质层面的“年”，而真正意义上的“年”，应该是情感的纽带，精神的传承。

在游子的眼里，过年，过的是心情，过的是一种情结，那是期待已久的年夜饭，是与亲人相聚、血脉相融时的欢喜，是在“慢”的时光里，闲散放松、享受生活的最好时机。

在老人的眼里，过年，过的是念想，过的是一种骄傲，那是儿孙归来时，隐藏在心底的荣耀；是操劳一生、牵挂思念烹饪出的家宴；是儿孙绕膝、天伦之乐后的短暂欢愉。

年俗是农耕文明的产物。无论时代如何变迁，贫穷还是富庶，辛勤劳作了一年，人们总是要寻找一种精神寄托，过年，便是最好的表达方式，也是中国人最看重的传统节日。

在北方农村，进入腊月，年的味道就有了，各种习俗一个接着一个地上演，人们“忙”并快乐着，四邻八村到处充满了欢声笑语，洋溢着喜庆祥和的气息，且一天要比一天浓。一直会持续到正月十五，或到正月的尽头，年才算是过完了。

过年是民间习俗的集中展示，如扫尘、贴春联、祭祖、拜岁、点爆竹、拜年等，每一个细节，每一件事都寓意深远，背后隐藏着传统文化的影子，彰显着深厚的民俗文化底蕴。这里有人们对新年的期盼，更有对未来幸福生活的美好展望。

民间过年的习俗有很多，各地表达方式也不尽相同，但北方民谣更具代表性。“二十三，祭灶官；二十四，扫房日……二十八，贴年画；二十九，去打酒；年三十，包扁食；大年初一，撅着屁股乱作揖儿。”一年当中，如此隆重、长时间地集中展示传统文化，恐怕也只有过年才会遇到。

随着时代的变迁，过年的有些风俗已不存在了，年味在人们富裕的生活掩盖下，确实是越来越淡了，一些习俗早被年轻人遗忘，只有在乡下，或城里的老辈人还在坚守。即便如此，中国人对年还是情有独钟的，有着难以割舍的过年情结，重视程度和心中的位置，更是有别于其他节日。

我打小在矿区长大，没有农村生活的经历。矿区职工来自不同地域，加之城乡结合，文化碰撞，过年的习俗亦不相同。关于年的记忆，与生活在城里的同龄人一样，大都受父辈们的影响，删繁就简，能保留下来的习俗并不多。

记得小的时候，父母整天忙生计，过年似乎单位也不放假，只是到了年跟前，家里才开始操办年货。大人们得空会在集市上买些花生、瓜子、糖、水果一类的东西，提前备些肉类、年糕、蒸馍、麻花等食材。备年货是最忙碌的，加工那些熟制品，要持续多日，很是耗费时间，一会儿蒸，一会儿煮，一会儿炸……锅灶是闲不下来的，大人们常常会忙到深夜。

俗语说，忙腊月，闲正月。过了年三十，家家户户就不会再做什么了。空闲时间，大家围坐在一起，叙旧话新，享受美食，犒劳自己抑或走亲访友，互道祝福抑或棋牌娱乐，整个正月都会弥漫着幸福和快乐，日子过得其乐融融。

当然，儿时关于年俗的记忆，更多的还是停留在言语的避讳和禁忌上，因为说错话，是要被大人们训斥的。还有穿新衣、放鞭炮、包水饺、压岁钱、守岁、拜年、钱钱饭、闹秧歌等等，这便是我对年的记忆，对年俗的一些印象。

年好过，日难熬。快乐的时光总是那么短暂，过年亦是如此。年，千百年来，在人们对未来美好生活的向往、期冀和祈祷中，暖暖地、静静地，流淌在每个人的心里。

年味浓也好，淡也罢，春节终是中国人的精神图腾，也终将承载着我们太多平凡的寄望。

（煤电实业公司选送）

偶遇

白建礼

人之所爱旅行，不是为了抵达目的地，而是为了享受旅途中的种种乐趣，对于我来说，每一次旅行都有着特殊的意义，旅途中的人和事、物和景，都赋予我人生更多的意义。旅途中你会遇到很多人和事，有些如过眼烟云转眼即逝，而有些人或事会让你铭心刻骨、久久不能释怀。

记得2006年陪朋友在黄帝陵游玩，站在汉武仙台上正在观看黄陵县全貌时，旁边一位老哥让我给他照张相。在这期间我们顺便攀谈了几句，我才了解，他已经不是大哥而是大叔了。老汉来自山东，身高大约在1.9米左右，方脸庞、浓眉大眼，身材修长却不显单薄，腰板笔直、神采奕奕，看上去就像五十来岁的样子，其实已经七十五了。照完相后，他急匆匆地下山寻他的同伴去了。

2016年夏天，自驾游在二郎山隧道口，游客都在停车区休息照相，我们也下车参与其中，当时有一对七十多岁来自宝鸡骑着自行车的老夫妻让我给他们照张合影。透过取景器看到他们露着幸福笑脸，我飞快地按下了快门，捕捉下那瞬间的美好，让人好生羡慕。

2017年的夏末，我和妻子到神农架游玩。当我们沿着两千九百九十九级的青云梯，扶摇直上走向神农顶期间，由于台阶实在太陡太长，经常需要走走停停。在一处台阶上休息时，我们正好和一位独自出游的老太坐在一起，妻子看她一个人，于是就和她拉起了家常。据老太讲，她来自北京，62岁，一起来的其他人都嫌山太高不愿上来，只有她“既然来了就一定要上去看看，不然来干什么”。聊了一会儿，老太先行一步慢慢向上走去。望着她那略显纤瘦、但步伐稳健的背影，我对妻子说，“看你老了能不能这样，我们赶紧也走吧，不能被比下去。”结果我们爬到山顶一分钟的工夫，老太也上来了，这让我很是惊讶。

游完神农架，来到恩施大峡谷。进入峡谷要翻越四座山才能出来，在第二座山上，当我正在山崖边对着对面的美景不停按着快门时，这时上来七八个老人，每个人身上都挎着一个单反相机，上来后也是站在崖边轮流拍照。我们和其中一对夫妻攀谈，我说你们两个拿一个相机就行了，怎么还一人一个，可他们笑着说，这样不产生矛盾，各拍各的，然后回去看谁照得好。没聊几句他们就追赶同伴去了，看着他们矫健轻盈的身姿，回想谈话时脸上洋溢的微笑，不由得使我也产生了一种幸福的感觉。

虽然这些已过去好几年了，但我始终不能忘记，时时想起，不知不觉中就会有感慨。思考一下他们乐观的生活态度，想象一下他们对生活的那种激情和热爱，感受一下他们幸福的微笑，分享一下遇见他们的快乐！生活，向前看是追求，往后看是品味；在忙碌中，是享受生活，在闲暇时我们思考着生活；生活中需要快乐，渴望快乐永远伴随在我们身边。但现实和理想总是有一段距离，生活中总是少不了计较，免不了烦恼，遇到烦恼何不退一步，退一步就会海阔天空。生活就像一杯浓而又香醇的美酒，需要慢慢去品味；生活是一首美妙而又动听的曲子，需要静静地聆听；生活是一幅长长的五彩斑斓的画卷，需要仔细欣赏，这样你就会发现生活之美。

生活，一个很平凡的词，这个词看起来非常简单，但内容却非常的丰富，因为生活对每个人来说都意味着一段漫长的人生。生活中有喜怒哀乐，有酸甜苦辣，有幸福，有困难，有成功，有失败，更有一些人生的启迪。生活在别处是一种虚妄的追寻，别处的生活永远值得我们去追寻，然而，它却是不真实的，别处仅仅是用来调剂此处的，真正的生活不在别处，而在此处。生活就在此处，就在眼前，就在此刻，就在我们手里，慢慢走，欣赏一路的风景，不为别的，只为在此。

转眼间，自己也到了知天命的年龄，听听那一曲《当我老了》，能不能像我所遇到的那些老人一样，有他们那样的身体、那样的心境，那样的豁达。我想，只要保持良好的心态，树立良好的人生观、价值观，坚持锻炼，一定能和他们一样走遍祖国的山山水水，去享受生活。就像歌里唱的那样“我们的生活充满阳光”……

（一号煤矿选送）

我的鸡蛋“宝藏”

李金玲

走进新时代，中国人民的生活致富奔小康，“蛋奶工程”更是让各种“蛋”走进千家万户，成为家庭餐桌上的营养必备品。虽然我不挑食，但是也有“十年不吃都不想”的食物，其中之一就是“鸡蛋”。

有啥不吃啥，这充分暴露了我吃货的本性，毕竟物以稀为贵么！可我妈说，有些事不是一开始就是这样的，我与鸡蛋也有着斗智斗勇的时刻。

我爸说，自从有了我，家庭条件虽然依旧贫寒，但是起码逃离了温饱线，生我那一年开始，父亲开始了买羊卖羊的小本生意。所以我是我家的“招财猫”，是我家生活状态的分水岭。

我四岁的时候，小妹出生了，那时，鸡蛋是我们家唯一的，可以给母亲提供的营养品了。

当热气腾腾的两个荷包蛋端上桌来，真是馋得人流口水，姐姐们孝顺地让妈妈快吃时，却传出了我不合时宜而又稚嫩的声音。

“我吃蛋蛋，妈喝汤汤……”

最怕空气突然安静……一家人哈哈大笑，只有我懵懂地睁着不大的眼睛，盯着碗里的鸡蛋。当然，最后结局很美好。

姐姐拿来碗和勺，从妈妈碗里分了一个荷包蛋给我，那，简直是人间美味。

可能是因为舌尖的第一次触碰太过美妙，让我对鸡蛋着了魔。

90年代初，收割完小麦后，家家户户门口的麦秆堆像小山一样，可以作为半年的烧火来源，也成为鸡鸭鹅的最美栖息地，当然，还有没上小学“土匪”一般的我。

因为，我发现，邻居家的鸡和鹅总是在我们的“麦秆窝”里下蛋，这可真是让我太兴奋了。每当它们钻进去，我就静静地守在外面，隔三岔五总有一个惊人的收获。

有一天，看着它们踱步离开，我心里就想，今天肯定收获颇丰。我立马钻进鸡窝，伸手一摸，呀，一枚还热乎的鸡蛋，旁边竟然还有一只大鹅蛋，有三个鸡蛋那么大，我无法抑制地哈哈大笑。

谁知道，这一笑竟招来了鸡鸭鹅群的回眸，它们如剑一般向我冲来。

“啊——妈呀——”我一手拿着鸡蛋，一手拿着鹅蛋，凌乱的短发上粘着还没去掉的麦秆，边哭边喊边回头……

在我的身后是一群伸长了脖子，怒气冲冲的鸡鸭鹅，眼睛瞪得滴溜圆，从未见它们如此像一家人，母爱有时候是毫无由来的怒发冲冠……

能听见我声音的左邻右舍都出来看热闹，邻居大妈笑得花枝招展最灿烂。

当然，结局也是很美好的，我吃了一个荷包鸡蛋，一个炒鹅蛋。

从那个时候开始，我就不那么爱吃鸡蛋了，邻居大妈家的鸡鸭鹅也不在我们家的“麦秆窝”里下蛋了，可能是被吓着了吧。

从爱到不爱，也许就缺一段刻骨铭心的经历。

即使到现在，一家人在一起吃饭，桌上但凡有个鸡蛋，姐姐们的回忆就像开了闸的洪水，总能拿这件事情作为茶余饭后的谈资，学得绘声绘色，笑得前仰后合。我最看不惯她们这样取笑人。

哼，真是的，谁还没有过一段童真时光，这可是我的宝藏。

（公司机关选送）

回乡

徐泳铎

自从全家搬到县城住，便很少回农村老家，要不是母亲说老屋快成危房了，还真不知道什么时候才能回去。而这一回，我才猛然发现已经离家好多年了。

车子行驶在蜿蜒盘旋的傍山公路上，两侧峰峦跌宕，红黄绿三色在阳光的映照下交相辉映，格外美妙。我陶醉于这风景，不由得放慢了速度，哼着小曲儿，好不惬意。父亲早早便已立在通往村子的路口盼着我。沿着新修的柏油路，车子欢快地爬向山坡。

大铁锅里的土豆炖白菜还是儿时的味道，灶膛里红腾腾的火苗欢快地起舞，久远的回忆也随着温暖的气息在眼前渐渐浮现。小时候，在这个交通不便、信息闭塞的山沟沟里，任何东西都得背驮肩扛；每逢下雨，水深泥泞，举步维艰。老一辈面朝黄土背朝天的场景是真实的生活写照，粮食是他们唯一的依靠，他们省吃俭用，拼力气干活，衣服是补丁摞补丁。那时候，与我一般大的孩子们多数只上到初中毕业就外出打工，早早步入社会。大山象征着贫穷，年轻人都想方设法走出大山，好摆脱贫穷的帽子。

而现在，田里大片的蔬菜园，山间满野的核桃林，大面积的土地已经退耕还林，漫山遍野的小树苗井然有序地排列着。走在沿河公路上，一幢幢豪华漂亮的小洋楼直击眼球，那些创业归来的“土豪”们，俨然已是村里的“成功人士”。昔日破旧的小学校园也摇身一变建起了三层白楼，塑胶操场、体育设施一应俱全，显得容光焕发。在距离镇上不远的地方，十几栋洁白的高楼鳞次栉比，这是今年政府新建的千户移民搬迁点。二妈家是村里的特困户，政府在这里分了一套六十平米的单元房，二妈激动地告诉我她从来都不敢想能住进高楼里。新街在人来车往的喧闹声中更加繁华热闹、绚烂多情。乡亲们都不觉挺直了腰板，个个喜笑颜开。短短几年时间里，家乡的这片土地竟已悄然换上了新装。

历经沧桑的古老村庄，在历史的变迁中脱胎换骨，焕然一新。柏油路在村与村之间穿梭，为村里打开了一条条致富路。家家搬下了高山，户户住进了楼房。乡亲们看病有医保，上学有补助，生活有保障，日子有盼头，到处呈现出一片大好光景。我突然间发现，曾经那个“出门一脚泥，进门一腿灰”的年代已经成为历史，家乡已经发生了翻天覆地的变化。

夜幕降临，华灯初上。远远望去，那一片星星点点的万家灯火让我充满了无限遐想。

（公司机关选送）

冬至随笔

秦 勇

上午突然收到儿子幼儿园的信息：下周一要进行包饺子活动，请家长踊跃报名参加。后知后觉中我才醒悟，冬至到了。

冬至，是中国民间的传统节日，又名数九、冬节、长至节、亚岁，早在二千五百年前的春秋战国时，我们的先人就用土圭观测太阳，测订出了冬至。它是二十四节气中最早制定出的一个，在古代民间有“冬至大如年”的讲法。冬至习俗，因地域不同而又存在着内容或细节上的差异：在中国南方地区，有冬至祭祖、宴饮的习俗；在中国北方地区，每年冬至日有吃饺子的习俗。不要惊讶我的学识，这些都是“度娘”告诉我的。

说起冬至吃饺子，这大概是所有北方人对于冬至最深的记忆了，俗话说得好“冬至不端饺子碗，冻掉耳朵没人管”。从记事起冬至吃饺子的习俗便深深地印刻在了我的脑海里，且每年冬至家中包饺子，必有我的独一份韭菜鸡蛋馅饺子，实在是我对各类肉饺子提不起兴趣，记得幼时抗拒吃肉饺子，甚至一度只吃饺子皮，坚决不吃饺子馅。

记忆中的冬至都是伴随着热腾腾的饺子与家人的欢声笑语中度过，当然也有例外，那是我 18 岁当兵那年，第一次离家远行到部队，那个冬至过得着实难忘。可以想象一群初入军营的小年轻，在家下过厨房的寥寥无几，我们班十个新兵，更是一个懂厨艺的都没有，忽然需要自己动手包饺子过冬至，难度颇大，可出门在外要学会独立，硬着头皮也要上。

首先是学和面。回忆着妈妈和面的场景，依样画葫芦地加水、揉面，揉得胳膊都酸了，却依旧是和稀泥的感觉，于是再加面，干了，那再加水……如此反复几次，换了三批人，终于算是成了，放至一边饧发，开始准备重要的馅料了。

分出两组分别去收拾白菜和猪肉，其余人马则去找适合擀饺子皮的工具。由于和面环节耽误的时间有些多，等我们赶去后厨，擀面杖已经被其他连队借完了，不得已只好找来几个啤酒瓶清洗干净充当擀面杖。

经过一番努力，我们亲手包的饺子终于下锅了。我们按捺着喜悦的心情守在锅边算着时间，时间到啦！

打开锅盖，一片蒸汽腾起，肉馅的香味扑鼻而来，拿着笊篱将饺子捞至盆中，仔细一看却都傻了眼，完整的饺子没几个，饺子皮与肉馅却是分得清清楚楚。那一刻我们都无比地怀念妈妈包的饺子，怀念家的味道。

时隔多年，每当战友聚会，在唏嘘感叹那段军旅岁月时总会提起这段关于饺子的糗事。

冬至这天，也是一年中黑夜最长的一天，至此进入数九寒天，冬季最寒冷的日子也将到来；但同时冬至也是光明的转折点，从那一天起，白昼的时间也将越来越长，黑夜逐渐缩短。有这样一句话“冬天来了，春天还会远吗？”这是英国浪漫主义诗人雪莱的诗作，我很喜欢。没错，冬天是难熬的，是苦难的，但是冬天之后一定会有春天的到来，不论冬天有多长，这是气候规律，也是人类的发展规律。春天是万物苏醒，自然是生气十足的，有希望的，美好的，就好比风雨之后一定会有彩虹一样。

今年的新冠肺炎疫情仍在全球四处蔓延，但“十四五”的宏伟蓝图已经展现，又有无数的无名英雄在为我们抵抗病毒。我坚信我们一定会战胜病毒，最终迎来春暖花开之时。

（机电公司选送）

这个年，我们一起过

邵庆芳

回家过年，是中国人最熟悉、最亲切、最有温度的词语，是最能抚慰身心的文化密码。家，永远是人内心深处最柔软的归处，而年则是这种情感的制高点，时间和空间的聚合成就了一脉传承。

前段时间，一支关于“距离”的MV刷屏了中国人的朋友圈，也撩拨了我的泪腺。本来，我是要回家的，很早就打算好了。我最喜欢看到白发苍苍的老母亲开门时的惊喜，最喜欢看到佝偻着背的老父亲接过行李箱的满足，最喜欢看到弟弟妹妹们大口朵颐我做的年饭的快乐，那种浓浓的亲情是我回家的最大动力。而今年就地过年，这是我来矿区的第一个年，非同寻常的一个。

一个月前，母亲就开始问我，能不能回家过年，而且每次视频必问。自从告诉她可能回不去，她发视频的频率就格外高。我知道，在一年一度万家灯火、阖家团聚的日子里，盼望子女回家的何止是我的父母，普天下父母都一样，都想在团圆的时光里尽情享受家庭的温馨，享受血脉亲情间浓浓的暖意。去年春节离家时的一幕幕画面似乎还在眼前，那些各行各业的人在年还没过完时毅然选择与家人挥手告别，义无反顾踏上返岗的“逆行”旅程。他们也是子女，行囊里也装满爱人的情话，脑海里也缠绕着双亲的白发，眼睛里更晶莹着孩童的牵挂，这些人里，就有我们的亲人、朋友和同事；他们离别时都没有豪言壮语，但步伐却异常勇毅坚定，那份赤诚直抵人心。想起这些，我忐忑又坚定地告诉母亲我的决定，没敢正视她的表情。当然，母亲是理解的，语气里虽有失落与遗憾，但很是支持，并再三嘱咐，干好自己的事情。

腊月二十八，我上了趟街，第一次感受店头过年的氛围。马路边到处挂起红红的灯笼和红红的对联，商店里、超市里循环播放着贺岁歌曲，小摊上油锅里炸油糕的香味，和蒸锅里飘出的蒸黄米馍馍的味道，瞬间调动起人的味蕾，各种我不知名的小吃、琳琅满目的瓜果零食摆满了市场，在这浓烈的烟火气里，年就由这些微小、具体、充满仪式感的美好事物汇成了。穿行在熙熙攘攘的人群里，仿佛整个街道都迷漫着浓郁的年味，像煤城人家自酿的高粱酒一样醉人，有那么几个瞬间，我甚至觉得店头的年还有我们小时候的味道。

夜幕降临，华灯初上，特意拉着爱人把矿区逛了一遍，脚步所到、目光所及，处处洋溢着喜庆、祥和、欢乐的节日气氛。尤其矿区道路两边树上各式各样的灯笼、满天星、发光环，璀璨鎏金，瑰丽夺目，把矿区打扮成“火树银花不夜天”的场景。悠闲地徜徉在绚烂夺目的灯海里，我感受了矿区年味的浓烈；看到我心情大好，爱人不失时机地来了句“矿区比老家还漂亮、比很多县城还漂亮”！

的确，今年的矿区，更比往年，年味更浓，情味更浓，由成千上万职工兄弟姐妹们就地过年组成的和谐大家庭，自然更有人气。为了过好这个与众不同的年，公司各单位提前部署、精心准备的各种春节福利，暖心筹划、细心开展的各种小游戏、小联谊等职工喜闻乐见的趣味活动，既为职工们送上了丰富多彩的文化“盛宴”，也有效增进了大家的情谊。各单位食堂精心准备的品种丰富的美味佳肴，让浓浓的年味凝结在舌尖上，暖了胃更暖了心，让大家实实在在地感受到了家的味道和公司的温暖。

大年三十，除夕。公寓楼道里早早地就传来服务员的欢声笑语，院子里上班的人们井然有序，见面就是新年的问候。被冻得红彤彤的脸上洋溢着新春的喜悦，生活的小美好就在这晨光中开始，新一年的梦想也在这晨光中翱翔。今年和大家在一起过年，感受了别样的年味，别样的温暖，也理解了别样的团圆。正如央视新闻报道中所说的那样，这个年，具有“了不起”的底色。其实细细想来，团圆并不一定是回家，并不一定是那顿年夜饭。团圆，可以是一句温暖的问候，只要真诚地表达了彼此的爱与牵挂，知道一切安好，如此便也足够。

“今生来世，同行同愿，距离远近，一念之间。”悠扬的旋律再次响起，惦念之情依旧，思念之意依然，只是内心更加安然。或许，自来世间一切，都如此这般，以最自然最恰好的方式交替着，以最安静最温婉的姿态变换着，以最清新最唯美的内容传递着。正如这个年，我们大家在一起，心在一起，情不隔离，以矿区为家，把年过出了新的味道，这样想着，心底的暖流像团圆饭桌上升腾出的温度，点燃了新春最美好的祝福。相信我们每个人的付出，都会被岁月铭记，终有一日，疫情消散，春暖花开，那个时候，我们再回家过年。

（瑞能煤业选送）

又是一年三月三

王 栋

“暮春风景初三日，流世光阴半百年”。倘若一个外人在店头镇问一年里最热闹的是什么时候？得到的答案可能和你想象中的相差较远。不是过年，不是元宵，大多数的人们会告诉你是农历三月三。三月三在这里就是一次大狂欢，上到八旬老人，下至一岁乳儿，都会涌到街上参与到这样的狂欢中。

三月三是当地人们口中的俗称，最早是庙会。既是庙会，必然有庙，老人们说过去店头镇有一座关帝庙，每年农历三月三，人们都会去祭祀关公，祈求一年诸事顺利，财源广进。庙会设大戏三天，人们也趁着这个时候把家里的物资拿出来交易。在农耕时代，人们在谷雨节气来之前，买些种子、农具、牲口之类的物资；随着时代变迁，关帝庙也不知何时消失在店头的地界上，但已经形成的交易和大戏一直保留到今天，我们依然可以感受到古庙会的热闹。

在我的记忆中，三月三可以从 20 世纪 90 年代说起。儿时，都是父亲带着我去逛，最热闹的地方莫过于七丰乐园。那时候这里有一座大戏台，大戏就在这里上演，台上人身着戏服，吼着吼了上千年的秦腔，台下数千人坐着看戏，乐在其中。看戏的多是些老人，老太太头顶着手帕，小脚的还不少，老汉们提着烟袋，不时地嘬上一口。我是看不懂戏，因为我不知道那戏腔喊出来的是什么，也不会有人来给我翻译，只是觉得人多的地方便是热闹的地方。在后来的日子里，父亲告诉我戏名：《火焰驹》《窦娥冤》《劈山救母》……我问父亲唱戏的意义何在？父亲说，古代人没有电视机，就是靠唱戏让百姓明白什么是忠、悌、孝、信、礼、义、廉、耻。我当时不太理解，后来书读得多了，慢慢了解了戏中的故事，也明白看戏的意义。对于那个戏台，白天基本不感冒，到了晚上可就有意思的多了。夜幕降临，戏台上垂下了电影幕布，两场精彩的电影是那时候最期待的；搬上小板凳，早早前去占最最前面的位置；抱着一个罐头瓶，罐头瓶子装着糖精兑的甜甜水，在看电影的中间喝上几口，美妙！

在戏台的四周，就是欢乐场了。90 年代的三月三比现在要热闹得多，经历过的人对摸奖中桑塔纳小轿车、中摩托、中彩电肯定不会陌生。刮刮乐大多都是 2 块一张，销售现场异常火爆，“搏一搏，2 元变摩托，拼一拼，2 元改变一生命运。”这样的横幅悬挂在解放车顶，不知道多少人深陷其中，跟着魔一样，不能自拔，更甚者为摸奖大打出手。兴盛一时的摸奖迎合着人们普遍的求富心理，可知，买家没有卖家精，2004 年西安的“宝马彩票事件”改变了中国的彩票史，慢慢地摸奖也就消失在人们的视野里。

马戏团，店头的交流会很久没有马戏团了。在那个年代，看马戏是必备项目，起初的马戏很便宜，2 块钱进到搭好的尖顶大棚里，能欣赏十多种精彩表演。我觉得那 2 块钱的性价比是很高的，精彩至极，个个都是真功夫：喉咙顶钢筋、胸口碎大石、单轮车顶碗、空中飞人、人体悬浮术，惊得人们嘴都合不上，到现在我也不明白那是怎么做到的。还有歌舞团，90 年代人们思想处于被外来文化冲击的时候，歌舞团的美女们穿着相对暴露的衣装，扭着不可描述的舞姿，让我们这些单纯的孩子们直捂眼睛，又不时张开手指偷瞄上几眼。

赵本山在小品里有这么一个段子，“什么运动具有一定危险性？”耍猴！对，就是耍猴，我就爱看耍猴。一圈孩子把耍猴人围成一个圈，那些操着外地口音的人带着几只猴子，再带一只狗，和一堆小道具，手持鞭子，嘴里含着个哨子，还一边吆喝着猴子。猴子们一会站立敬礼，一会骑着自行车，一会列队跑圈，跑着跑着猴子就会抢孩子手里的食物；耍猴的一阵喝止，扬起鞭子要打过来，猴子便以迅雷不及掩耳的速度蹿上耍猴人的头顶抓着头发，把鞭子夺下扔到一边，耍猴人连连求饶，惹得孩子们哄堂大笑。耍上一阵，耍猴人把锣拿着转着人群讨钱，有人放下零碎的一块五毛，有些人转身离开。

交流会上吃的玩的是离不开的。在店头这里每逢集会，少不了几样：炸油糕，水煎包、小笼包、凉皮、凉粉、漏鱼，再就是当地的饸饹。上会一般母亲是不会给我买吃的，最多就是买个糖来哄娃，跟我父亲就不一样了，都是油水，必不可少的就是油糕，还有小笼包，吃了能美一天。接着就是跟父亲去套圈，我的手气从小不错，总能套回来些物件，拿回家时，父亲却让我藏起来不让母亲发现。看似朴实的父亲也有着细腻的心思，毕竟那时候矿上的工资不高，那样的花销母亲是不能接受的。最后和父亲逛会是 2013 年，我给父亲买了很多他喜欢的东西，父亲不要很贵的东西，都是 10 元以下的小物件，他却给我买了一个 20 块钱的葫芦丝。葫芦丝现在也坏了，就剩下一个葫芦头，我摆在电脑桌前，时不时给儿子说，这是你爷给爸买的。

又是一年三月三，今天是三月初一，三天的大戏开始了，傍晚，我带着儿子，把他架在肩膀上冲进熙熙攘攘的人群里看戏，我会给他说，看戏就是让人明白啥是忠、悌、孝、信、礼、义、廉、耻……

（发电公司选送）

且以深情共欢喜

王琳琳

想起又快过年了，忽然就很开心，眼前也越发明朗万千。喜盈盈地抬头望窗外，钻石一样的太阳光芒冲破云层，正灼灼耀眼，回头却被自己独自的欢喜逗乐。新一年来了，自然又长一岁，离年轻又远了一步。不盼新衣服，不盼好食物，何乐之有？反而一岁年龄一岁心的时光打磨，将越来越钝化和蒙蔽原有的玲珑与轻盈。单从爱美和健康的角度出发，无论如何不能算是一件令人羡慕期盼的事情。

仿佛弹指一挥，生命又画上了年轮。想起小时候过新年，最迫不及待的，就是穿上新衣服，小辫上扎起摇曳生姿的花绸子，兴高采烈地呼朋唤友，东家门进西家门出，街头巷尾跑遍，专门看人家贴大红对联，比赛谁能巧读对子，发现奇妙的书法“倒福”……至于那些吃的东西，好像一直不感兴致。

漫漶模糊的记忆里，一直留存着爷爷庄重地挂起煤油灯笼的场景。年年都是那个用竹子、麻纸又或者是红纸，和自制糨糊粘出来的方柱形灯笼，很有些朴拙的意味。爷爷做这些事情的时候不说话，一个人从窑里忙到院子里，慢条斯理地做着各种具有新年仪式感的事务，虔诚地呈现着一代一代沿袭下来的关于新年的规矩和讲究。

因为当时年纪太小，满脑子都是被大人唬住了的敬畏和似懂非懂引发的神秘，都不知道在躬身而行的爷爷手底下默默做了些什么，但我知道有对来年好运的祈福。爷爷在进行那一整套程序的过程中，表情俨然持重，给人庄严肃穆之感，以至于在很长一段时间里，我都有一种偏执的认识，就是新年准备“祝福”事项的时候，有些事情女人是不可以参与“致敬尽礼”的，男女身份有别，有点像鲁迅《祝福》里的祥林嫂不能沾祭祀用品一样。

妹妹不知在哪里偷着疯玩。我不远不近，不离左右，小心翼翼地观察，有时忍不住好奇心想要上前瞄一眼，又嫌碍手碍脚被爷爷轰走。

奶奶总是围着大锅小锅忙碌，生豆芽、蒸年糕，炸油圈圈，卤包头肉……，做好多好多过年吃的东西，石板的锅盖和锅台永远那么干净铮亮。奶奶絮絮叨叨地说着：年三十晚上小孩子不许出去玩，大年初一要说吉利的话；要是碗不小心摔烂了，不能说破了，要说“岁岁平安”；看见饺子煮破皮了，不能像平时一样脱口说“烂”，要说“涨”；给小姑说，不能动针线……

初一早上，每每天不亮，大概三四点钟，小姑就把我和妹妹叫醒了，我俩一骨碌爬起来。她让我和妹妹穿好前一晚上压在枕头边上的新衣服，给我们又黑又亮的小辫扎上漂亮的蝴蝶结，从头到脚打扮得花枝招展，反复叮嘱新年的禁忌事宜，比如太阳没出来前不能掀开柜子门门，不能打开箱子和抽屉之类的，不能拿笤帚扫帚做打扫……我俩只是一个劲儿的应声。小姑说得郑重其事，我和妹妹听得愣愣重视，不知所然而所以然，却记住要说吉利的话做吉利的事，更加诚惶诚恐地知道，必须小心管住自己的嘴巴和自己的小手。

然后，小姑才领着我俩从下窑走到爷爷奶奶住的上窑。爷爷奶奶早就端坐在热炕中间，炕上摆着小方炕桌，参加工作的三姑四姑二叔放假回来了，未嫁未娶的他们和还没有参军入伍的小叔，一起围着爷爷奶奶亲亲热热坐在炕沿上，小姑这时也入了氛围。炕沿下、砖地上早已铺好了棉垫子，单等我和妹妹磕头拜年。我和妹妹也乖巧可人，一一称呼、问候，口齿清晰响亮，嘴中念念有词祝福长辈新年好。说词是预先准备好的，小叔小姑随时做现场指导纠正。哪一句说得不好的，鹦鹉学舌，再嘤嘤一遍。那伸手迎来的每一张薄薄的压岁钱上都浓缩着深沉的尊老爱幼的美好传承，跃动着小人儿听话机灵的情态。彼时，钱钱饭的香味袅袅飘溢，鼓胀的饺子整整齐齐卧在用秸秆缝制成的篦子上，柔和的电棒光辉下映着一张张温柔可亲的笑脸，多么美好！

那样的年少纯真，那样的亲情相念和融洽，那样地对新年敬畏和对长辈的信服，那样俨然的新年仪式，久违了。

倏忽又喜过年，无非是我心里默默牵挂的在职场奔波的女儿即将放假回家，一家人又可以拥有短暂的“家人闲坐，灯火可亲”的温馨与美好场景。

年华阵阵催人老，时间变换了多少画面，人间情意永相随。生活是一场又一场对美好事物的追逐，且把过往的真情凝成光阴的琥珀，让行走的生命熠熠生辉，更加温柔可爱。

在新一年来临之际，愿生活多喜乐，常安宁。在岁末的节点，让我们的心灵轻盈自得，让过去过去，让开始开始。愿我们不忘初心，铭记感恩，且以深情共欢喜。

（煤电实业公司选送）

冬安

刘丹

寒意四起的冬季，北风呼啸过耳畔，冬正在往着深处走去，一年中的四季也将走向末端，说明一年又将过去。年复一年，日子实在过得太快。

记忆里的冬，是平房老屋里的味道，就像是放了一年的军大衣，来年再拿出来穿在身上的味道。冬季里奶奶爱煮苞谷糁，像红薯、南瓜这些个糯性食物会煮得稀烂，佐食的清口咸菜是最下饭的，我常骑在走廊的水泥板上一吃一大碗。后来，无论是烤肉吱啦冒油，部队火锅里咕噜咕噜的泛起的气泡，还是石锅里米饭的滋滋声，再好的饭局都不及这一碗的治愈，可以说食物承载了我对于季节的大部分记忆。

儿时的冬天是食物匮乏的季节，但冰糖葫芦赋予了我们记忆里美食最艳丽的色彩，可谓是北方冬天最独具特色的“甜品”。 金黄色的外壳里面包裹着山楂，酸与甜的融合，颜色艳丽多彩，一眼望去甚是美味。甜甜脆脆的外壳与酸酸的山楂相结合带给我们童年最美好的味蕾记忆。似乎每个孩子都难以独挡糖果的诱惑，即使糖外衣里面包裹着酸酸的山楂。孩童时代最奢侈的冰糖葫芦吃法，莫过于整串冰糖葫芦的糖外衣都被舔得干干净净了，山楂却丝毫未动一口。还是喜欢这样古老的冰糖葫芦，透明的江米纸，入口即化。那个时候傻傻分不清楚，江米纸到底能不能吃？煮过的山楂压成扁片，裹上糖浆冷却定型，经过再次加工山楂的酸度得以中和，牙口不好的老人也能吃上一串。

那个时候，矿区大院里叫卖冰糖葫芦的商贩后面必定跟着一群欢乐的孩童，追着叫卖的商贩跑出好远，才如愿以偿地买到一串。大街上摆摊售卖冰糖葫芦档口前驻足的孩童，眼巴巴地看着酸甜可口的冰糖葫芦，满是渴望。那些似曾相识的画面早已在我们的记忆里远去，连带着那些小小的渴望也离我们越来越远。记忆里的那份美好，似乎一直停留在那里，不曾改变。

孩童时代总是期望时间过得快些再快些，这样就可以像大人一样买自己喜欢的东西，无拘无束，愿整个冬天都能吃到冰糖葫芦，整个夏天都能与雪糕相伴。只是这样的日子真的来临时，我们又总期盼日子过得慢些吧，再慢些最好不过，因为一切又都变了。

大街上叫卖的商贩早已消失殆尽，沿街的档口早已被商铺取代，记忆里单纯美好的味道也变得丰富起来。味道的演变先从做冰糖葫芦的选材上，从原来单一的山楂，到如今拓展到各种水果甚至蔬菜、零食都成为冰糖葫芦原料，不得不惊叹商家的想象力。

小时候并不懂得鲁迅先生在《社戏》结尾里写到的："真的，一直到现在，我实在再没有吃到那夜似的好豆，也再看不到那夜似的好戏……"是怎样的情愫？长大后才渐渐明白，冰糖葫芦就像社戏中的蚕豆一样，每天都能吃到，味道本身也并没有发生什么变化，只是我们吃蚕豆、吃冰糖葫芦的心境变了，童年一去不复返了。

人间充满看似坚硬其实脆弱的关系，牵系彼此的纽带也仅仅是各种移动终端。这个时候最具实感的反而是记忆本身，那些雪夜拥炉的瞬间，那些围绕在一起的笑脸，那些浸润在身体里的食物的暖意。

冬往深里走深，雪也来过。一个人的内心通透明亮，祥和与幸福就会随之而来。与雪对坐，竟生出通透明了之心境。安静下来的冬日，有了更多与自己相处的时间。雪落的安静且欢喜，它的生命是在做一场减法，一件一件地卸落，一样一样地放下。轻盈的身姿，来自内心的空灵。“心容世事而不争，意纳万物且自明。”不争，是一种智慧；自明，是一种慈悲。

一个“藏”字把冬天的神韵刻画得淋漓尽致。“冬藏”，是冬季农家把收获之物储藏起来，也是指某些鸟兽冬季迁徙或蛰伏，还有内养生息之道。盛开与凋零，起落与沉浮，都被内心接纳。安稳于日子，与一些细小的幸福缠绕。

再宏大的生命架构，都是由一点一滴组合起来的。小雪后，冬韵加深。河畔上的风，吹过城镇的街道，北街的繁华依旧。一些老铺常年出售着与光阴有关的故事。

在一丛旧书中徘徊，发黄的纸张上，文字清晰可见。日子是过得很快，幸好所有的过往都还有迹可循，过去的，现在的，都在其中呈现。跳蚤市场里淘出几本喜欢的书籍，旧书是论斤称的。内心的窃喜，在冬日蔓延。暂且把肉身藏在书籍成堆的寻找中，寻找着与自己内心契合的事物，深藏修形，把自己不妥当的言行，及时剔除与修正。

冬日，与父亲闲叙，他总是用“风雪壮精神”来激励我。生命中哪里会没有寒冬？风雪来时，困难处，才是锻炼自己的时刻。行在难时，忍辱负重，咬紧牙关，内修外调，形成自己独特的气质。

每个季节都有着自己的气息，每个人都有着自己的精气神，人活得就是一种气节。一个有志向的人，就算是在风雪中，也会活得精神饱满。

（燃煤发电公司选送）

谁的青春洒满矿山

蔡花滨

绵延的桥山山脉拥有广袤的原始森林，自由生长的植被为群山增添了粗放和豪迈的气概。有谁知道在这样的群山中藏着一片花艳果香的山坡，突然出现的一片景致，仿佛一群淳朴和蔼的乡亲中，赫然惊现一位满腹经纶、谈吐不凡的儒雅学者，让人不由多了一丝好奇和疑问。

不用多说，还是先让眼睛享受一番吧！

一阵叮咚的水声吸引着我的脚步寻找水流源头的方向，一道调皮地翻腾身影，把阳光折射成了一片彩色的光芒。顿时，山多了一丝灵动，沿着水流从山脚往上缓步攀登，石阶两边的青草依然翠绿，山楂、樱桃、石榴、香椿等各种果树和花卉交替出现，刷新着你的眼帘，满足着你的惊奇，惊艳着你的思绪，前面还有什么？是金色的油葵还是樱花？是紫玉兰？还是红枫、紫薇？还是听说过的金焰绣线菊？我知道一定有我喜爱的薰衣草和桂花树，每年的节假日都不用搭车去很远的地方去领略薰衣草的浪漫和芬芳，黄桂飘香也可来此话中秋。思绪飞扬，心情愉悦，脚步轻快，很快到了水流的尽头。那是一道喷泉，喷泉背后的小亭可以让人停下脚步，坐下来，细细张望四周山的变化。

咦，这里还有两座现代化的大棚，不用猜想，一定有他们勤劳种植的有机蔬菜，品种繁多，这个好像早有耳闻了。一阵风儿拂过脸庞，一股清香飘进肺腑，深吸一口气，像极了幼时外婆家豆腐坊的味道，熟悉而又亲切，闭上眼睛，瞬间仿佛回到童年——热爱生活的矿工们在自己磨豆腐。这些都是2018年后，国家启动矿山地质环境治理土地复垦项目工程后，为开拓创新，造福千秋，给下一代留下一座绿色、环保、现代化标准的新矿井，而开发的种类繁多的新项目一角。

起身继续前行，山间流动的绿色摆弄着树和草的腰身，提示着它的到来，些许冰凉，让脚步加快。木质的葡萄架像很有质感的华丽衣料，将一个平常的普通女子装饰得仙气飘飘，耀眼生辉，为周围的风景增添了浓重的一笔，却也将藤条映衬得更加稀疏斑驳；新生的稚嫩树条显而易见，这是今年刚种下的葡萄架，不如枝繁叶茂的中年时期般浓密。脚下石材修砌的步行道，平添了一些高贵，每一步踩下去都有些足下生辉的美妙感觉，规范行人不要随意踩踏花草，这是以前不曾有过的。不可否认，人在高雅的环境中都会自觉维护形象，规范行为，约束自己。

试想，有谁会在高雅辉煌，飘荡着动人的钢琴声和香气的殿堂里，大声喧哗，乱扔垃圾，随意吐痰？而脏乱差的市井小集，则是人生喧沸，吆五喝六，菜叶、餐纸、烟头、痰迹随处可见。环境的改变确实提升了人的素质，无形的规范了人们的行为——不要出现不文明行为。边走边想，不觉已快到山下。

远处走来的两个身影，有些熟悉：一个手中提着箱子，一个身后背着东西。

“你们这是要去做什么呢？”我问道。

“蔡姐，是最新的大疆无人机和全站仪，我们要去航拍新研石山正在施工的现场，还要量一下标高，其他人正在接受矿山救护知识培训。”

望着他们走过的背影，我不尽感慨。是呀！煤矿企业基本都在大山深处，一批批年轻人相继来到这里，很多人和父母亲相距较远，难免不适应。等过些时间，有些人相继成家，随着孩子的一步步成长，教育问题无法解决，又出现很多夫妻分离，孩子寄宿，常年奔波的现象。工作的忙碌不曾让他们担忧，但为人子女该尽的责任义务却没有尽到，老人的病床前，总有缺席，孝心也只是一句空话；为人父，孩子得不到父爱，陪伴感情缺失，上次见时不会说话，下次见面时，快会走路了，家长会爸爸的出现让孩子惊奇到不敢相信是真的；为人夫，聚少离多，让一个个美娇娘变成了女汉子，独挡半边天，甚至顶起了家中一片蓝天……

不错，每个人的青春都是一首歌！谁的人生不渴望精彩？但又是谁把青春洒满山间？学生变小伙，从年少轻狂到成熟稳重，青丝变白发，一路走过季节变化，没有春耕、夏长，哪来秋收、冬藏？

他们将自己的青春洒满山间，变绿了山，变美了矿，变老了自己；但他们不曾抱怨，因为这样才有人生的意义，每一步踩下去都是精彩。如果你也走过，你会发现前行的途中风景很美很迷人。

（双龙煤业选送）

年味

梁平

春节不知不觉在忙忙碌碌中到来，上班路上挂起了红灯笼，照暖了每个黄矿人的笑脸。一年的日子是诗集，春节就是色彩斑斓的封面，封面上画着对过年的期盼，对年后的期许，期盼着家人的团圆，期许着黄矿未来更好的发展……

疫情期间，国家鼓励就地过年，虽然少了往年的热闹奔波，但却多了从容的喜庆。虽然疫情让一些朋友没办法回到家人身边，但是只要心中有家，在哪过年都一样团圆，新时代赋予了我们更多形式的团聚，只要乐观生活，在哪里都是热闹年。

提起过年，大家都能想到团聚，过年特有的喜庆气氛，还有过年精心准备的各种美食，这就是过年特有的味道。对我来说，年味是妈妈炸的麻花，炒的酱辣子，煮的肉；是家家户户门口红红的对联、暖暖的灯笼；是小朋友穿新衣服的笑脸。

“小孩小孩你别馋，过了腊八就是年”，到了腊月，村子妇女们就开始准备过年的食材了。院子用绳串起来的大红辣子串，用剪刀剪成一截一截的，用油一炝，满屋子香味；虽然闻着呛鼻，但还是不由自主地闻一下。搬起门口的石墩子，石墩子里面有一个凹进去的槽，炝干的辣子往里一倒，用石杵头捣起来，一上午工夫，就把辣子捣成细细的辣子面。为了配一些更细致的饭菜，妇女们还得用筛子筛一下，筛选出精细辣子面。我们就等着最后一锅捣完后，把干馒头放到里面，用石杵头继续捣着，馒头裹着石头边的辣子面，一会儿工夫就会变成红色的馍渣，放点盐，吃起来香辣香辣的，这就是我们小时候特有的零食。

年味是大大的油锅，里面热油滚滚，案板上劲道的面条搓成麻花状，面条在巧妇的手底下，变成一个个精小细致的麻花。她们忙不过来时，还会叫上我们这些小孩帮忙搓麻花：咸的、甜的，各式口味都有，放进油锅里，滋滋作响。炸出来第一锅，我们小手都迫不及待地拿出一个，咬进嘴里品尝美味，这也是我们当时特有的年味。

年味是母亲一大早起来洗的红萝卜、土豆，这是我们家乡人过年必做的一道菜——我们县城有名的酱辣子。酱辣子做起来比较麻烦，因为土豆、红萝卜、莲菜都得洗干净切成小丁，这时就是考验妇女们的手艺及耐心；切的土豆丁、红萝丁得大小一致，这样用之前筛出的精细辣子，在配上黑色的豆瓣酱，油起锅，葱姜切成细末，炝出香味，放入各种切好的菜丁，然后倒肉汤，这也是酱辣子好吃的缘由；翻炒着，闻着那个香辣味，白馒头已经掰成两半，就等着酱辣子出锅，咬一口。那个酱香味、辣子味、杏仁味，这就是过年独有的味道。

年味是母亲一锅锅白花花的大馒头，蒸馍头也是我们过年必不可少的主食。面提前发好，这时蒸馒头要比平时注意得多：碱面放多少，提前用小面团在锅底火上烤一下，掰开看看成色，黄了碱面放多了，再闻闻味道，如果酸了就是碱面放少了，一定要把馒头蒸到完美。馒头蒸得好，拿起来轻轻的，捏起来虚虚的，那时可没有膨大剂之类的添加剂，靠的全是妇女们的实力。馒头蒸得好，吃起来也是香的。最后几锅，少不了蒸包子，菜包子、肉包子、糖包子都会蒸一锅。在院子一角，有一个瓮，里面储存着蒸好的馒头，馒头准备得足足的，丰衣足食，希望明年日子过得越来越红火，这就是过年独有的味道。

年味是锅底火苗乱蹿，锅中水没过肉，这属于过年最香的味道——卤肉。父亲一勺勺的撇沫子，滚烫的水在锅中翻腾，肉的原味随着热气充斥着厨房，母亲用白色的纱布缝制调料包，因为锅大肉多，料包缝制得比较大，里面包着各种香料，等料包下锅，锅底再添上更粗的木柴，烧得水咕嘟咕嘟响，香料味随着肉味也飘出来。最后就是放盐，肉香飘出来，骨头上连着煮烂的肉，父亲撕下一块放进我的嘴里，咀嚼着肉香味，这就是过年特有的味道。

小时候过年回味无穷，过年是穿新衣，吃美食，贴对联，放鞭炮，串亲戚；现在长大了，过年意味着团圆，意味着父母在家一年的守候，守候着长大的儿女们回家团聚。大家坐一块包着饺子，吃着年夜饭，聊着家常，只有流逝的时光，没有重来的岁月，所以，只有珍惜每一次过年，珍惜和家人的每一次团聚，若干年后，我们会怀念现在的过年。这就是现在过年特有的年味。

（铁运公司选送）

一声“到”，一生到

李丹

“泥巴裹满裤腿，汗水湿透衣背，我不知道你是谁，我却知道你为了谁……”这是父亲儿时给我教的第一首歌。记忆中在奶奶家的大门上一直挂着一块牌匾，上面写着四个大字“光荣军属”，我听父亲讲奶奶家三个儿子都当过兵。

小时候，在矿区院子里两棵大树或者电线杆之间拉起黑白幕布，我跟小伙伴一起端着小板凳看董存瑞、黄继光等红色影片；父亲也会在茶余饭后给我们讲述军人的故事，那时候我打心里觉得军人就是英雄，是世界上最了不起的人。也许那时候在我心中就慢慢萌发了对军人的特殊情结。

父亲 18 岁在新疆当兵，他总会不厌其烦地给我讲他在军队的训练、工作、生活。三年的军队经历深深地影响着他，直到现在他的被子依旧叠成“豆腐块”，嘴边永远哼出的都是红歌，每年的阅兵仪式他都会早早地守在电视机旁，疫情中他主动加入家乡疫情防控志愿者的队列中……家人担心他的身体反对他整夜坚守，他总是说：“我是党员，更何况我还是军人！”

一时是兵，一辈子都是兵。关键时刻作为退役军人的他在退伍四十年后，每当提到军人、部队、国家，他的眼里总是充满光，这也许就是那一代人的眼睛——他们已经把自己深深嵌入到军人的年轮里，戎装虽脱，军魂依旧在。

后来上大学，一身迷彩装，一声哨响，站军姿，踢正步，行军礼，在短暂的军训生活中让我有机会体会军人的生活，感受铁的纪律。我们晚上席地而坐唱红歌，听着振奋的节拍，在队伍里积淀本色，铸就刚强，融入血液。

回望历史，在那段抛头颅、洒热血、满目疮痍的年代，他们用血肉之躯撑起民族的脊梁；在和平盛世时期，他们不畏严寒酷暑，永不停歇，在高原、戈壁、深山、海岛、边境扎根祖国最偏远、最艰苦、最危险的地方，默默守护，为祖国的安全稳定逆行而上。和平年代默默守护祖国的安全稳定，危难时刻挺身而出，彰显军人的本色。

在第九期业余党校培训中，毕老师在讲授党的辉煌历史时说道：不忘初心，就是要不忘历史，不忘烈士。在盛大的阅兵仪式上，抗战老兵方队让在场的每一位中国人动容，他们身着军装佩戴勋章，默唱国歌，用颤抖的手敬礼；他们满头白发写满沧桑，但依旧精神抖擞，依旧挺拔，正如这盛世，如你所愿，他们用一生绘制一幅“军人本色”的封面。另外，还有用一辈子坚守一名共产党员的初心本色的 95 岁战斗英雄张富清，在云南边境扫雷时为保护战友失去双眼双手的排雷英雄杜富国……峥嵘岁月，永不褪色。他们如灯塔长明，如壁立千仞，他们是“最可爱的人”。

聚是一团火，散做满天星。把时间拉回到 2020 年的除夕夜，一声令下，陆军、海军、空军军医大学的军人奔赴武汉，抗击疫情，从除夕夜抗击疫情的生死驰援，到四川、江西、安徽等地抗洪救灾的生命接力，他们在 35 度的气温下涂泥巴防晒，奋战在一线，连续抗洪 16 小时，脚泡得发白……谢谢你们那么拼命地守护人民的安全，你们是疫情防控，抢险救灾中的“硬核力量”。他们冲锋在前，诠释忠于党、忠于人民的政治品格，是责任，是担当，更是使命。人民需要的地方，他们就从未缺席。

每当看到五星红旗在上空冉冉升起，每当领奖台上中国队员手拉手高唱国歌，每当中国人民解放军铿锵有力、英姿飒爽地走过天安门广场，都让人心潮澎湃，热泪盈眶，感受祖国的强大，感受浓厚的家国情怀。

一身军装，铁骨的模样；一声召唤，永远的担当。正如纪录片《本色》所说：这本色是军人的品格，更是中华民族伟大复兴的无穷力量。是信念，是梦想，是奋斗，是初心，是奉献，是一辈子的心甘情愿。军人的一声“到”，是一生的“到”！

（矿业宾馆选送）

五月有感

李亚斌

五月，春末夏初，天气冷热交替，年轻的小伙子都开始穿上了T恤，而年长的长辈还穿着略微厚点的褂子。今年的五月与以往有些不同，除了前段时间风沙很大以外，天气的多变也让人有些不适应，新闻上报道江苏南通十四级大风突袭，有很多人都受到影响。感慨世事无常，不如笑看风云。

五月的风，裹着我的思绪，鸿毛般掠过山川江河，日月星辰，每一个日子都在循环着它的跃动和安宁，每一朵花历经风雨都在述说着它开谢的过程，每一片云彩飘浮中都游弋于聚散之间。

五月是一幅幅色彩斑斓的画。“夜来南风起，小麦覆陇黄。”“微雨过，小荷翻。榴花开欲燃。”“小荷才露尖尖角，早有蜻蜓立上头。”吟着这些优美的诗句，仿佛游走在五月的美丽画卷之中，使身心感受着大自然的陶冶。

五月的阳光普照着大地，金黄色的阳光透过灰白色的云朵，呈现出淡红色的朝霞和火红的云彩，变幻无穷，美轮美奂。道路两旁，叶色渐深的柳树生长茂盛，好似一把把撑开的大伞，给人们带来舒心的阴凉。微风徐来，轻拂的柳枝，温柔惬意。

五月像一曲曲动听悦耳的歌。白天，蝉儿齐鸣，翠鸟歌唱，“两个黄鹂鸣翠柳，一行白鹭上青天”，清脆的鸟语，悦耳动听。那水势渐涨的溪水，似民乐合奏，欢快地奔向远方。夜晚，乡间最为热闹的是蛙声，青蛙的鸣叫像奏乐一样。

五月的天气像是春姑娘的笑，少了料峭之寒，多了暖暖春意；少了夏时炎炎，多了温和欣然。向四月说声再见，问声五月你好，不为往事忧愁，但愿余生欢笑，希望这个春天所有的遗憾都是夏天惊喜的铺垫，说得真好！不经意间，我五月的心思已经迈着缓缓的步子去度假了。

五一小长假，我回了趟老家，看到了儿时的学校。望望远处的小山，那都是小时候玩遍了的地方；偶遇几个儿时老友，礼貌性地递根烟，话话家常，聊聊生活，看着眼前越来越好的景象，听说着朋友们越过越好的生活，想想小时候的各种辛苦，不禁感慨日新月异。村里的墙体上赫然写着，“幸福生活是奋斗出来的”，我们何尝不是如此，大家何尝不是如此。正是我们一代一代的勤劳，换来了现在的幸福生活。

劳动是可敬的，更是伟大神奇的。我们每一位劳动者通过勤劳的双手，编织了这个多姿多彩的世界，创造了人类的智慧和文明，建成了高耸入云、鳞次栉比的高楼大厦，筑就了现代化的信息高速公路——让地球的大无穷变成了现在地球村，让浩瀚的荒漠变成了绿洲和良田。在这充满真情，充满希望的五月，向全世界的劳动人民致敬。

五月是小朋友的天堂。脱去了厚厚的棉衣，穿上了轻快的春装，到田野里，在操场上，撒了欢儿地尽情玩耍。五月是青年人的韶光，正值干事创业的好年华，在春潮涌动的节日里，执子之手，与子同行。

五月更是全世界人民的日子——五一国际劳动节，愿我们从劳动中分享快乐和幸福。五月承载了家一样的深情，梦一样的美，为五月喝彩，为劳动鼓掌。

（一号煤矿选送）

回家

刘文升

年关将近，母亲说想回老家看看。

记得外爷外婆还在的每年冬天，苹果园里开始人影攒动的时候，母亲都要回一趟娘家。再过几天，等树上叶子落尽了，母亲一边要修剪杂乱无用的枝条，一边又要刮除果树的腐烂，会忙得抽不出脚。

每回一次家，母亲都会提前好几天收拾，翻腾出农忙时的换洗衣物，再蒸上一锅白面发的馒头，买上一条红塔山，称上几斤外婆最讨喜的桃仁糕，割上一刀略显油腻的五花肉……大包小包地做足了准备。

回了家，母亲先顾不得与舅舅、舅妈寒暄，而是径直走向偏房，喊一声“达”，再喊一声“娘”；抹去眼角微微的晶莹，把大大的包袱往炕头一放，看见有什么活，就自顾自地忙活去了。

已入晚年的外婆外爷，腿脚不便，顾不得拾掇家务，与母亲拉了几句家常后，不一会儿就又蜷缩在火炕上打起了小盹。母亲只好蹑手蹑脚地，生怕吵醒他们，看见有什么要洗洗涮涮的，就端起个大大的木桶，塞得满满当当，有些吃力地走向村头的机井旁。母亲顾不得井水的刺骨，就那么“叭、叭”地都捶熟了，漂净了，再让它们都曝在冬日的暖阳下，好好地享受一年中最美好的阳光。每次回家，邻里乡亲的，远远一望，便知道是母亲回来了。那晾干的衣、裤、袄、袍、被、褥子上，都挂着回家的脚步，充满了阳光的味道。在那脚步里，只有欣喜，没有疲惫；在那米黄的阳光里，只有亲情，没有劳累和抱怨。

该洗该涮的都挂在了日头下，母亲就又提着竹篮，放上小镰刀，上地里溜一圈。虽然这地一年也下不了几回，不过到底是自家的地，打小摸惯了的土疙瘩，母亲说就算闭着眼睛，也不会走错的。在地里割一棵卷心菜，拔上几个叶子都蔫了的胡萝卜，清洗过后，再搭配上带来的五花肉，抡起那把老菜刀，“叮咚叮咚”的剁起饺子馅来；再好好地整几个外婆外爷喜欢的硬菜，鲜的、香的，能整的都整些。外爷、外婆老了，守着这片黄土地，不知道还能吃上几次女儿做的囫囵饭。

手头宽裕些的时候，母亲会抽出几张私房钱，给外爷一张，给外婆一张，再给外爷一张，再给外婆一张。钱不多，母亲不能常常伴在老人身边，总担心着舅舅、舅妈农忙时照顾不好他们。她不在的日子，就让外爷能花钱买包好烟抽，外爷没啥喜欢的，也就好这一口，不能省的；让外婆能买些软乎的，外婆的牙齿脱得厉害，能咬动的东西已经不多了，得趁有力气的时候，多咬嚼些。一开始外爷外婆每次都推搡着母亲递来小票的手，说家里啥都不缺，可每次到最后都拗不过倔强的母亲，只是颤巍巍地攒着小票往炕上的大柜子里塞。快过年的时候，母亲便从娘家匆忙地赶回来，我知道，她是放心不下我们的小家。

就这样一年又一年，直到再也见不上外爷外婆。

记得外爷去世后的那次母亲回家，她像往常一样习惯性地喊一声“娘”，没人应。再喊了一声“达”，还是没人应，屋里只有母亲空荡的回音。母亲的母亲，母亲的父亲，都去了。一背过身，就远得再够不着了。母亲径直地又走向了偏房，颤颤地点了三根香，磕上三个响头，站在门槛上，木木地待了老半天。

外爷外婆没把该洗涮的留下，没把一个好胃口留下，也没把一句贴心话留下。私房钱倒留下一叠，母亲接过舅舅递来的裹得像粽子般的手绢，一层一层打开一看，都是自己省下来给外婆外爷留下的小票，母亲突然就哭了，嘴里哽咽着什么，哭得那样伤心。

母亲不知道自己该干点啥？一个家，在一瞬间，变得陌生而遥远。一个家，两扇门。没了外婆，“左门轴”脱了；没了外爷，“右门轴”也脱了。屋子敞着，什么都可以进去，什么都可以出来，就是不像个家了。母亲晃过神来，从来时提的包裹里翻了翻，对着遗像，给姥姥放了叠桃仁糕，给姥爷摆了包红塔山；又续了一股子香，烟白白的，袅袅的，恍如隔世的想念。外婆在哪里？外爷在哪里？他们都过得好吧！

年关将至，我也该回家了。包上两个大大的红包，带上父亲喜欢的红双喜，再买点母亲爱吃的桃仁糕……每每这时，母亲收拾东西回娘家的情景，总是不停地浮现，这种感觉，我想此刻的我和那时的母亲应该是相似的吧。人在“小”家，心里总挂着“大”家，这份思念、这份歉意唯有回家才能得到些许平复。

活在世上，人这一辈子，能喊多少声“父亲”？能喊多少声“母亲”？喊一声，就少一声吧。说不定哪天，想喊，却没人听了。

回了家，见了父亲，见了母亲。放下早早准备好的行囊，喉头哽动，却无声。多少个父亲，多少个母亲，此时一股脑地一齐拥挤在了喉头，失语。

（一号煤矿选送）

走一趟人间，寻四季

吕怀宝

浮世万千，吾爱有四：一为春，二为夏，三为秋，四为冬。春有她的温柔，朝气，旭日待发；夏有她的灵动，热烈，千娇百媚；秋有她的饱满，张扬，渐染山河；冬有她的庄重，内敛，耐人寻味。喏，你看这四季，在各自的时令里绽放迥然不同的美丽，同样让人欢喜与期待。

春，是屏着呼吸悄然而至的，你且走进大自然里，万物都有春的印记。从第一缕照在山涧残冰上裹挟暖意的阳光，从石缝里探出身子东张西望的野艾草，从山野之间上了桃花妆的桃红柳绿，都在告诉我们，春来了。中国人的骨子里自古就涌动着浪漫因子，所以春天之于古人，是叶绍翁笔下那枝按捺不住性子从园中探出身形的红杏，是王安石笔下又绿江南岸的那股春风，是高鼎笔下草长莺飞之时放学早的儿童趁着东风放起的纸鸢……而于现代人，寻找春天，是这个季节能够忙里偷闲最冠冕堂皇的理由了。

耐着性子等一场春雨过后，春的气息更甚。携三五好友，背着吃食，寻一处人烟鲜少的山野，和大自然来个亲密接触。枯黄了一个冬天的山川在春光的照拂下生出星星点点的绿意，沉寂了一个冬日的雀鸟，也因为春日的暖意活跃起来，灵巧地从这棵树飞去那棵树，叽叽喳喳地仿佛想把攒了一个冬天的话悉数说完。运气好的话，说不定还能寻着水声找到一潭清净的泉水，虽还带着几分凉意，但喝上一口，也顿时能让人有气爽神清之感。此番出游，如若随行有爱美的姑娘，一定会抽几根柳枝，再从路边采上几朵颜色各异的花朵，巧手一转，编一个新奇漂亮的帽子，满足地戴在头上，盈盈一笑，仿佛春天的光华都被她带在发间。

相比春天的柔和，夏天就闹腾了许多。一到六月，夏天就迫不及待地带着各种声音铺天盖地地席卷而来，瞬间吞噬掉春天苦心孤诣营造的清净感，风声、雨声、蝉鸣声、虫蛙声，俨然一首节奏鲜明的交响乐。如果说春天是一幅意境深远的山水画，那夏天绝对算得上是一幅浓墨重彩的西洋画。夏天，这个离经叛道的画家，恨不得把色盘上所有的颜色全部投注其中，不信，你瞧——清晨，又红又亮的霞光像一片片熊熊燃烧的火焰，掩映东方的日光；正午时分，烈日照耀下的树叶精气神更盛，一树一树的绿，渐渐铺满长长短短的宽街窄巷。女孩对色彩高超的演绎能力与生俱来，乌黑的长发，雪白的裙角，蓝色的衬衫，细碎的花裙，旖旎生姿，摇曳过街头巷尾，更为多彩的夏日添了几分亮丽。

每逢夏日，我的记忆总会不自觉地回到年幼时的夏天。和同伴趁着天气晴好，在小河里捞鱼翻蟹；尽兴之后回家就看到外婆晃动着小脚颤颤巍巍地从水井抱出冰到恰好的西瓜，母亲笑呵呵地接过，刀起瓜落，那时总疑惑家里的西瓜怎么总有葱姜蒜的味道。日落时分，顾不得把书包放回家，就跑去村口的榕树下看老人下棋，虽看不出门道，但每每看到一向沉稳话少的隔壁老李头，在棋盘上为一兵一炮争得面红耳赤的样子，总让我觉得象棋一定有返老还童的神奇功效，能让七十岁的老头变成争强好胜的孩子。等到夜晚，当是一天最惬意的时候了，一家人坐在门前的槐树下纳凉，爷爷吧唧地抽着老旱烟讲着自己年轻时走南闯北的奇闻逸事，外婆挥动着旧蒲扇时不时哼着不知名的家乡小调，皓月当空，漫天流萤，一股风吹过携着不知名的花香，是我记忆当中最浪漫的时刻。

秋，是趁着夜色风尘仆仆地赶来的。或许是某个清晨，第一缕阳光投射在绿草地上，星星闪闪的光亮让人定睛一瞧，才知是霜落。秋天一到，景致变换了一种美法，一阵风过，书上所说的落叶归根便以一种直观的方式在眼前演绎，让人心中略显寂寥，但那不过一瞬，转身枫叶的炽热火红以及银杏的澄澈金黄让人徒生出天高地阔的豁达。但和枫叶相比，我其实更爱渐染金黄的银杏，百花尽谢，银杏便开始独自施展美丽。秋风吹过，一场空前绝后的黄金雨便肃然而下，在恰巧经过的路人心间荡起层层涟漪。唐代诗人刘禹锡在诗中写过：“自古逢秋悲寂寥，我言秋日胜春朝。”或许在刘禹锡看来，之所以秋日胜春朝，便在于秋天是成熟收获的季节吧！农家人的秋天是写在脸庞上，藏在院落里的。这时候的乡下，村落尽空，只闻犬吠声，反倒是田间地头热闹得好似一年一次的庙会：男男女女的脸上洋溢着同样的喜悦；年岁较小的孩童学着大人的模样，动作生硬又可爱；地头年近半百的老人望着这一派忙碌场面，皱纹随着嘴角的笑意又深了几分。金黄的玉米被剥落出来，大堆的玉米棒闪耀在晴空白云下，给秋日又添了几分色彩。等到秋收之后，田间庄稼割尽，大地的脉络显现在天地间。秋山高，秋水凉，秋色渐染山河。

冬天，是从一场蓄谋已久的大雪开始的。一到十月下旬，温度便开始下降，风也开始变得凛冽，就连原本规规矩矩的天气也时不时阴晴不定，仿佛都在为这场雪的到来做足准备。大自然总能如约而至，铆足了劲儿来一场声势浩荡的大雪，几个时辰的功夫就把天地之间变成一片白色。街头巷尾的小贩也在大雪过后开始扯着嗓子吆喝；烤红薯、炒栗子的热气在寒冷之中升腾而起，勾引着行人对于美食的贪欲。小孩子们不约而同地站在摊位上对父母一阵软磨硬泡，如愿拿到自己中意的吃食后顾不得滚烫，狼吞虎咽地一扫而空；而后便呼朋引伴地寻一处空地：打雪仗，堆雪人，滚雪球，常弄得满头都是雪，自己反倒成了雪人。

梁实秋的冬天，是在结了冰的什刹海放肆溜冰；郁达夫的冬天，是在山水温婉的江南小镇散步，抑或寻一处青砖白瓦的酒家喝点小酒；而我的冬天，是母亲炖下的一碗热乎羊肉。故乡在榆林的一个小村落，记忆当中故乡的雪从来都下得猛烈，一场雪过后，小小的村落静默地存在于天地之间，这就到了吃羊肉的时候了。母亲在我们姐弟三人的催促下，不慌不忙地拿出那口炖羊肉的专属铁锅，锅架在灶台上，下面用柴火烧着。十几分钟后，水开始滚了，一块块羊肉和料包在水里翻腾着、打转，香气随着热气在屋里散开了。灶台很高，母亲得常常踮着脚，侧着身子，从热气腾腾的锅里伸进筷子，夹起煮好的羊肉，放在旁边的小锅里进行爆炒，炒好后再一一放进我们的酱醋碟里。那时候鲜少有吃肉的机会，所以总是顾不得烫就往嘴里塞，唯恐自己碗里的肉会被姐姐夺去。后来走南闯北去过很多地方也吃过不少羊肉，但最惦记的还是母亲那口铁锅炖出来的味道。

走一趟人间，寻四季！春花秋月，夏蝉冬雪，循环往复，一年又一年。在这四季的诗意中，去爱纯粹的善良，去爱醒着的滚烫。有诗意相伴的四季，春夏秋冬，岁月长河，便是好时光。

（一号煤矿选送）

槐月

田东旭

“槐月”即四月的雅称或别称，顾名思义，四月便是槐花的主场。的确，有烟花的三月下扬州的南方，而作为土生土长的北方人，似乎称三月为春还言之过早，印象中四月才是草长莺飞、暖阳温和，一片春意盎然。

拣出一个好天气，邀上三五个亲朋好友，一起去踏春郊游。驱车从店头小镇沿着蜿蜒的七里坡山路往上爬，道路两旁，漫山遍野，目光所及皆为绿意；山中各种山花、野花，都争先恐后，兴高采烈地迎着行人，倾吐着浓烈的春意，一心想要得到“春姑娘”的芳心。此刻，轻摇下车窗，鼻翼翕动间，一股熟悉清香钻鼻而来，香味中泛有淡淡的甜味，没那么浓郁，沁人心脾，令人身心放松。没错！是洋槐蜜的味道。寻味望去，一大片洋槐树挂满了素白的洋槐蜜，几十朵为一串，几百串为一蒲，树干和树枝已经被完全地笼罩住，只留有树原有的型样，远远望去像极了一场集体婚礼现场穿着蓬松婚纱的新娘子们，在等待她们的爱人。果然，四月的槐花才是春的心中所属。

“到了，到了，就这吧！”朋友的一声吆喝，把我从美景中抽回，才想起今天的目的——采洋槐蜜。许久未这样出游，何不先好好欣赏一番这美色！站在这里一看，真怪，山简直变了样，山的形态与山底和山腰大相径庭，重峦叠嶂，一座座山峰呈墨蓝色，一层薄薄的淡雾轻轻地笼罩着，近处的山披上绿装，远处的山显得更青翠，大有“青出于蓝而胜于蓝”的态势。从小就很喜欢站在山顶远眺，心中的快乐、愁绪、兴奋、悲伤，大山就是适宜的倾诉者，偶尔兴起，还可以对着山川大喊几声，几秒后便会听到山川的回音，似乎在与你交流对话，恍惚间竟有一份穿越的激动。

“你快点，看啥呢？赶紧帮忙！”朋友又一次督促，回头一看收获不少啊！赶紧上前接过朋友手中的自制武器，一根长竹竿顶端绑上镰刀，用起来得心应手，轻而易举便可手起刀落，洋槐蜜就乖乖地从树梢上滑落。那种快意恩仇、潇洒不羁，又何尝不是一种很好的解压方式。

“你看你们采的这是啥啊？这盛开的洋槐蜜，没有花骨朵做出来的麦饭好吃。”母亲指着我们的收成说道，原来这也有门道啊！借此时机我们也就地休息一会儿。这会儿只见几个小孩子从树的低处，摘下一串直接放进嘴里，轻轻一捋，一串满满的洋槐蜜瞬间只剩下一根孤独的花柄，再看小孩，那一脸的满足感。于是我也顺手从袋子中抓起一串，以“吃鱼只吐骨头”的方式，一捋一嚼，满口的香味直通鼻息，淡淡的甜味抚慰每一颗味蕾。还是原来的味道，无论世间变幻，沧海桑田，大自然的馈赠又何曾变过？稍做休息后，继续采摘，不多会便收获满满，没地方盛，就索性连枝带花一同塞进后备厢带回家。

回到家，就是母亲大显身手的时刻了，择花、清洗、拌面粉、码好、上锅开蒸，一气呵成！洋槐蜜上笼的空隙，母亲抽闲用香葱、红青椒、大蒜、香菜、秘制香料，再拌上调料，然后在料碗的最上方放几勺辣椒面。最后一步画龙点睛，烧热底油，“嗞！”的一声，香气四溢，馋得人直咽口水。片刻过后，洋槐蜜出锅了，我先抢个鲜尝上一口，外裹着的面，既糯又不失劲道，咬到中心的洋槐蜜与生吃相比，更是另一种风味。拌上料碗，酸辣中带点洋槐蜜的香甜味，稚嫩爽口，让人回味无穷，口舌生香。

槐月，又是一年槐花开，那种扑面的亲切和熟悉，让槐花也浸染上人间情思，惹上回忆。洋槐蜜，也许没有桃花万紫千红的风姿，也没有海棠压梨花的霸道，更没有牡丹国色天香的贵气，永远一身素朴白，连香味都怕抢了别人风头的淡雅，这是最凡俗的，而又是最接近幸福的。

（一号煤矿选送）

童年的游乐场

张 毅

伫立在外公家门口，阵阵桃花香扑鼻而来，而地上杂草丛生，这还是我熟悉的地方吗？

远去的画面不断在脑海闪现，1997 年暑假，妈妈带我和姐姐去熬娘家。我们发现，外公家是一个妙趣横生的游乐场，自那以后我们魂牵梦绕，再次期盼着暑假的到来。

游乐场里自有天籁之音。早晨，太阳逐渐洒满被子，麻雀叽叽喳喳地在树上欢蹦乱跳，知了“呜哇呜哇”地唱着欢快的歌曲，厨房里刀俎、攀谈声不断交织，我和姐姐极不情愿地被交响乐奏醒。现在，我才明白大人为什么没有瞌睡，那是责任让他们早起，而我们依旧沉浸在幸福的被窝里。

我和姐姐迅速爬起来，顾不上洗漱直奔杏树，姐姐站在树下皱着眉头品尝不被太阳喜欢、有点酸溜溜的杏子，而我爬上树梢大快朵颐金灿灿的杏子，香甜的汁水瞬间从舌尖流淌，黄彤彤的果肉塞满唇齿，几乎感受不到一丁点渣。发现姐姐可怜的样子，我时不时抛几个杏，她直呼：这就是天上和地上的区别吧，我也想学习爬树！我私藏一些杏子于上衣与肚子之间，将甘甜共享给外婆、外公、妈妈。外公估摸着我们吃杏的时间，随后吆喝着：狗娃们赶快下来，桃吃饱、杏伤人，我们乖乖地回到屋里洗漱。刚去这十天，摘杏、吃杏成为我们生活的主旋律。

姐姐期盼着领略树梢的风景，兴冲冲地被我扶上了杏树，可是当她站在树枝上却两腿发抖，不得不返回地面。我灵机一动，将家里的高脚椅搬来放在离太阳最近的树枝旁，我一脚紧踩高脚椅，一手扶着姐姐，让她终于品尝了被太阳喜欢的杏子。甘甜的汁水浸透着她的心田，她的脸上终于露出了喜悦。

吃杏仁也有趣事。我们使用斧头敲打杏核，有时它到处乱串，有时它四分五裂，有时小手被斧头“亲吻”；这之后，要么半天吃不到杏仁、要么杏仁破烂不堪、要么小手疼痛不已。外公发现端倪后，传授了他的绝招：用绳子套着杏核，再用斧头轻砸杏核，结果杏核规规矩矩地接受“教育”，杏仁面带微笑地与我们见面了，屡试不爽。随着红砖与杏核的多次磨合，红砖被磨出一个深坑，大小、深度刚好适合杏核躺在里面，我高兴地吆喝着：“外公，绳子被解放了，它不再像我们的小手一样忍受疼痛了。”我硬拉着外公去参观我发现的“新大陆”，外公乐呵呵地笑着，此后杏核有了自己的“车位”。

我们已有13年未吃到外公家的杏了，但那香甜的味道，爬树的乐趣，砸杏核的趣事一直刻在记忆深处。你在树梢、树底品尝了味道各异的杏，领略了不同风景，但杏喜阳还是喜阴有它选择生活的权利，只是我们的角度不同罢了！

（一号煤矿选送）

关于民谣的我的世界

李洋

从不曾偏爱过任何一个东西，直至遇见了民谣，一出现，便温暖了我的整个世界。

大多数人印象中的民谣，没有过多的乐器加持，也没有华丽的辞藻修饰，形式单一，表达的内容也很空泛，总觉得没什么特别明确的含义，能听懂它在说什么，但却无法真正理解，总之，它很小众。可对我来说，这从来不是它的缺点，反而是特点，正是因为这样的音乐形式，才让我觉得随性、真实，可以毫无顾忌地徜徉在任何一段民谣的长河里，天马行空，尽情释放心中的灵性。

“蝴蝶眨几次眼睛才学会飞行，夜空洒满了星星有几颗会落地……”这是小时候我印象中最深刻的一句歌词，虽不是民谣，却给了我无尽的想象，也成为我陷入民谣的开始。

大学期间我参加了许多社团，但一直坚持到最后的就只有吉他社了，我学得很浅，只是会弹唱，就是这个时候接触到的民谣最多。慢慢我发现，无论处于哪一种心情和状态下，都能够在民谣中找到自己的影子。于是，孤独的时候有陪伴、难过的时候有安慰、开心的时候有分享……它就像是一个熟悉的老朋友，不挑人，不挑时间，在你有需要的时候总能第一时间出现，给你满满的安全感。

和大多数人一样，我也热衷于抖音、网易云这些软件平台，不过基本上都是在搜寻自己感兴趣的东西，尤其是遇到原创的、有共鸣的民谣歌曲，就真的是如获珍宝，于是便果断地收藏和关注，随时随地去倾听他们的故事，感知他们的温度。这其中最享受的时刻就是插着耳机看歌词了，跟随着歌声，我可以游历祖国的山河、尝遍天下的美食、拥有神奇的魔法、扮演不同的角色、体会南方姑娘的温婉，北方姑娘的豪爽、为失恋的人惋惜、为彷徨的人惆怅、感受北上广的霓虹、回忆校园里的青春……我想，我便是这样爱上了民谣。

有时候很庆幸民谣是小众的，我把它看作是“属于我的东西”，并不希望它过多地被曝光。喜欢的人自然会去默默地喜欢，就像我一样。

对于我来说，单板吉他弹唱出来的民谣，更容易让我进入到歌词的意境里：若是欢快的，便可以跟着拍手、哼唱；若是抒情的，就跟着去体验一次人间的冷暖或者诗和远方。

“从前的日色变得慢，车马邮件都慢，一生只够爱一个人，从前的锁也好看，钥匙精美有样子，你锁了，人家就懂了；你是我患得患失的梦，我是你可有可无的人；幻想着被风吹上天空，得到片刻梦寐的自由；三月的烟雨，飘摇的远方，你坐在空空的米店，一手拿着苹果一手拿着命运，寻找你自己的香……”这是不同民谣里摘录出来的歌词，是我所珍惜的东西，每一次的触碰，都会给我带来充实和自由。

这里有我和有道词典之间的一个小故事。之前是为了刷网课，考四六级才下载的软件，突然有一天，我点开了一个每日一推学英语的小窗口，结果就打开了新世界的大门。这个窗口里是以国外的民谣为基础带动大家学英语的，很惊喜，原来国外的古典民谣也如此好听，歌词的内容也很丰富，充满了童话色彩，这让我再一次感受到了民谣强大的魅力。庆幸的是，留言板里有很多志同道合的人，他们会继续推荐自己听过的国外民谣，每每接收到他们的分享，我都会由衷的感谢和满足。

不知从何时开始，外面喧闹的世界已不再让我蠢蠢欲动，我开始有了自己的生活节奏，也有了自己喜欢接触的事物，内心也变得强大，更不再依赖他人了，这是民谣给予我的力量。而我想把这份力量分享给每一个人，我相信，我们都会成为最好的自己。

（应急救援中心选送）

五　浅墨浓香

有人说，了解一个人的可靠方式，最好是读一读他们记载自己的成长经历和对世事人生的感想、感受以及感慨的文章。

这一辑作品，是我们的矿工朋友在朴素的生活中，眼含日月星辰，心有繁花似锦。这里有对如山父爱的深情赞美，有闲情偶寄的情感诉说，有对人生取舍的思考，有对未来的美好期许……字里行间，表达着真情、真性，浸染着温润、洒脱；篇篇文章，从细微处，道出对美好生活的启悟与珍爱。

包产到户那年的“龙口夺食”

曹石峻

清明节的一场春雨过后，白鹿塬上的小麦，“呼”地一下子长高了，别说能遮住老鸹，就是狼和野猪藏在麦地里，也很难被人发现。

习惯于早起的人们，有的在街道和巷子里来回地转悠，有的待在自家屋里，焦急地等待着村东头涝池沿儿上、挂在大皂角树上那上工的铃声敲响，左等右等也没听见铃响。以往这时候，社员们早都下地了，突然间没有了铃声，人们都能估摸出个八九不离十。

吃过早起饭后，全村的老汉老婆小伙子，婆娘女子们，都集中在大队队委会门前的大操场上，听乡政府的干部来村里召开社员大会，传达包产到户的文件。大家有的坐着小板凳，有的站着，有的圪蹴着，由于是礼拜天，一些中小学生也跟着来旁听。会场上鸦雀无声，就连平时一些爱胡说乱编的，今天也把嘴巴闭得紧紧儿的，唯恐听不清楚。

在极其严肃的气氛中，文件终于传达完了。会场上并未见到拥护的鼓掌，却是七嘴八舌，议论纷纷。包产到户搞单干，只是人们在睡梦中听说的事，今天却变成了现实。

搞单干，对于一些强壮劳力多的人家无所谓，而对于劳力少的人家、体弱多病的老人，和男人在外面工作吃商品粮、女人在家务农的“一头沉”的人们来说，就不是那么容易的了，大家全都是愁眉不展。再就是从互助组到初级社、高级社，一步一步地从人民公社集体主义大道上走来的广大党员和团员们，一下子要迈步到包产到户的小路上去，他们思想上的这个弯子，一时半会儿也很难转过来。

社员大会结束后，队长端着木梯子爬到大皂角树上，将响了几十年的上工铃卸了下来。树底下围了一圈人，有的说：“不要卸，留着它往后也是个念想。”有人说：“人民公社都没咧，马上就要包产到户了，留着它叫人心里反倒不好受，干脆卸掉算咧。”

队长从树上下来，肩上扛着梯子，将卸下的铃提在手里，他心里的五味杂陈，社员们都能猜得出个半斤八两。毕竟是他带领着大家在人民公社集体主义的道路上，冒风雪，迎春寒，苦战了这么多年。

六婶手里拿着小板凳，迈着她那小小的小脚，边往回走，边自言自语：“姑娘们都出嫁了，剩下我这八十几岁有气无力的老两口子，往后的日子可咋过呀？”五婆、五爷那就更发愁了，他们是烈属，大儿子五十年代初，在甘南藏族自治州剿匪时牺牲了，俩老人早已上了年纪，总不能把在省城工作的小儿子叫回来种地吧。

像六婶、五爷、五婆这些老人，多年来，秋夏两忙，生产队一直都在关心照顾，同时给老人们派一些力所能及的轻活干。现在生产队立马就要解散了，往后这些老人们的庄稼究竟咋样种，确实是一个非常头疼的问题。

土地马上就要下户了，队里通过民主选举，由队长、小队会计、党员团员和德高望重的老人，组织成临时的分配小组，将土地和牲口进行分配。五六户人家分一头牛或驴，八九户人家分一匹骡子或马。可耕地，远地近地，以及鲸鱼沟里的梯田和坡地，按照一二三类、人口多少进行平均分配。

分地分了牲口后，临时分配小组又分了生产队的麦秸积子，分了仓库里的储备粮，分了库存的化肥，分了留给牲口吃的豌豆杂粮，分了饲养室后面的大粪堆子；卖了小四轮和55型拖拉机，卖了电磨子；临时分配小组还将未出栏的6头猪杀了分给各家各户。剩下装粮食的麻袋口袋，碌碡，尖杈、刮板等，进行抓纸蛋儿，运气好的抓到一条麻袋口袋，或尖杈、刮板，手气不好的人家啥也没抓到。

有人大耍脾气，“当年我家可是拉着骡子，曳着碌碡进社的，社长还在社员大会上多次表扬了我家老爷子。今天却是抓纸蛋儿，傶也没抓到，这到底还公道不公道？生产队现在解散咧，为啥不把我家的骡子和碌碡还给我？”

有人在一旁随和着：“咋可不是，生产队干得好好的，现在突然要搞单干，叫我说，这纯粹是在胡折腾。”

有人在一旁喊叫着：“说的对，从互助组到人民公社，这几十年是容易的吗？把我们辛辛苦苦攒下的家当，就这么葬完咧。”围观的人们，你一言他一语，说啥话的都有。

立夏过后，天气一天天地变得越来越热，麦子、豌豆开始扬花了。阴历三月二十八的农忙会来到了，人们都去会上购置农器家具。会上的街道两边，夏收夏播所需要的农具应有尽有，各人买上自己要用的杈把、扫帚，筛子、筐篮、簸箕、麻袋、口袋等，这是自进社后，塬上的庄稼人第一次为自家购置了这么多的农具。上会的乡党们买上一碗碗神仙粉和饸饹面品尝着，六婶端着碗嚼咧一口，瞧着自家买的那些农具，一想到就要搞单干了，咋咽也咽不下去。偏岸儿的乡党们看着六婶那忧愁的表情，都走过来劝她不要发熬煎，老人们的困难，乡政府的领导和村里的干部都不会视而不管。

眼盯着麦子一天天的黄了，临时分配小组又将碾麦场进行划分，人口多的家庭，分的场面子是又宽又长，人口少的人家分的全是些窄溜溜。人们把涝池水一担一担地担来，泼到场面上稍晾后，撒上麦秸灰，推着碌碡，来回地反复地，推来推去，边光场边议论。劳力多的人家喜眉笑眼，劳力少的人家愁云满面。分田到户后的第一个夏忙，对于没劳力的人家来说，简直就是一场残酷而严峻的考验。

随着黎明前“算黄算割”的叫声，麦子全都黄了。包产到户后，乡政府的领导和干部也不下队了，村外官路上再也见不到城里支援夏收的工人、教师和学生们过往。

五爷的小儿子向单位请了假，回来帮二位老人收麦子。在去地里的路上，有人说风凉话，“我只说今年夏收城里人就不支援了，可有些吃商品粮的还把咱农民没忘，到底还是回来了，还算是有点良心。”有人紧跟着冷嘲热讽：“以后他吃商品粮的人，想拿钱买工分弄不成咧。”

包产到户后的割麦子，不像生产队时的一切行动听指挥，集中优势兵力打歼灭战，而是各家各户，各自为战。一望无边的田野里，见不到往年那你追我赶的热火场面，人们都在自家的地里，不紧不慢地忙活着。一些上了年纪的老人干不了活，娃们的都还很小的人家，将十一二岁男娃女娃，全都赶到地里，管你会割麦不会割麦，给一把镰刀让他在地里晒太阳。

割到快吃早饭时，地上头那边传来了两家人的对骂声。女人说男人偷着把界石挪了，男人说女人多割进来一尺，伤咧他家的地，俩人骂得是一个比一个厉害。这家的姑娘骂那家的儿媳妇，那家的婆婆骂这家的姑娘，双方骂得是不可开交，在地里忙着割麦的人都停下来看热闹。有人在一旁议论：“这就是包产到户带来的结果。”

三哥初中刚毕业那年，就早早地出门参加工作了。往年他是在外地给人家支援，如今包产到户，他爸年迈已干不动了，他只得请假回来。村北边后岸子岭上那两亩八分地，三哥一个人整整割了三天。在他看来，这速度也相当地快了。可他爸非但没表扬，竟然是诀个不停。老人家拄着拐拐，站在地边头，嘴里不停地嘟嘟囔囔：“要是在往年，这两亩八分地，我一顿饭的工夫就割完咧。”

三哥他爸就是不说今年雨水及时，麦子长势好——扬花时没下雨，立夏后天气热阳光好，麦穗子又长又大，麦杆子又高又粗，不到三米就能割一个麦个子，只是一个劲儿地诀。他爸就是再骂，三哥也一句嘴不敢反。旁边地里的人看不惯，招了嘴：“娃在外头工作十几年，没做过农活，能干到这程度已经很不错咧。你老赶紧回去，不要在这儿当监工咧。”老人这才拄着拐拐慢吞吞回家去了。

六婶和她老伴天没亮就拿上镰早早地来到地里，一直割到吃早起饭时，才割出头，把老两口子干得是腰酸背疼。六婶放下镰，一屁股坐到麦茬地里对她老伴儿说：“真没想到，世事变咧，世事变咧，老咧没用咧，光能吃，不能干，往后的日子咋过呀？”

在这关键时的节骨眼儿上，六婶的三个女婿赶来咧，割的割，拉的拉，三锤两棒就割完拉完咧。周围的人都眼红，说六婶老两口命好有福气，要了仨好女子，女婿们一个比一个能干，两下子麦上场就到忙罢咧。他们哪里晓得六婶老两口的苦衷。

麦子总算是割完了，但将睡在地里成堆成堆的麦个子往回拉，也不是一件容易事。分到牲口的人家套上马、牛、骡子往回运，有人着急等不到牲口，就自己下手用架子车往回拉。塬上的土地面积宽广，要想将麦子拉回到村外的场上，至少也得走三里多路。对于年轻力壮的小伙子来说，那是不在话下，可对于老的老，小的小的家庭来说，就不是那么容易的了。老人们只得自己拉架子车，在软绵绵的麦茬地里，一步一步艰难地走着。天不下雨还好说，要是飘上几星子雨，那个难场劲儿也就可想而知了。

麦上场后吃罢晚饭，人们将席片子铺到场上或架子车上，经济条件好的人，抬上一个钢丝床，躺在上面休息守夜。月光下，大家抽着烟，喝着清茶，一边休息，一边谈论着包产到户后发生的事。五爷的小儿子给大家伙讲新疆建设兵团的联合收割机割麦，麦颗儿是麦颗儿，麦秸是麦秸，一大片地，打上几个来回就割完了。一些老人听后自言自语："要是那联合收割机能早点儿开到咱塬上来，也就把我们这些老家伙给解放了。"

麦上场后赶紧要安秋种苞谷。时间不等人，为了早种早收，一大清早，人们套上牲口就往地里去。当初分牲口时分到枣红马的那几户人家，刚把马牵回去没几天，马就永远闭上了双眼。这匹马干了一辈子，早就应该"退休"了，可偏偏赶上包产到户，它在"继续革命"的小路上还没迈出半步，便寿终正寝了。这几户人家只能是娃娃扮演枣红马曳犁，男人扶犁，女人点种子，重演着那原始的耕种方式。

分到老黄牛"三合成"的那六户人家就幸运了，"三合成"是一头忠诚老实，勤勤恳恳，任劳任怨的劳动模范，它给这家种了又给那家种。人常说："鞭子打的快牛"，吆犁人的鞭子打得它不快也得快。人们都为了抢种，没顾得上让"三合成"及时休息；饱经风霜的它，为生产队“生儿育女”，在人民公社的大家庭里干了一辈子。可怜它又饥又渴又劳累，终于在包产到户的小路上，也流完了最后的血汗，倒下去就再也没有起来。

苞谷种完了，接下来就是摊场碾场。太阳刚刚从东山那边升起，人们就已将麦个子解开全摊在场上。大家还未开始碾场，六婶家的麦颗儿已经全抛在场上晾晒了。快到晌午端的时候，场边头开来了一辆解放牌大卡车。五爷小儿子单位的领导带了十几个小伙子来塬上办事，顺便来看望五爷五婆，再捎带着给他家帮忙碾场。场上有些人眼红了："还是在外面工作好，单位都派人来帮忙支援，也没人给咱支援。"

三叔带着他的娃们在场上拽辘轴，他不给娃们说咋样转圈圈，只是一个劲儿地骂："吃饭的时候一个比一个吃得美，干活的时候就要死要活。"他这么一骂，反倒把娃们吓得不知方向，脚底下越发是乱走乱踏，就是换成马牛骡子，你不用缰绳牵着指挥引导，它们也是不知方向地胡跑乱踩，更何况是人。有人在一旁看热闹看笑话儿，说三叔心太狠，拿要娃娃当牲口使唤。三叔也是没法儿咧，他女人常年有病卧床不起，他不叫娃们干叫谁干。

到了吃晌午饭时，大家都回去吃饭去了，有些人家还继续在场里忙着。劳累了好多天的人们吃罢午饭后，刚上炕躺下休息，巷子里就传来了喊叫声："赶紧快都到场上去，天要变了。"人们听到喊叫声，立即爬起来就往场里跑。

这时候西北方的黑云，一疙瘩一疙瘩地往上攻，狂风把正在碾的麦秸秆秆子全都刮到了天上，场里的男人女人娃娃们，全都乱了手脚，不知道咋样抓着好；人们都在场上自己顾自己，这会儿谁给谁也不帮忙。六婶头上的草帽子被风吹得老远老远，紧接着便是电闪雷鸣，暴雨倾盆。雨下了将近二十分钟，场里的麦颗儿麦糠，全都被水摧到场边头的地里；同老天爷争夺麦子的人们，个个都被暴雨淋成了落汤鸡。

六婶家场上那一大堆干干净净的麦颗儿，被暴雨摧得所剩无几。她坐在泥水里放长声地哭叫："老天爷呀，你咋就不嫌我老两口子可怜呀？你就能忍心拿白雨来照顾我呀？"

风停了，雨停了，黑云散了，太阳出来了。人们仰望着空中的蓝天白云，期盼着联合收割机早点儿能开上塬。

（机电公司选送）

家风漫谈

王保林

“家风正则民风淳，民风淳则社稷安。”家风的好与坏，关系到一个家庭和家族的长久兴旺，关系到一个国家的昌运与发达。好的家风，对引导人们的价值取向、行为准则和规矩意识，对其家庭建设起着极其重要的作用，更是家庭成员立身处事的法外“红线”。

家风也称门风，具有强大的感染力，能潜移默化地影响一个人的成长。它虽然看不见、摸不着，却常常在无形中影响着每个家庭的运势，是家庭文化和信仰的传承，更是一个家族的精神图腾，寄托着祖辈对后代的希望与鞭策。公序良俗也罢，修身齐家也好，良好的家风，处处体现着中华民族优良的传统美德。

天下之本在家。我们中华民族历来是重视家风建设的，当然也有很多家风家训的典范。《朱子家训》《颜氏家训》和《曾国藩家书》等，都是家喻户晓的教子治家经典。毛泽东的“亲情三原则”，周恩来的“十条家规”，朱德的“立德树人，勤俭持家”等等，这些老一辈革命家的红色家风故事，至今仍被传为美谈，它们也更是中华民族和全社会的精神财富。

家风是立家之本，小可治家修德，大可治国平天下。家风正，则党风端。在从严治党的背景下，党员干部的家风建设尤为重要。

在《习近平关于注重家庭家教家风建设论述摘编》一书中，有七个专题、一百零七段论述，其中开篇首句就摘录了习总书记对家庭建设的要求：“努力使家庭成为国家发展、民族进步和社会和谐的重要基点。进入新时代，立家规、正家风，建设好‘家风’理应成为党员干部的必修课。”

老百姓常说，有好家风才有好家道，才能出好子弟。朴素的生活道理，道出了家庭建设的重要性。芸芸众生，不管是出身名门望族，还是草根布衣家庭，我们每个人来到这个世界，都是从牙牙学语到蹒跚学步，人生中接受的每一个第一次，都会受到父母的影响和家庭的熏陶。正如习总书记所说：“家风好，就能家道兴盛、和顺美满；家风差，难免殃及子孙、贻害社会。”党员干部要建设好家庭，培育好家风，维护好家教，做家风建设的“主角”——扬家风，传家训，立家规的表率。

唐朝名相姚崇在《冰壶戒》中写道：“与其浊富，宁比清贫；耸廉勤之节，塞贪竞之门。”这位历任三朝宰相的姚崇告诫子孙，一定要坚守廉洁勤俭的气节，不要为当官走后门。晚年他还立下遗嘱要求俭朴安排后事，不带走金银珠宝，并告诫子孙以后也照此操办。在今天看来，姚崇的“廉慎”和“不贪为宝”的思想，仍然有很强的启示意义，更是党员干部深学笃行的修身之道。

2014 年 3 月，习总书记重访兰考时会见了焦裕禄的五个子女。二女儿焦守云对总书记说：“我们一定继承好父亲的精神，把家教家风一代代地保持传承下去。”总书记听后，一边点头一边说：“好家风，好家风。”这个“父亲的精神”就是当代共产党员的家风，就是焦氏子孙的精神图腾。常言说，一屋不扫，何以扫天下，党员干部要当好“关键少数”，必须先经营好自己的“小家”，立好家规家教，建设好家庭家风，时刻铭记“立家之规，正需以身作范”。

古人云：以铜为镜，可以正衣冠；以人为镜，可以明得失。十八大以来，从反腐败斗争中揪出的典型案例中，我们不难发现，“虎、蝇”背后总是离不开“家庭”式腐败的影子。小至一门一户的“小家”，大至部门、单位的“大家”，无论是刘铁男的“老子办事，儿子收钱”，还是苏××的“家是权钱交易所”，抑或山西塌方式腐败案例等等，诸类丑剧所透露出的“危险信号”，必定带有“家风”败坏的成分。

习总书记说过：“领导干部的家风，不是个人小事、家庭私事，而是领导干部作风的重要表现。”党员干部是人民的公仆、社会“公众人物”，家风家规的好坏，不仅关系到个人的家庭幸福，单位的文化建塑，更关系到社风民风、党风、政风。家风建设是党员干部的立身立本，更是“治国平天下”，走好人生路的成事之要。

千家万户都好，国家才能好，民族才能好。党员干部承载着党的使命，人民的期望，对公与私、善与恶、美与丑的评判标准，有着独特的影响力。百姓常说，“村看村，户看户，群众看党员，党员看干部。”党员干部的一言一行，做人做事的价值取向，家庭建设做得好不好，都看在职工群众中的眼里，他们发挥着举足轻重的示范引领作用。

“为天地立心，为生民立命”。党员干部要常修为政之德，常思贪欲之害，常怀律己之心，带头树立良好家风、企风，发扬和传承好党风、国风，始终以家庭建设为根本，做到身先示范，成风化人，时刻保持正知正念正能量，管好“小家”，护好“大家”，使之成为引领党风、民风向上向善的风向标。

家风正，为官清；家风劣，为官浊。家风如堤坝之蚁穴，高楼之根基，故而不可小觑。

（煤电实业公司选送）

梦

穆海宏

他经常会做一个梦。梦里提着枪，如电影里的英雄一般，隐藏在掩体的后面；如隼一般的目光，屏住呼吸通过瞄准镜警惕地盯着，直到那个人出现。他的心开始剧烈跳动，呼吸也急促起来，他深深地吸了一口气，随着那人的脚步，缓慢移动着枪，直到对方停了下来，抬起头朝着他的方向看了一眼。他从眼神里确定，那人并没有窥探到他的存在，除了心跳声，周围再也听不到任何声音，他咬紧牙轻轻地触动扳机……每当这时，他就会猛地睁开眼，盯着漆黑的天花板，深吸几口气后，翻个身，一夜无梦。

这个梦，他梦了几十年。同样的场景，同样的地方和同样的事件，但每次都在千钧一发时惊醒，短则几日，长则半月，便又会重复一次。

那一年，天旱无收，家中能吃的基本都吃了，父亲无奈，背着麻袋每天早出晚归。有时，麻袋里是数得过来的几粒粮食，夹杂着不知名的野草；有时，麻袋里只有少量的嫩树皮，剁碎后放在锅里蒸煮。满窑都是草腥味儿，煮过树皮的水晾凉沉淀后，有少得可怜的沉淀物，一家人就靠着这些一直从初夏撑到初冬。时隔多年，他仍然清楚地记得煮树皮的味道，令人作呕，却贵如金宝。

那是一个黄昏，日头如血一般挂在西边的山梁上，初冬的空气中夹着黄土干涸的味道，曾是布满小麦、玉米的大塬上，除了望不见的黄土之外再无他物；所有人苦苦盼了几个月，在等待中逐渐失望——每年都会准时到达的第一场秋雨好似在来的途中迷了方向，人们想尽一切办法，烧香、磕头但却始终没能够为大地求来一滴水，从而错过了小麦下种的最佳时间，对来年的希望也就失去了一大半。他漫无目的地在黄土地上走过，腹中饥肠辘辘，就连平日里被当柴烧的玉米茬都被人们运了回去，洗净剁碎了熬那一小撮的沉淀物。他一脚下去，黄土没过脚脖子，轻柔地缠住小腿，能够蛊惑一个正常人的心灵。往日里那些土地的边界都已经模糊不清，分不清是哪家哪户的。

他突然停了下来，黄土下面似乎有什么东西硌了脚，他弯下身子，将手伸到黄土里面。被黄土掩埋的那个东西，是那么的熟悉，圆润光滑，颗粒大而饱满，约莫一尺来长。他兴奋极了，将它从土里拉了出来；那金黄的颜色充斥着周围的一切，即使在快要失去阳光的时候，也同样刺着他的双眼。他小心翼翼地用衣襟将它擦拭干净，紧紧裹到衣服里面，要知道，他已经很久没有闻到过玉米面味儿了。

他欣喜若狂，踢着黄土往回赶。他刚要踏出这片黄土地的时候，一个人抱着双臂站在那里等着他，刚才的欢喜变成了担心，他站在那里一动不动地看着对方，这个比他高出很多的人。那人指了指他的衣襟，他紧紧地后退几步后，用尽全身力气转身就跑，但没几步就被狠狠地按倒在黄土里，不论如何挣扎都没能够保住他的宝贝。他气急败坏翻身抱住他的腿去厮打、抓咬，却被一脚狠狠地踢到黄土里，等他再爬起来的时候，已经只剩下自己一个人。

他感觉到胸口堵得难受，全身都在颤抖，咬紧牙关回村而去；村中一片死寂，背后有阵阵的冷风吹过，一直渗到他的骨头里。他站在窑背上，那若有若无的香甜味很久都没有进入过他的鼻腔了，差不多都快要忘记是什么味道了，他使劲贪婪地吸着，但那明明是属于自己的，只是在他的地里捡到的而已。他怒气冲冲地冲进去，但满屋子的香甜味就在他踢开门的那一瞬间似乎就跑得无影无踪。炕上的空盆告诉他，他来的有些晚了，一切都来不及了；他抓起盆重重摔地摔成碎片。毫无疑问，迎接他的是一顿打，他的脸被揍出了血，全身没有一处不是疼的。拖着疼痛的身躯，他再次来到窑背上，搬起一块大石头狠狠地扔到院里。

风很冷，有些湿润，没人追上来，到家后，他已经感觉到自己奄奄一息。那一夜，雨从半夜一直下到黎明，他做了一个梦，梦见自己就好比电影里的英雄一样，端着枪，藏在掩体里。

他们依旧在村里见面，他堵着气不说话，不理他，有人后来带着一大袋子的粮食粒到他的家里，给他的父母说了很多客套话，但他却一句不听。放羊的时候，他就用刀刻了一把长长的木枪，路过的时候总要把枪对准那家院子，仔细地瞄准射击。

村里人都说，这孩子太记仇了。但那根木枪从未离开过他，一直跟着他走出村子，来到小城，直到上火车的时候，他才极不情愿地将它缴出，但不论走到那里，他一直在做那个梦。

他又一次做了这个梦，依然端着枪，隐藏在掩体后面，但瞄准镜里的那个人是那么的和善，充满了爱和阳光，满眼都是黄土地上的温暖。他轻轻地放下了扣在扳机上的手指，从梦中轻轻醒来，披上衣服，拉开窗帘——窗外的城市，灯火温和如春。

从此后，他再没做过那个梦。

（双龙煤业选送）

“春天”

侯庆权

“春天”是一条狗。

关于“春天”名字的来历，已经无从考证了，因为这是一件打死也没人认账的事情，每每有人谈起，也只是激起大家一片亲和的笑声。据说，因为春天的主家姓唐，辈分为“春”字辈，而春天又经常往来于村部，与所有人都亲厚，大家也都愿意照顾它，所以得名。

“春天”是条很有人情味的狗。记得第一次回村的时候是9月份，通村的班车到达双坪村时已经是夜幕降临，因班车驻地在双坪，所以，只留有我一人的班车不想走了，我只好下车。也是秋初时节，和煦的秋风中散发着相宜的桂花香，蜷缩了一天的身体呼吸着山里的香气，一时觉得神清气爽，跃跃欲试。于是，我背起背包就往村里走，全然忘了这是第一次走这村路，并且天色已晚。直走到我两腿发软，四顾漆黑的时候，才想起后悔了。一人陷入这黑黝黝的山里，只有通村的水泥路散着幽幽的光引着脚步往前，心跳擂鼓，正无可奈何中，传来远处阵阵狗吠，打破了漆黑的压抑，我心里的压力也松了一点。不一会儿，“春天”如有神助地跑到我的身旁，兴奋地围着我跑了一圈，双爪跃起欢快地叫着，舌头舔我的手，头不停地蹭着我的双腿，像是在安慰，又像是在欢迎。从此，我对“春天”刮目相看。

“春天”是条讲究的狗。一次去老文家，堂屋里摆着一桌饭菜，“春天”不知怎么知道的，也远远地跑来凑热闹。进堂屋去围着桌子转了一圈后，“春天”退出到院坝里，与刚刚从灶房出来的家狗遇上，双方不由分说地吵起来。气氛越来越紧张，家狗几次威吓着张嘴要咬，许是跑到别人的地盘上来了，“春天”的气势明显就弱了许多，也就让着些。而家狗却是得理不饶人，猛地一口咬住了“春天”的后大腿，痛得它大声吼叫，哀声连连，“春天”也张嘴作势欲咬，但在有意无意间，在家狗的笨拙躲闪中它始终没有下口。家狗咬住“春天”整整转了一圈，在“春天”的怒吼声和不断地威胁撞击下，才最终松开。“春天”一瘸一拐地跑到一边去，一边舔着受伤的大腿，一边朝家狗怒吼。付出终有回报，开席了，不知是家狗觉得理亏或是什么原因，大门口吃剩骨头的最佳位置一直由春天占据着，而家狗反倒是到了屋里面围着吃饭的人转圈了。

“春天”是爱向嘴儿的狗。“春天”皮毛润泽爽滑，体态流线轻盈，有猎豹般的风韵，与其他柴狗大不一样。经常见到它带着一条纯白色的狗行走于村子角角落落的路上，远到乱石沟香铺，近到仓房田坪；或是到相识的人家去向嘴，或是去其他组与狗们戏耍联系，俨然是一副村里见多识广的狗老大范儿。“春天”的好皮毛也得益于每天到有席面的人家中向嘴。几乎是每天村里开饭的时间，厨娘一声嘎嘣脆地大喊“吃饭了”之后，“春天”就自然而然地出现在了村部。它总喜欢走到坐着吃饭的老陈跟前。老陈平端着白瓷碗——白米饭上厚厚地盖上带肉的菜，埋头扒拉着米饭。“春天”就悄悄地走到碗跟前，睁着一双眼睛静静地盯着吃饭的人，嘴上长长的毛须扑打着碗沿，不时地清叫两声。老陈也很大方，往往几片肉或骨头就从碗边掉下去。越是硬的骨头“春天”越是喜欢，就是死硬地大腿骨“春天”也是歪歪嘴就咬碎了咽下去，一点浪费也没有。“春天”的挑食也是很令人惊奇地，米饭蔬菜之类的素食从来理也不理，甚至你要从碗里给它扔个白菜帮子啥的，它抬起头把你望望都不跟你在一起，找别的吃饭人去了。

“春天”有时候也会丢范儿。一天夜里，我和永安去他老家仓房看他爸妈，“春天”和小白狗听到摩托车响声就跟了过来。永安一边呵斥着“春天”不让两狗跟着，一边解释说山梁上叶家有两条狗特别凶，光今年就已经咬死了好几条狗了，所以不敢让两条狗一起去。“春天”倒是还听招呼，而白狗就不是那么灵光了。但两条狗不听话，喝退了几次仍然远远地跟了上来，见此情况，永安只好把“春天”叫到了摩托车跟前，两狗兴奋地在摩托前后就跑起来了。翻过山梁到了叶家的院坝下，永安压低了嗓音安置两条狗不要叫，但响动仍然惊动了叶家的两条狗。一露头见我们跟着的狗，黑夜里如两条闪电，叶家狗就扑了过去，白狗正好走到拐弯路的外沿，一下就被扑倒掉下了满是乱石野草的沟里，四条狗全部带了下去，一阵一阵的激烈惊叫声就响了起来。永安急了，捡起大土块就往声音撕扯的地方扔去，一通怒声吓骂。远水毕竟解不了近渴，沟里传出的撕扯惊叫的声音逐渐散起来低下去，永安说：“糟了，今天非得要死几条狗才算完。叶家的两条狗狠得很，一条咬住了就死命咬着不放，而另一条就趁机去咬喉咙，直到把狗咬死为止，今年派出所用枪打狗的时候都没有把它们打死，今天肯定把那条白狗咬死了。”

果然，往后的几天，只是见到蔫蔫的“春天”到村里来，不见了白狗相伴。

（生产服务分公司选送）

说不完的话

胡德辰

我从前，是一个话很多的人，每天从早说到晚，很多人都不喜欢话多的我。有一天，我认识了一个姑娘，一头乌黑顺直的长发，水汪汪的大眼睛，漆黑明亮的眼瞳如湖水一般清澈。但是她无法看到这个世界，她是一个盲人。

我在她身旁不停地说着，从春天的第一抹桃花说到冬天的最后一场雪，从晨曦的第一缕阳光说到挂在夜空的弯月；而她总是坐在一旁听着，面对着我，脸上带着温柔的笑容。虽然她的眼睛看不见，但我却能看到她的眼中全是我的倒影。

就这样，我不停地说，她也毫不厌烦地一直在听，听到有趣的地方也会笑出声来。看着她眼中我的倒影，我知道，我的眼中也全都是她。

我喜欢上了这个美丽的姑娘，虽然她的眼睛看不见，但是我可以告诉她一个最美好的世界。我想告诉她我喜欢她，但是又有点胆怯，因为过去我总不被人喜欢，所以只敢给她说着那些让她开心的事情。只要我不停地说着，就总能看到她温柔的笑容，所以我不敢停下来，生怕一旦停下来，这属于我的美丽就会消失。

有一天，我正在给她讲述长颈鹿如何在草原上摆脱狮群，突然，我无法再发出声音，说不出一个字来。她还是在那里温柔地面对着我，等待着我还未说完的故事。我着急了，拼命想从嗓子里挤出一点声音，但却徒劳无功。这时脑中传来声音：每个人一生能说的话都是有限的，你已经说完了这一世的话。

我呆住了，我以后不能再说话了，我还怎么和姑娘相处？这时候，她发现我已经有十分钟没有说话，笑了笑说："你是不是说累了啊？没关系的，休息一会再说。"不是啊，我还没有累，我还有很多的话要说，还有很多这个世界的精彩要告诉她，但是我无法发出声音。

又过了一会，她又说："今天累了的话，明天再讲给我也可以的。"我还是没有办法回答。因为我的沉默，她似乎有点不开心了。

"你是不是已经厌烦了，不想再和我说话了。"

我听到这话，已经开始紧张了，我没有厌烦，一点也没有，我还想给你说更多，还想和你一直在一起。但是这只是我的想法，此时却无法表达给她。

我急了，连忙抓住了她的手，这是我第一次握住她的手，暖暖的，很软。她被我的这个动作吓了一跳，身体抖动了一下想要把手缩回去，但是最终没有把手从我手中拿出，头也低了下去，脸颊透着通红。就这样，又过了一会，我们谁都没有动，她慢慢抬起头牙齿轻咬下唇，我看着她，不知道她要做什么。突然，她那被我握住的手用力地握了一下我的手，然后轻轻地说："我喜欢你。"听到这四个字，我的心脏瞬间如同停止了跳动，手也有些发抖。她感觉到了我手上的异样。

"可是，从小我的眼睛都看不见，你会不会嫌弃我呢？"

我拼命地摇着头，身体晃动得更加厉害了，可是她看不到。

这时候哪怕能再让我说一句话也好，我想告诉她，我一点也不会嫌弃她，我也喜欢她，喜欢和她在一起，但是我以后都不能说话了，你还会喜欢我吗？没有听到我的回答，她只是感觉到我的手抖得越来越厉害，脸上开始露出了失望的神情。

“我这样的人果然还是配不上你的，谢谢你这段时间陪着我，谢谢，谢谢你，非常感谢。”

说完这话，她又低下了头，晶莹的泪水从脸腮划过滴下。她用力地将自己的手从我手中抽出……

三年后……

傍晚，夕阳的余温还未散去，我走在热闹的街道上，右手还牵着一只柔软的小手，一位漂亮的姑娘正和我一同散步。她突然抽着鼻子嗅了嗅。

“好香啊，是烤羊肉串吧。”

我说不出话，只能把她的小手稍稍用力握了两下。感觉到我手上传来的讯息，她开心地笑了。

“我要吃五串，少放辣椒，多点孜然。”

我拉着她来到烤肉摊前，她用力地吸了吸烤肉的香味。

“老板，十串羊肉串，五串辣椒多，五串辣椒少，都多放点孜然。”

我掏出钱递给了老板，老板把十串烤肉递给我。我将那五串辣椒少的肉串签子，小心地塞进了她的手中，她开心地说了声“谢谢”，就吃了起来，一点也不顾及形象。

看着正在大快朵颐的她，我不禁想起了三年前的那一幕。她流着眼泪在我面前想要转身离开，但是我无法说出一句挽留的话，就在她要转身的时候，我扑上去抱住了她。她愣了一下，随即停止了哭泣，试探地小声说："你，你应该还是喜欢我的吧？"我抱她抱得更紧了，她可能被我勒疼了。

"你轻点，我快喘不过气了。"

我赶忙把双臂松了一些，她也伸出手臂抱住了我，把脑袋歪在我肩膀上。

"我感觉到了呢，虽然不知道你为什么不说话了，但是我感觉到了你的心跳，感觉到了你是喜欢我的。"

说完，她又像是要报复我一样，狠狠地抱紧了我，然后又松开一些。

"虽然，不知道为什么你不说话了，但是没有关系的，也许一个人一辈子能说的话是有限的吧，你以前那么爱说话，估计是把这辈子的话都说完了。从今天开始，我说，你听，知道了吗？"

我只能继续抱着她，不知道还能做什么。就这样我们抱了好久，她终于忍不住扭了扭身子。

"喂，阿巴阿巴，我们总不能一直就这样抱着吧。"

我有点不舍地松开了她，帮她整理了下衣服便不知道该做什么。她在那里等了一会儿，发觉我没有反应，不禁摇了摇脑袋，伸出一只手。

"你快把我拿好，可千万别把我弄丢了，万一弄丢了，可就找不回来了。"

我赶紧握住她的手，但是又不敢用太大力气，怕握疼了她。

"可以握得再紧一点的，只要别把我弄疼了就行。"

我又把她的手握紧了一些，见她满意地点点头，露出了笑容。

"就是这样，这样我就不会丢了呢。"

我拿着羊肉串呆呆地回忆着之前的那一幕，她吃着吃着也停了下来，因为她感觉到我一直都没有去吃手里的肉串。

“是不是辣椒放得太多了，所以你吃不下去。”

她眉头微微皱起，看着她的样子我不禁笑了笑，握住了她的一只手轻轻地摇了摇，然后狠狠地吃起了手里的肉串。

“你喜欢吃就好，我就知道你还是喜欢辣椒多一点。”

听到我吃肉串的动静，她笑了起来，一边笑一边继续吃着她自己手里的肉串。

我看着她的笑脸，伸出了手帮她抹去嘴角的油渍。

（发电公司选送）

劳动者　劳动着

苏帅

当梦境最后一抹朦胧的影留刻在黎明时分的记忆里，当晨曦从远方开启了崭新一天的行程，窗外的雀鸟其实早已在枝叶花草丛中觅食或嬉戏。走上街头，早起的人们又开始了他们每一天都坚持着付出辛勤的忙碌，和最后收获那一份来自生活中最简单和平淡的幸福与笑容。

五一，在这个每一年都会枝繁叶茂生机盎然的季节，在还会沉浸于微微春风拂动过繁花落影的时节，在春夏交替的时空里，偶尔会有初夏那种馨馨自然的感觉。五一是国际劳动节，是每一个用心付出默默贡献的劳动者的节日，在各行各业里都会有劳动的模范者，他们或许只是那个行业里最普通和最平凡的一员，然而他们的无私和奉献精神永远都会在每一天的时光里，在岗位职责里尽情地呈现，那是一种永远都无法被替代的，是值得我们每一个人去学习和楷模的对象。

清晨走出公寓，我们会选择不同的交通工具去上班：或者乘坐公司通勤车，自己开车，或者扫一扫矿区共享单车。我们享受的是，随着科技不断改善和进步劳动者所创造出来的方便；享受的是，国家不断创新和共享繁荣的中国特色社会主义里的特色成果，所以我们感激劳动人民的付出，也感谢国家为我们思虑的一切民生。

来到公司，我们可以随时随意地选择我们想要吃的早餐。到了中午，餐厅有多元化的饮食，那是劳动者为我们提供着每一天都便利的条件和快捷的过程。我们也许真的无法体会他们每一天的工作：当天还不明的时候，他们都已经起床熬着稀饭、摘着菜、磨着面、炖着肉，一道道的工序只为了做出可口的美食，所以我们应该懂得劳动者的美丽。

打开电脑，我们浏览着网页，用着无线网络连着手机，我们使用的，是一种信息时代带给我们的便捷。当然，我们不能够忘记那是劳动者在后台为我们支撑着网络的安全和流量，为我们更新着最新的新闻和视频，为我们保存着各种资料和地图。

还记得最早的时候我们的往来都会是书信一封，但在国家的支持下，我们的科学技术人员、信息技术人员，通过努力为我们通上了电话，从村头的一部到每一户都有，从座机到直板按键手机再到触摸手机，从只能通话发信息到QQ再到微信等各种聊天对话软件，从只能打字到发语音再到可以视频聊天，最后我们还可以通过手机进行电子支付功能……这些都是我们生活里最能够感触到的便利。我们不能够忘记，这些都是劳动者为我们每一天维护的秘密。

当今我们的出行变得比以前更舒适快捷。我们国家的高速铁路工程堪称全球第一，那一列列复兴号列车，每一次进站，每一次行驶在桥梁上的时候，或许总有许多莫名的感触，那是我们可以为国家感到骄傲的事情之一。当然除了高速铁路，还有我们国家的航天科技事业、兵器工业事业、航海航空事业等，各个军事领域都几乎世界一流水平，那些都离不开我们劳动者每一天的刻苦钻研。当研发和生产紧密地连接在一起，每一道工序都符合国家标准、世界级标准，相信我们的国家会发展得更好更优质。

还有我们的弱电方面领域的技术，楼宇对讲系统、公共广播系统、监控系统、消防系统、门禁系统、停车场系统等等，都会给我们的生活带来一定的安全化、规律化的影响。我们使用的都是方便，都是劳动者为我们可以想到的全部。公安系统、边防武警部队、交通运输系统、快递公司、商场、超市、酒店、学校教育系统等等，各种服务行业都离不开我们劳动者每一天、恪尽职守、在职在岗、永不松懈地付出，那是我们每一个劳动者都会感到的一种光荣和使命。

其实，我们最离不开的还是我们的电力系统。生活里每一处地方：大到城市各个街道，小到乡村用户，甚至最远的山谷里，角角落落我们可能都会用到电，为我们提供电服务的，就是每一名普通的电力员工。他们也是从早到晚，或许二十四小时全天工作，保质保量地为我们输送着每一度电。他们为我们国家的经济建设，推动社会进步起着举足轻重的作用，相当于所有可以实施的行为的源头。没有了电，也许我们很多的工序就可能恢复到原始程序。

在我们周围被融入的一切，都是劳动者给予的。劳动创造着历史和未来，劳动挑战着时光的流逝、创造着奇迹。劳动者每一天都劳动着，不会因为什么而停下他们前行的脚步，所以我们的社会才可以一步步地进步，更一点一点地文明，我们感激的不只有劳动者的力量，还有劳动者的美丽。

（发电公司选送）

灵爷

刘文升

“灵爷”其实不是真的爷，是出于对上了年纪的人的尊敬，才唤他一声“灵爷”。

“灵爷”的叫法是明面上儿的，是被逼得没办法时才这么叫的，背地里人们都叫他“灵娃”。“灵”的音在陕西话里是平声，听着有点儿像“0”。

黄陵店头的七里镇白石村不算太小，但没有哪个小孩儿敢理直气壮地站出来说自己不害怕灵娃的。灵娃就像奶奶常哄骗不听话的小孩说的“黑脸人”“毛猴”“妖怪”，是一个恶魔似的恐吓，谁家小孩儿不听话了，大人就会拿灵娃来吓唬他。有些胆小的一听“灵娃来了！”总是着急忙慌地把筷子碗一扔，“噌”“噌”两步小跑，爬上炕拿褥子蒙住头，跪在炕沿上，撅着屁股，捂住耳朵，一动也不敢动。隔好半天，才肯把褥子松开，露出小半颗头，惊慌地问：“灵娃走了没？走了没？”

灵娃的可怕之处，就在于小孩们听到他的名字就仿佛看到了真人，瞅见他那凶神恶煞的眼睛。灵娃身形矮小，方脸盘，皮肤黝黑，下巴和脖子粘连在一起，走路一瘸一拐的，那是他天生的缺陷。他的表情总是严肃，脸颊被寒风吹得泛着微紫，深深浅浅的皱纹布满了他的面庞，像极了他生活的这片土地。他一年四季几乎一个样儿，一身黑蓝粗布衣服，一双黑色老布鞋，从冬穿到夏，无论严寒，无论酷暑。

灵娃的目光锐利，看什么都是恶狠狠的模样，即使不说话也透着一脸煞像。他下地放牛，手里总是掂一把细长的镰刀，小孩儿们还没走到他跟前，远远地瞅见他，心上就开始发毛，头也不敢抬，双腿发抖，满脑子就一个字："跑"！

灵娃气定神闲，看似低着头，其实眼睛一斜，把什么都看得清楚。他一手拿镰刀，一手举着粗布鞭子潇洒地往牛屁股上甩两下，"啪""啪"几声脆响，嘴上还带着"呦、呦"的吆喝声，仿佛那动静就是要给孩子们看的。假如你壮着胆偷偷瞄上他一眼，不想有目光接触，只听得他厉声一吼："看什么看，再看把你碎怂皮揭了！"在场的小孩儿哪个不吓个半死，哧溜一下拔腿就跑，一眼不回头地落荒而逃。

因为有了这么个"厉害"的人物，谁也不敢再张狂了。偌大的村庄，我们几乎是自觉圈地，灵娃出现的地方，我们绝对避而不见，或者干脆不去。要是真一不小心碰见了，也是极晓得分寸：即刻谦虚地把头低下来，眼睛闭紧，背过身去，心里默念"灵娃看不见我，灵娃看不见我"，只要我看不见他，他就看不见我。要是正在窑背上打沙包或者玩弹珠，远远看见了他，也是绝对玩不下去的。上一秒还劲头十足，欢声笑语，下一秒就立刻一哄而散，一个个仿佛见了瘟神一般，什么也顾不得，四散而去。

我们这么怕他，恨不得永远见不着他，而我爷爷却把他叫到家里来。爷爷是村里生产队还吃"大锅饭"时候的一村之长，听爷爷说，灵娃和奶奶一样，是饥荒时，从河南逃难来村里的，都是为了一口吃食，人其实不差，就是因为瘸，打了一辈子光棍。

灵娃一进院子，我就往奶奶身后躲，心里疑惑着“爷爷真不怕灵娃么？”爷爷把灵娃叫到跟前，叫他坐着喝茶抽旱烟，不紧不慢地跟他谝起闲传：“你看你把娃儿们吓得，娃们见了你不躲都不行，我这孙子给我都念叨几回了……以后再不准吓娃了！”灵娃听完，紧了紧眉头，露出一丝恭敬地笑，声音厚直：“唉，也不是想吓唬他们，就是逗这些娃们玩呢……”我站在窑门后头惊呆了，原来灵娃也会笑？灵娃竟然也会笑！

那一天，破旧斑驳的炕头上的小方桌前，爷爷和灵娃谝到后晌才散，阳光透过窗户纸照进窑里，照在灵娃有些活泛的脸上，显得从容暖和。我诧异地躲在门外头，听着，看着，心里的疑云慢慢散开了些——也许灵娃并没有那么可怕。

过了两天，灵娃又甩着鞭子赶牛去了，爷爷说：“灵娃恓惶，也没啥地，就靠这几头牛给队里打打零工过活。”

他似乎专门要让人们怕他，才能阻止别人对他的讥笑。

“灵娃要打人呢！灵娃手里的鞭子可不长眼……”长大几岁的我也不忘灵娃长灵娃短地叫。爷爷说：“你不能叫灵娃，你得叫他灵爷……”我沉默了半晌，点头应了声“哦，知道了”。

在路上再碰见灵爷，他还照旧吓唬小孩儿们——他最忌恨他们直呼他的名字。顽童们“灵娃来了”“灵娃来了”的尖声尖语，充满惊恐与不安，好像每一个字都在嘴边打战，但却非要把它说出口。传入他的耳朵，他便又是往日那一副样子：“看什么看，再看把你碎怂皮揭了！”

他有时也吓唬稍大点的我，但他不知道，我已经没那么怕他了。我记着爷爷曾说过的话：“说到底他也是个苦命的人，这人哪，面相上的好坏不是个人能做主的！”

2003年，灵爷走了。我对灵爷恐惧的真正消解，是在他的葬礼上。

他生前是一个那么让人怕的人，或许他想让人怕他一辈子吧。他的丧事办得很风光，那些平日里怕他怕得要命的孩子们，把他家门口围了个圈；而他，静静地躺在喧闹的灵堂里，没有妻儿，没有子孙，只有村里一群朴实的大叔大婶们。也许从那时开始再也不会有人害怕他了。

渐渐地，他被人们遗忘了。没有人再拿他来吓唬小孩儿，也没有人再谈论他的长相，再数说他的恓惶。在七里镇这片后工业的村落之间，再也不会有这样一个为人忌惮的小人物了，他的故事也随着时间流逝逐渐被湮灭了。村旁的半山上，是他曾经住过的土窑洞，他赶牛的鞭子还靠在院子一角，那根拴牛的木桩上，似乎也与世无争般地“哞”“哞”地叫着……

后来，我常常想，我们其实并不怕他。让我们心生畏惧的，不是他这个人，而是他过于“厉害”的外表，那个“伪装”出来的想要让人远离他的皮囊；而这个人的实在，恰如一根饱满的苞谷，朴素、殷实，却又在偌大的庄稼地里异常孤独。那大抵就是他卑怯和拘谨的缘由吧。

（一号煤矿选送）

减肥这件小事

周萍

“好看的皮囊千篇一律，有趣的灵魂万里挑一”，这句当下流行的网络语成了很多年轻人的口头禅。可能会有人说，信奉这句话的人肯定是没有好看的容颜，才会自谕是有趣的灵魂，就相当于吃不到葡萄说葡萄酸一样。这其中当然也有我一个，因为体重六十多公斤的我实在不配拥有好看的皮囊，说起有趣也不过是自己在鸡零狗碎的生活里的傻开心。但是如果让我在好看和有趣之间选择，我肯定会选择前者，我坚信，在这个世界上没有人愿意透过一个人肥厚的脂肪想要去了解她所谓的有趣的灵魂。既然这样，就不得不谈谈“减肥”这件小事了。

“管住嘴，迈开腿”是减肥的“真经”。我深知“取经”的艰辛与不易，便早早采取措施——被街上“不运动，吃得好，包反弹”的广告语吸引。我立即进店咨询，当得知只要通过穴位拔罐就能达到标准体重的简单办法后，我马上就心动了：看着不菲的治疗价格刚想动摇时，又不自觉地摸了一下自己腰间的赘肉，加之销售员翻阅着减肥成功案例的照片，和不停地鼓励我说“女人就要美”这类心之向往的话，我一咬牙，一跺脚，办，办一个疗程的。心里暗下决心，花了这么多钱，可一定要瘦呀。谁知第二天去了被告知，必须按他们的食谱来吃，配合拔罐才有效果。既然钱已经交了，那就只能听话照做了：早餐鸡蛋，午餐鸡腿，晚餐黄瓜。不定量，但必须每天每餐都是如此。开始觉得一顿吃几个鸡腿还是一件幸福的事，但几天下来，实在难以下咽，看见馒头都眼睛放光、垂涎三尺。那阵子家里也不开火，最怕和朋友出去吃饭，坐在那看着别人大快朵颐，啃着自己带的生黄瓜，给大家端茶倒水搞服务，那真是身体和精神的双重煎熬。一天体重能称十八回，一点点变化都会牵动我的心。也想过要放弃，但又觉得“减肥”这件小事都做不好，还能干什么？再说拔罐，那是真的疼，浑身吸的和金钱豹一样。罐子在身上吸着吸着就吸不住了，因为减着减着就瘦了。终于功夫不负有心人，一个疗程坚持下来瘦了十几斤，在大家羡慕的眼光中我也结束了人生第一次减肥。

体重下来了，小码的新衣服还没置办几件，就印证了之前商家的广告语“包反弹”，只是经我实践后确定是“保反弹”。有了上次失败的经验和教训，这次减肥之前我在网上搜集了很多资料，做足了功课。不查不知道，一查也真是让我大开眼界：什么生酮法、提高代谢法，减脂餐、黑咖啡，代餐粉、瘦瘦包，黄瓜鸡蛋速成法，更有甚者直接去切胃。减肥的方法之多，方式之奇，真叫人惊讶。在我反复思考，多方比较后还是觉得运动加节食的减肥方法最靠谱。

说减就减，运动前得先准备一套装备。运动鞋，运动服不说，这时下流行的发汗服，怎么也得整一套，才能事半功倍。这万事俱备就差自己实施了。

第一天，我没吃晚饭，选择夜跑，穿好装备就斗志昂扬地去操场了。我给自己定了三公里的目标，学着网上的教程，先做了简单的热身。我信心满满地一口气跑了三圈就累了，第四圈开始上气不接下气，满头大汗，慢走了一圈还不到一公里，我有点想放弃了，什么时候能到三公里啊？但心里想着万事开头难，鼓励自己第一天一定要坚持下来。就这样跑跑走走，好的是始终没有停下来，腿像灌了铅，嗓子也要冒烟儿了，速度越来越慢；就当我感觉就要歇斯底里的时候，突然听到耳机里运动软件播出的“运动已完成”，心里如释重负，长出了一口气，第一天的任务终于煎熬地完成了。

接下来的一周，我强忍着身体肌肉的疼痛，每天鼓励自己，坚持出去跑步，再结合清淡饮食的办法，体重很快就降了两三斤，并且我一天比一天跑得轻松，慢慢地将原来的三公里增加到四公里、五公里。我也逐渐喜欢上大汗淋漓过后的酣畅感，再回家冲个热水澡，整个人别提有多精神了。就这样断断续续坚持了两个多月，又瘦了将近十斤。可是，好景不长，还没来得及享受这短暂的喜悦，就被暑假里的烤肉小龙虾带跑偏了。开始，我每吃一口，都会想着自己流过的汗，内心充满了深深的罪恶感。再后来，架不住朋友劝啊，“你吃啊，你又不胖”，自己也实在是想吃，随之而来的又是自由散漫和涨回来的肥肉，以至于有段时间朋友们见我都说我的身材怎么像松紧带，一会儿松，一会儿紧。

有了上两次“减肥”的失败案例后，得知“减肥”真不是一件小事，它要求一个人的高度自律，也是很多人一生去为之努力的事情：一部分人为了美，一部分人为了健康。我也不再强求自己刻意去减肥了，但深知肥胖会带来的种种不健康，所以平时吃饭会尽量少吃，没事的时候也会跳跳绳，摇摇呼啦圈。我想，“减肥”应该是一种对美好生活的积极态度——为了美，追求美，成为美。

（建安公司选送）

王场长回老家

杨亚琼

王场长本名王长青，个子不高，圆脸，脸颊上布满黑红麻子坑，说话时头故意一摆一摆的，嘴角再往上一提，给人的感觉是——“我可不是一般人啊！”

王长青算是子承父业吧，他父亲在单位上干了一辈子，最辉煌时当了个主任；他顶班参加工作到父亲的那个单位，其间起起伏伏二十多年也当过主任，就在快要离岗回家时，老天爷终于开眼下了文件，任命为单位的场长，正科级。瞬间他觉得是祖坟冒了青烟，得回趟老家，终于可以衣锦还乡，再给多年没有祭奠的老祖坟上炷香。

单位的车是新的，很中他的意，小车原本能直接开到他河南老家的门口，可他让司机在刚进村口时就停下，他得一步一步走回去。

副驾驶车门开了，他很缓慢地抬起右脚，又很缓慢地放到地上，右手握着门把手把头先探了出来，眼睛极快地扫视了一圈，看有没有人看他。不远处只有一个男性老者，左肩扛一把镢头，右手拉一头大花牛，往相反方向走去，没有看他，他长长地舒了一口气，整了整还算笔挺的蓝西装。他又犹豫了，是先迈左脚呢？还是先迈右脚？别人都是先出左脚，那我就先迈右脚，背着手迈着慢而稳的八字步往村中走去。

村西头龚二婶从巷子口闪出来，斜呲呲打了个照面，他头往左边歪了歪，几乎没有出声地打了个招呼，招了个很优美的手势，就像外国元首走红地毯时那样。他原想会有很多人和他打招呼的，谁知如今的乡下变了，人都在忙着挣钱，原计划显摆的两包软“中华”看来是派不上用场了，遗憾不自觉地袭上了心头，好像有些失落。

就在快要到家门口时，紧邻家刘权贵和他碰了个正面。刘权贵和他年龄差不多大小，忽然间他显得异常地亲热，双手握住权贵的手不丢，要问候又要急着掏软“中华”，嘴角有意地一提一提说，“不急，不急，抽支烟，抽支烟”。他拆烟的手故意放慢了速度，有意叫权贵看他的烟牌子。谁知道是权贵常抽这烟呢，还是真的没看见，反正权贵是啥话都没说，接了烟很随便地噙在嘴角，便点上火淡淡地吸了一口说“先回啊！王哥咱晚上有空谝”，就急急忙忙地走了。

王场长很是无奈，悻悻地朝自家门口大步走去，头低着，不知道是啥意思又摇了摇头。

（燃煤发电公司选送）

大地舞者

穆海宏

刚昌又在起舞。在厚厚的积雪上，他时而狂奔，时而静坐，紧紧地握着镢把；他全身布条翻舞，沿着额头，一圈又一圈的废布条缠满了头，与他花白的长发缠绕在一起，被他编成几条小辫扎紧在一起。他巨大的包头与瘦弱的身体很不协调，随时都有要跌倒的可能，但这并不影响他的舞步。

如刀般的西北风，嘶吼着为他伴奏，他张开双臂，双目怒睁，似乎在面对一头饥饿的野兽。他弓起身躯，紧握镢把，步履铿锵的在刺杀，雪被他卷起，在西风中慌乱地与他一起狂舞。他突然又双手叉腰，哈哈大笑，彩色的辫子在脑后直挺挺地被风吹起，在寒冷中凝固。他快速旋转，双手紧紧地贴着大腿，如在旋风中打转的枯枝败叶一样；他不知疲倦地旋转，直到“扑通”一声跌倒在地，雪将他掩埋，钻进他的衣襟；他将四肢伸向天空乱舞，直到在雪地里滚出一个巨大的空地，才心满意足地蹦起来。他捏着沾满雪花的长须，心满意足地围着雪坑转圈，然后将镢把别在腰间，背着双手，闭着眼睛阔步迈出，重重摔进旁边陡峭的雪坡，快速滚成一个雪球朝坡底而去。

没人知道他的真实姓名，大家都叫他刚昌，也不知道他从哪里来，关于他的信息少之又少。但听人说，刚昌有个儿子，经常看到他混进镇上的中学，隔着教室的玻璃偷看；那时，刚昌是最安静的，甚至连大气都不敢出，瞪着眼睛，借助昏暗的灯光，看到在这个舞台面前，刚昌是最守秩序、也是最忠诚的观众。

刚昌起舞，并不局限于舞台、道具、音乐或者时间。他满年四季在高原上肆意行走，会突然出现在一片翠绿的麦地上，也会猝不及防地从熟透的玉米地里钻出来，夏日里时长拖着厚厚的棉袍在树下长睡，冬日里却光着膀子在雪地里狂奔。没人知道他什么时候来，也没人知道他什么时候走。也许某一天的早饭后，他便会悄然无声地出现在主人的身后，颤巍巍地伸出双手接过一块窝窝头，转身走远，将双手高高举过头顶，仰面朝天一声长啸后单腿转着圈儿起舞；也可能在某个清晨，从牛圈里钻出来，头上沾满了麦秸，握着他的镢把三步一进两步一退。在沟里的河边，甚至是村里的涝池旁，刚昌撸起袖子，将头伸到水面上边吹边喝，然后跪在水边，凝望着水面泪流满面。

除了乡村，刚昌也会经常出现在集市上，双手背在腰后，腰杆如同旗杆一样挺直，不知疲倦地在路上来来回回，好似骄傲的将军在检阅部队，任凭人来人往、熙熙攘攘，他依旧旁若无人。向阳的角落里，操着外地口音的男子面前摆着一个小瓷碗和一堆瓜子，众目睽睽之下，他将一粒瓜子丢进小瓷碗里，然后盖上纸板，让众人押钱来猜，但结果却总是小瓷碗里的一粒瓜子变成了几粒。舞累了的刚昌一屁股坐在地上看，每次开碗后他都兴奋地伸出双手上下翻飞，众人都对他置之不理，那外地人也将他当成个憨憨；可突然之间，刚昌伸出黑乎乎的双手，紧紧地按住外乡人小瓷碗上的纸板，看似瘦弱的他此刻似乎积蓄了很大的气力，翻过纸板，几粒瓜子被吸在纸板下，原来那些瓜子里面包着小铁丝，盖板中间藏了一小块磁铁。

众人讨回了损失，有人说给刚昌买一碗饸饹吧，可扭头却见刚昌早已走远，依然步履铿锵，斗志昂扬地在检阅他的部队。在人群中，一名少年问他的母亲，那个脏兮兮的要饭的是谁，母亲说，咱不认得，你好好上学就是了，不要管这些事情，少年点了点头。可他并不知道，刚昌却是他最忠诚的观众。

日子不紧不慢，刚昌依然来去无踪。有人说，在市里见过他，在马路上，他连汽车都不知道避让，依然昂首阔步，大摇大摆地从一条街走到另一条街。也有人说，在县城某个桥洞下面铺着厚厚的一层麦秸，四周缠满了五颜六色的布条，那里就是刚昌的家，但却没有一个人的话能够得到证实。刚昌总会在人们想起他的时候恰如其分地出现在某个沟壑或者村落，边走边舞，时而长啸，时而大笑。

刚昌可能是个哑巴，没人听过他说一句话，但他的耳朵却灵得出奇。老婆婆在阳光上眯着眼穿针，将一根针掉到了地上，寻了半天依旧寻不着，一抬头，刚昌不知道什么时候出现在她面前，手里捏着那根掉了的针。老婆婆接过针，刚昌便眯着眼看她纳鞋底，老婆婆就问他咋看到的，刚昌不说话，用手指了指耳朵，老婆婆就说，都说十聋九哑，你这是后来才哑的呀。刚昌便哈哈大笑，捏着镬把旋着圈，一会在地上左右打滚，一会猫着腰翻跟头，把老婆婆逗得合不拢嘴，这才一边狂舞，一边朝着门外而去。

三月里闹庙会，唱戏的第二天，刚昌就来了。他蹲在戏台的前面，随着台上的演员伸胳膊蹬腿，乡亲们并不怪他遮挡了看戏。第二天，戏唱了才一会，人群里突然一阵骚动，一名后生突然大喊自己的钱被偷了，焦急地逢人就问有没有看见小偷，可小偷脸上也没写字。就在这时，有人听到戏台下面的沟坡上有人声，大伙跑过去，只见刚昌一手握着镢把一手叉在腰间，挡在那条通往坡下的土路。他那巨大的包头来回摆动，喉咙里发出一阵阵的呼呼声，在他的面前，是一名从未见过的年轻人。那人想要从左边过去，刚昌就在左边跳，他想从右边过去，刚昌又拦在了右边。众人认出了，那人便是偷钱的小偷，吆喝着一拥而上，小偷急红了眼，将刚昌一头顶到土坡下面骨碌碌的朝坡底滚去，众人找回了钱却不见了刚昌，便一起下到坡底去寻，在坡地是个深不见底的土窟窿，大家围着窟窿喊刚昌，一点回应都没有。可到了第二天，刚昌却依旧出现在戏台前面，跟着台上的演员一举一动伸胳膊蹬腿，五颜六色的布条随着他的一举一动随风起舞。

夏日的夜里，刚昌又不知道从哪个位置进入了学校，趴到窗户上偷看，但里面却再也见不到那名少年，他一直等到所有的人都散去，依旧没能看到熟悉的面孔，刚昌仰天大吼一声，狂奔到校园的操场中间，扔掉手中的镢把，将头上的布条一圈圈拆下铺开，然后脱掉鞋子，光着脚从一头跑到另一头，又从另一头爬回，如此几个来回后，他开始狂舞，时而快步激昂，时而慢步悲怆，那天夜里，月光和星光是他忠诚的观众，一直陪伴他迎来日出。

从那后，再就没人见到过刚昌，后来有人说，在县里的中学旁边见到过他，绕着学校的围墙一圈又一圈跳舞，除了那巨大的包头和手里的镢把之外，他的腰间挂了一圈的瓶瓶罐罐，每舞一步，都叮当作响。

（双龙煤业选送）

胖子的独白

李文娟

打记事起，我就是别人眼中的胖子，尽管自我感觉还算良好，毕竟只胖不肥，但还是改变不了别人对我的印象。他们对我有着各种各样的称呼，无非都因胖而起。

有人说“胖子不配有青春”，听起来确实很残忍，但对我来说，这就是事实。我看着自己一点一点地从一个小土豆变成一个大冬瓜，穿啥啥丑，尤其青少年时期，个中滋味难以言说。别人的 18 岁是花季少女，我的 18 岁却是中年胖妈，一个挡住自己大脸的厚厚的“门帘”，一套套黑灰色宽松、肥大的男装，我努力地蜷缩起来，尽量降低自己的存在感。青春的美好？不存在的！

我羡慕每一个身材高挑的人。她们平坦的小腹、巴掌大的小脸、盈盈一握的小腰，每当跟她们站在一起，我只能感到浓浓的自卑，瞬间感觉自己就像电影《小时代》里的唐婉茹。但我不能表现出来，我要好好说话，要逗乐要贴心，这似乎已经成为这个世界对胖子的固有认知：快乐的胖子、幽默的胖子、没心没肺的胖子……作为一个胖子，你不应该忧伤，你没有玻璃心的权利。

无论是漂亮的衣服，还是精致的妆容，对我来说都是更加自卑的源泉。我也不想做一个胖胖的人，我想穿各式各样好看的衣服，想踩漂亮的高跟鞋，想每天都精精致致地出门。但作为胖子我不行，我稍微捯饬捯饬，就会有人说你丑人多作怪、哎哟这鞋跟这么结实啊……

我知道减肥的秘诀是管住嘴、迈开腿。为了减肥，我也多次尝试各种办法：拔罐、敷包、推拿、减肥餐、跳绳、振动器等，拥有绝对丰富的“减肥”经验——虽然每一次都以失败告终，因为嘴巴战胜了腿。

每一个胖子背后都少不了一个督促你成长的妈妈。“你现在正是长身体的时候，要好好吃饭，等到你上初中了，还要上晚自习，压力大你自然就瘦了。”然而，事实是我从 80 斤直接空降到 100 斤；后来，妈妈又说：“你好好吃饭，等到你上高中的时候要住校，每天吃不好住不好地自然就瘦了”，然而，事实是我从 100 斤又飞到 120 斤；这时候，妈妈又来了，“不胖不胖，你这是婴儿肥，等你上大学或者毕业了，工作压力、经济压力你想胖都难。”这种骗人的话我居然又信了，所以，我又从 120 肿到了 130+。

转眼我已经 30 了，似乎被迫渐渐地接受自己不完美的体型，毕竟瘦到雷同不如胖到别致，不瘦就不瘦呗，人生需要舍得，我舍了体型上的瘦得到嘴巴上的吃。看着镜子里的自己，其实，胖也挺好的，胖人九分财，不富也镇宅。如今秉着“物以类聚，人以群分”这一思想，我找了一个瘦瘦的老公，每天看着他，我就当我也是个瘦子吧。

六　信仰的力量

百年掠影，和时光一起前进。用丹青绘盛世、用诗歌颂党恩，写下信仰的力量；用创造的激情，永不停歇的追求，笔尖墨端之花纷纷绽放；在疫情战胜时回望，真挚而真情的声音，传递着爱的温暖；内心深处思想的巨浪，掠过历史的峰峦，翻开百年征程的传奇与辉煌。

信仰之光璀璨，奋斗初心坚韧，化作胸中涌动的热血。在这个伟大的时代里，每个人都是见证者和追梦人。让我们定睛、回眸并展望，与精彩相逢！

黄陵矿业·庚子记事

穆海宏

庚子戊寅，瘟疫蔓延神州；山河有难，华夏儿女奋扬；长城内外，齐垒抗疫防线，大江南北，共筑战瘟钢墙；三秦大地，壮士不畏瘟神，黄陵矿业，英雄坚守战场；复工复产，助威全民抵抗，雪中送炭，誓护中华之邦；日不解衣，百米井下鼎沸，夜未宽带，万里铁道繁忙；众志成城，死守生死关隘，上下齐谋，同捍九州安康；时至岁半，疫寇落荒而遁，天佑中华，泱泱大国无恙！

嗟乎！千秋之功，足以名载史册，万世之福，当可镌刻丰碑。遥想当年，披荆荒草野滩，回首昔日，鏖战山高沟深；赤膊挥镢，乌金之光始掘，穿山劈石，爝火之暖长存；以勇而战，建天地之伟业，善谋佐治，定百代之乾坤；乌珠滚滚，亿年精华不竭，电能潺潺，助建江山壮美；车马啸辚，踏遍万里寸土，铁线纵横，编织神州经纬；三十余载，不负四海重托，几代矿人，肩扛重担无悔；伟业终成，华丽篇章不朽，大业铸就，人间佳话常颂！

叹乎！青云之志，气贯万里长虹，赴汤之勇，征迈天地日月；普天之下，唯此举撼九重，乾坤之间，独此业铸五阙；帷幄之中，执笔书就未来，坚石之间，仗剑献光掘金；紧随大治，强大华夏为任，顺应时代，富庶天下是己；十三五末，必登科张金榜，十四五中，率三军创新绩；待功成时，共美酒话言欢，承全胜日，同欢庆，奏瑟琴！

（双龙煤业选送）

春暖花开

——赠予曾经相伴的你

杨鑫

假如你是干涸的大地
我愿是那如酥的细雨
悄无声息地滋润你

假如你是潺潺的溪流
我愿是那涌动的清泉
汩汩不息地滋养你

假如你是冰洞里的柴
我愿是一划而过的火
点燃黑暗燃亮你

假如你是奔驰的骏马
我愿是你脚下的铁蹄
护佑你奔向未来

假如你是缤纷的极光
我愿是漆黑的夜幕
映托你梦幻华彩

假如你是南飞的鸿雁
我愿是静谧的湿地
供给你栖息蓄力

假如你是粗陋的顽石
我愿是细刻的工匠
雕琢你诗情画意

也许你珍视我的存在
而我会因你的默契
互敬互爱

也许你不知我的存在
而我却因你的精彩
暗赏自恋

抑或你无视我的存在
而我确因真诚地付出
心静如海

不是每个人都能登上舞台
只要看到坚定自信的你
我便默默加油喝彩

不是每个人都能一帆风顺
只要陪你走过迷茫
我便庆幸你的转变

不是每个人都平淡无痕
只要勤奋努力
就会成就自己

不是每个人都会富足
只要心中有光有爱
奋斗就充满力量

你好我便安好
毕竟修了千百年的缘
你我才能如此靠近

感恩你的陪伴
曾经的问候笑语欢言
因而我从未感受孤单

感恩你的麻烦
让我学会面对挑战
丰富我的见识体验

感恩你的握手攀谈
让你我的心灵之间
扬起信任的风帆

感恩你的帮助指点
让我明白真善美
就在身边

感恩你的轻蔑烦厌
让我反省弥补缺陷
成熟自然绚烂

感恩一切的相见
苦辣酸甜
没有舔何以尝

所有的遇见刚刚好
严寒即将过去
静待春暖花开

（公司机关选送）

沁园春·仲夏

张战军

百里桥山，古柏竞青，郁郁葱葱。
唤红日魅力，霞光缕缕；浮云媲美，银鹰闪闪。
杨柳随风，紫华斗艳，意与红莲比心丹。
犹可见，好清凉之心，仲夏暑消。
沮水泱泱缠绵，伴子午乌金共千年。
看黄矿儿男，创实文化；初心永驻，使命在肩！
五个一流，集思智慧，创新发展笃信念。
最难忘，答时代问卷，续写辉煌。

（瑞能煤业选送）

你从七月走来

王 晶

你，从集控室走来
紧握着鼠标与对讲机
炉膛负压，给水压力
汽包水位，机组出力
上百个运行实时参数
两个小时的目不转睛
让眼球有些灼痛
但你不曾在意
厚重的座椅内
闪烁的屏幕前
都映画着你专心致志的面庞

你，从取样间走来
紧握着二十余个水样
八个小时，四次化验
含氧量，含铁量
磷酸盐，电导率

三十余个项目
让手腕变得酸胀
但你不曾停歇
整齐的化验室
洁净的锥形瓶
都留下了你精益求精的态度

你，从煤仓内走来
紧握着手中五米钢钎
一次次地举起又用力地挥下
安全绳，安全带
防尘口罩，护目眼镜
汗水打湿了你的脸庞
浸润着厚重的工装
但你不曾抱怨
高温的空气
扬起的煤粉
都见证着你吃苦耐劳的坚守

你，从炉膛中走来
紧握着手中的电焊枪
安全靴，阻燃服
绝缘手套，电焊面罩
昏暗的行灯下一个个漏点
数小时内持续不断的焊接

让你的身体略显僵硬
但你不曾歇息
狭小的空间内
蓝白的光芒里
都闪耀着你全神贯注的身影

你，从那座山中走来
你，从那片海中走来
你从红色的七月走来
骄阳映照着你的笑容
那是奋进的党员本色
汗珠悬挂在你的脸庞
那是无上的党员荣光
凯歌奋进，砥砺前行
让我们不忘初心、牢记使命
用奋斗、用双手
扬起梦想之帆
吹响远征号角
迎难而上
乘风破浪
共同创造属于我们的时代辉煌

（发电公司选送）

我是中国共产党党员

曹川

我是中国共产党党员
我从来都没有忘记
我纯洁
纯洁的岂止是我的衣衫躯体
还有我深邃的目光
我的思索
我的希冀

我是中国共产党党员
我从来都没有忘记
我刚毅
刚毅的不仅是我雄健的体魄
还有我远大的理想
我的坚守
我的信仰

我是中国共产党党员
我身体里流淌着红色的血液
党的光辉照耀着我
我无所畏惧一切艰难险阻
在白色恐怖的年代呐喊出：
“砍头不要紧，只要主义真”
敌人能砍掉我的头颅
决不能撼动我的真理

我是中国共产党党员
我的肩膀上有党员的使命与责任
党的温暖裹挟着我
我无所畏惧一切挫折磨难
在面对列强的欺凌中呼喊出：
“未惜头颅新故国，甘将热血沃中华”
敌人能灭我躯体
断无亡我灵魂之理

我是中国共产党党员
我的心中坚守着党员的初心和使命
党的精神激励着我
我无所畏惧一切荆棘曲折
在敌人的牢狱中高歌出：

“为了免除下一代的苦难，我愿把这牢底坐穿”
我们要把这颠倒的乾坤扭转
我们要把这不合理的一切打翻

我是中国共产党党员
也是一名黄陵矿业人
我没有忘记
历史的车轮从未停息
高质量发展的路上我们砥砺奋进
用伟岸的脊梁擘画黄陵矿业的明天

我是中国共产党党员
也是一名黄陵矿业人
我是发展道路上的前驱
披荆斩棘
遥看东方一抹红
走过风雨，迎来春天

我是中国共产党党员
也是一名黄陵矿业人
我不会忘记
争创一流企业的崇高使命
“五个创新”的路上我们高奏凯歌

我是不竭的流泉
我是刚点燃的火炬

我是人人吮吸的空气
我们是前行路上永不枯竭的力量
共产党人的品质宛如美丽的初雪
黄陵矿业人的品质犹如铁棒磨针的坚毅
再大的困难也难以阻止我们再创辉煌

我是一棵树
发出春天的消息
我也是寒微的草
恳切的匍匐着
我更是绚丽的一抹红
在黑暗中照亮前行的路
为着抚爱我的党
为着心中的信仰
为着坚定的理想

我是中国共产党党员
这是先烈穿越血火时用灵魂制造的旗帜
当我记得我是一个用特殊材料制造的人
我在绞刑架上昂首挺胸
我在逼近的刺刀前誓不低头

我是中国共产党党员
这是先烈在伟大复兴的路上用铮铮铁骨铺就的基石
当我记得我是一个有着崇高信仰的人

对着死亡我放声大笑
魔鬼的宫殿在笑声中动摇

我是中国共产党党员
这是先烈在泥泞荆棘中用信仰铸就的丰碑
当我记得我是一个有着坚定信念的人
面对沉重的铁镣和毒刑拷打
我视死如归
无惧流血断头

我们是中国共产党党员
我们坚定党的信仰
无论长路漫漫
无论荆棘载途
跟随党的脚步
以坚毅的步伐
钝学累功
磨砻淬励

我们是中国共产党党员
我们坚定党的信仰
无论时光荏苒
无论日异月更
聆听党的召唤
以铮铮铁骨

冥冥之志
昂首向前

我们是中国共产党党员
我们坚定党的信仰
无论侯服玉食
无论朱轮华毂
执行党的命令
以我将无我
不负韶华
继往开来

我们是中国共产党党员
我们将不忘党的初心
将践行党的使命
永葆党的本色
为共产主义奋斗终身
随时准备为党和人民牺牲一切
永不叛党。

（机电公司选送）

奋斗百年路　启航新征程

徐丽

历史的车轮虽已前行百年
南湖的红船却依旧鲜艳
百年华诞　百年沧桑　百年巨变

从嘉兴南湖红船的一大召开
到天安门开国大典的庄严宣告
再到如今中华民族的繁荣富强
一百年的风雨兼程
你承载着一个民族的憧憬希望
一百年的披荆斩棘
你寻找着改变中国命运的航向
一百年的沧桑巨变
你冲破暗礁险滩惊涛骇浪
一百年的锦绣辉煌
你带领中国人民屹立在世界的东方

凝聚起亿万华夏儿女
你高举着镰刀斧头的革命旗帜
不怕牺牲　前赴后继

不畏艰险 奋勇向前
驱散旧社会的黑暗
迎来新世界的曙光
让五星红旗在共和国的上空骄傲地自豪地高高地飘扬

忆往昔峥嵘岁月稠
你为了民族独立
为了人民的解放
历经曲折坎坷
饱尝磨难沧桑
建党百年不忘初心
建党百年牢记使命
建党百年勿忘历史
建党百年忠诚于党
看今朝旖旎风光秀
你厚重的里程碑凝聚着几代人的求索
你辉煌的交响乐演绎着命运的壮美辽阔

一百年的理想信念
一百年的纲领路线
只为中华民族的振兴
只为人民幸福祖国富强
一百年的日月星辰
一百年的艰苦卓绝
洒满共产党人的泪水和汗水
映红了共和国的党旗党徽和党章

没有共产党就没有新中国
是你，带领着中国人民
站起来了
富起来了
强起来了

建党百年卓越领航
建党百年人民安康
建党百年深化改革
建党百年铸就辉煌
展未来实现伟大复兴中国梦
你沉稳的航船满载着中国人民图强的梦想
你嘹亮的号角奏响中华民族奋进的凯歌

正是扬帆搏浪时
继往开来行稳致远
中国共产党描绘出了崭新蓝图奋勇起航
两个百年目标
引领中华儿女勇立潮头敢为敢当
汇聚起社会主义现代化强国的磅礴力量
中国一定会
引领世界，再创辉煌！

（建安公司选送）

金色的旋律

杨亚琼

有一种醉人的花香
由南归的燕子带来
我站在黄土坡上眺望
在山的那边

我寻着香一路向南
巍峨的秦岭托着我
轻轻的白云绕着我
美丽的汉江唱着歌欢迎我
来啦，我来啦

张开双臂我想拥抱你
闭上眼睛我想亲吻你
我还想放歌
阳光下这耀眼的金色
白墙红瓦绿麦苗

鹅黄新柳玉兰花
这是我心中的醉美江南

人在画中
画在我的心中
这梦幻般金色的大地
是春姑娘巧手裁剪的新衣
田畴上的道路是跳动的音符
黄鹂鸟儿是自信的领唱
总指挥是我最敬爱的党

笑声不断歌不断
青山在起舞
城市乡村人勤春来早
幸福绵长好比天上人间

（燃煤发电公司选送）

红船赋

戴洪涛

悠悠碧水，渺渺波烟。烈士交首，嘉禾红船。九夏危厦，一炬立元。营略沪上之未继，伟业经邦；悬壶南湖之惊涛，济世残垣。高纛狂飙，但擎天柱以立命；微芒永夜，还肇高瞻于临渊。

彼时此地，国陷于蹈覆，家沦于厄困。羸弱咸集，萎靡惹愤。居庙堂之高者，敛颜是戚；处江湖之远者，怒声以恨。斯是此时，中共一呼，振臂万骏。经纶雄图，解百年之忧患，开天辟地，与复神州；砥柱中流，筹千秋之大计，敢为人先，齐肩大任。首创新制，静霆振雷，腾巨龙于东方；远瞩共和，玄黄惊梦，醒睡狮于混沌。镰刀奋勇先锋，挽社稷于波谲，漫道雄关；铁锤无匹千钧，救民族于云诡，筚路野峻。

于是奉马列，倡主义！奋莽莽，斗苍苍。合于国父之雅望，共骁高遒；扶助农工以绵薄，同滋村乡。道不伐谋，而后裂于蒋帮；义就钢枪，但首义而南昌。井冈星火，燎原长征路上；抗日锋芒，毕露热血沙场。坚定理想，解放之光，天安门上华丽绽放；百折不挠，建国大业，昆仑之巅大吕宫商。盘古开天，启恢宏之序幕；追禹王治水，涵卓荦之精神。忠于信念之坚，一路蓝缕逐日，浩气凛然；执于脚步之远，独木尽瘁笃心，风流征航。

至若举步新时代，砥砺高歌；奋进圆梦想，撸袖九骇。纵横六合，捭阖四海。永立潮头，砥砺前行激越；扬我风采，览尽繁华世界。高鼎铮鸣，隆隆乐奏牧野；大音希声，绵绵雨润鸿泰。续写经典，立党而为公，再谋新篇章；接力传奇，忠诚以为民，恢弘新时代。不忘初心，谨呵革命火种以传承；牢记使命，还树改革丰碑以豪迈。

伟夫也哉！红船续水，既复慨慷。中华扬帆，精神炎黄。引诸夏以向远，领民族而盛昌。壮怀激烈，驾长车以横槊，树旌旗而飞扬；浩气英风，驭巨轮而茫苍，劈碧波而斩浪。砥柱中流，歌主旋律于东方；星参北斗，再咏风流而华章！

（瑞能煤业选送）

在陕北的春天里

邵庆芳

杨柳吐绿 桃杏炫红
远山如黛烟波长溪
趟过了岁月的寒冬
春天的气息
悄悄亲吻了陕北大地
一抹暖意
五彩斑斓

山峁河滩 阡陌交错
蜂飞蝶舞鹤翔云天
诗情画意的春色中
和风吹透了蓝天
休闲悠然的人儿
听山野鸟语
闻万树芳香

陕北的春天
是农家餐桌上变化的佳肴

家人团坐 炉火可亲
炊烟袅袅中的恬静悠然
藏满了抚慰人心的温柔
像寂静悠长的婉约诗行
守候着祥和的幸福时光

陕北的春天
是陕北民歌的深情高唱
是门窗上镂空剪刻的红红窗花
是腰鼓腾起留下的落花纷纷
是唢呐吹在黄土地上的高昂
是文人墨客穿越千年的才情
诉说着亘古不变的韵味
和岁月长河中凝固的真情

陕北的春天
往昔荒凉的塬梁峁沟里
季节流转成人们额头沟壑的记忆
勤劳淳朴的陕北人
总会在新春泥土的芬芳里
清澈澄净成过往的记忆
再用满眼明媚的春光
复苏新年里全部的希望

（瑞能煤业选送）

祭袁老文

高耿

公元二零二一辛丑年，孟夏四月十一，袁老溘然长逝。虽以鲐背之年寿终正寝，然余自心中哀思如潮，遂撰此文，衔哀致诚，以示祭奠。

公生于京，长于赣，学于渝，仕于湘。时如白驹过隙，公少年时目睹中华大地灾荒战祸，亿兆黎民颠沛流离、食不果腹，甚有易子而食之惨状。故立志仕农，奋斗终生，终达夙愿。

诚安黎民百姓之腹，救黎民百姓于水火，以赤子初心，百年阅历，成忧国忧民之大道，福泽亿兆黎民，功在千秋万代，实为我共和国之脊梁，新中华之上柱。

公有两梦：一梦禾下乘凉，二梦福泽全球，喜公之愿憬，已然有成。今稻甚高粱、稻穗如帚、颗若落生，民可禾下乘凉，世界各国得公之慷慨相授，均不胜欢喜，皆感恩戴德，盼公长命百岁、福寿安康。

呜呼哀哉！然天不假年，哀哉痛哉。逝者已矣，生者如斯，唯愿安息。

今日之中国，为公所愿。

（铁运公司选送）

时光，是条流沙的河

徐小丛

时光，是条流沙的河
汩汩滔滔，奔腾不息
永不停歇地汹涌咆哮

时光，是条流沙的河
一路冲刷，一路沉淀
汇聚滚滚洪涛，奔流过千里迢迢

时光，是条流沙的河
几多崎岖，几多蜿蜒
历经坎坷，吟唱着生命无悔的歌谣

时光，是条流沙的河
越过平原，穿过山岗
川流不息地激荡起不甘寂寞的喧嚣

时光，是条流沙的河
别过春光明媚，迎来夏花灿烂
马不停蹄地追赶年华的针脚

时光，是条流沙的河
淘洗旅途烟云，述说流年旧事
将途经的绽放与凋零，封存于季节的城堡

时光，是条流沙的河
不计时间的起始，没有光阴的终结
只在匆忙的脚步里，吹响催人奋进的号角

时光，是条流沙的河
子在川上曰：“逝者如斯夫，不舍昼夜！”
带着激情和梦想，跋涉在恒久的韶光隧道

时光，是条流沙的河
流过少时的青涩，蹚过中年的淡定
见证老年的坦然，留下最终的从容与通晓

（铁运公司选送）

母亲的爱

郝斌斌

母亲的爱
是电话那头的唠叨
嘘寒问暖
千叮咛，万嘱咐
是儿行千里母担忧的牵挂
是面对面站着还想你的思念
时时联通交织着我们浓浓的情愫

母亲的爱
是餐桌上那碗油泼面
油香四溢，面条筋道，味美鲜香
是对游子深深的诱惑
是对家乡无限的念想
分分秒秒牵引着游子归途的思绪

母亲的爱，
是记忆里的笤帚把
简单粗暴

打在儿身，疼在娘心
是望子成龙的期盼
是恨铁不成钢的无奈
时刻提醒鞭策着我们一路向前

母亲的爱
是脚上千层底的布鞋
千丝万缕，针脚细密，简约大方
是望眼欲穿温柔的爱
是一针一线无限的思念
踏实舒坦陪着我们去更远的地方

母亲的爱
是夜空中的皓月
明亮浩瀚，硕大清新，熠熠生辉
是旅途中永恒的灯塔
是前进路上的指南针
时时刻刻照亮我们黑暗中的道路

（应急救援中心选送）